兩世冤家 3

風 文創 268

溫柔刀 著

目錄

第五十七章

時家之事被揭發出來後，京城連同周邊幾個地方皆是震驚不已。這時賴雲煙卻突然想起年後會發生的一件事，匆匆給兄長那邊送去了信後，這邊就已為自己準備了，在調用魏府中的僕人時，她才發現魏瑾泓已經早做準備。

賴震嚴迅速來了魏府，兩兄妹站在堂中，心腹僕人一退下，賴震嚴便皺眉說道：「這等詭異之事，妳是怎麼知道的？」

「是從大公子那兒知道的。」賴雲煙面不改色地道。魏瑾泓都做準備了，就算兄長去問他，他也不會說不知道的。

「瑾泓？」

「是。」

「我去問問他。」這等大事，賴震嚴不敢掉以輕心，伸手拍了下賴雲煙的肩，就此急步去了。

「小姐，真會地動？」秋虹這時抱著自家的小寶兒進來，與賴雲煙輕問道。

小寶兒見到賴雲煙，伸著手過來就不停地叫小姐，想讓她抱。

賴雲煙把他抱到手裡，點了下頭道：「家中老少的事自有我嫂子為他們操著心，你們不必擔心，把孩子也送過去，多給他們備著乾糧，讓他們聽著主子的話辦就是。」

秋虹、冬雨的公婆這段時日是跟過來為他們照顧孩子，但現在必須送回賴府去，孩子也得連同著去，有著賴家的照拂，比在全是魏家人的魏府要安全得多了。這種時候，只有自家人靠得住一些；當年京中大動，也是虧得兄長與手下一干嚴衛鐵丁才保全了賴府大多數的人，現在提前準備，就更無須擔心了。

「剛說了。」秋虹說到這兒，抽了抽鼻子。「老人家不肯回，說要陪著您。」

「小姐，小寶崽要去哪兒？」秋虹剛兩歲的孩子賴小寶抱著賴雲煙的脖子問。

「你要跟大寶崽哥哥一起換個地方玩。」賴雲煙笑著答他。

這時秋虹接了他過去，抱上他，與小寶崽說：「聽阿公、阿婆的話，要是聽話，小姐就會給果子吃。」

「小寶崽知道了。」賴小寶點了頭，乖乖地應道。

「回吧，就說是我的命令，小寶聽我的話，他們也得聽。」賴雲煙笑著對秋虹說：「就說留著你們伺候我就行了。」

「欸，我知道怎麼說。」秋虹再得了准信，也不再浪費時間，先去了自家住的地方，解決家中的事情去了。

冬雨那邊速度卻快得很，來見賴雲煙的時候，家裡的老人已經在收拾包袱了，只等再得賴雲煙的令，就帶著孫子、孫女回賴府。

「趁還有一段時日，我想著這時候多備些吃的。」冬雨收拾著賴雲煙的首飾盒，與正在案前寫字的賴雲煙道。

「嗯。」賴雲煙點了頭，再寫了幾字，問冬雨道：「京中的掌櫃這段時日要是有來要見我的，讓他去賴府。」她想起這事的時間晚，舅父暫時不夠時間對京中的事情有周密安排，這時候就需要兄長暗中幫忙了；至於她，還是少管事、少出頭得好。

「知道了。」冬雨算了算日子。「再十天，快馬就可到江南了。」

「嗯。」對於任家在京中的生意，賴雲煙不是太擔心，固定損失是不可能避免的，而舅父已把重要財物都運回了江南，這時他再下集令把剩下的召回即可。

再過兩日，時家的屍骨未寒，國師上了天臺祭天後，回來與天子及天下子民道：「時家逆天而行，老天震怒，天下百姓將受其牽連，所以三月後，地下會有所大動，望我子民能同心協力，避過此禍。」

此話一出，最早得訊的京中連同周邊的幾省皆驚恐不已，官府這時下發地動令，讓百姓轉告百姓，在年後某日某時離開家中，站於空曠處。底下百姓這時狂讚皇帝陛下的英明與國師的先知，而京中與各地的貴族都收到了皇上的聖旨，令他們一一進宮面議商事。

地動令一出，時家除了被人拉出來在口中鞭屍時痛罵一頓外，再也無人可憐他們全族一夕之間盡亡了。

面對此景，靜觀此事的賴雲煙沈默了幾天，知道時家不可能再翻身了。她送出去了一些銀子，從此之後，她也知道有生之年怕是不能再見到幾個時家人了，這剛上九族之首的時家，就這麼被犧牲了。

皇帝需要一個讓天下百姓信他的藉口，搶奪龍脈的時家就成了眾矢之的。時家全族的人都死了，誰又能不信皇帝的話？而貴族之間，誰又不忌憚駭怕擁有先知、連太子外家都能一舉全屠的皇帝？這時他的威信，已到了前所未有的最高程度了，時家與即將地動的事一出，無不提醒著這個國家所有的人，他才是這個國家的主宰。

宮中的時妃與太子，雖說臣民全都因他們的身分而對他們保持緘默不語，但他們以後的路怕也是難得很。

難怪，這一年每次見到煦陽，煦陽都像是壓了千斤重擔在身上似的沈重，原來不是隨了他父親的性子使然，而是那險惡的宮中，從來都不是太平之地；他跟了太子，而世朝現在也是隨著他這表兄後面的路走的……這未來，真是險難得令她不敢多加猜測。

這日在賴雲煙將要早膳時，多日未來的魏瑾泓來了。

這幾天他都沒在府中，但讓春管家隨時都聽她的吩咐，賴雲煙也確實用了魏家的一些人手做了安排，所以這次他來，她請他入了屋。

「換新裳了？」見賴雲煙身上的朱紅外衫似是厚了點，魏瑾泓在她對面盤腿坐下後與她道。

「天氣涼了。」

「嗯，快入冬了。」魏瑾泓提起熱壺泡了茶，把先頭的一杯放到了她的面前。

見他手指骨節突兀，賴雲煙看了眼雙頰凹進去的他一眼，淡道：「魏大人也注意著點身體。」

「多謝。」魏瑾泓笑了笑。

「我有一事想問魏大人，不知當問不當問？」

看著說客氣話的她，魏瑾泓嘴角笑意更深。「問吧。」不讓她問，她就會又收回那點對他的善意，這世上所有的女人加起來，那帳本也沒有她算得那麼清。

「您召集全族的人來京，備建石庫、打造石弓，千萬重的鐵被磨成了刀，所為的是何事？」

賴雲煙靜靜地看著他。

「妳不是不想知道？」

「您就說吧。」事到如今，都到這個分上了，知道與不知道也就幾步之遠了，還是問清楚，再作以後的打算吧。

「明年的元辰地動，妳還記得？」

「記得。」

「當年妳在京郊，聽說妳最喜歡的那座琴閣倒了，妳還站在那兒罵了老天爺一陣。」想起往事，魏瑾泓不禁翹起了嘴角。

「是被假山上掉下的石頭砸倒的。」說起這個，賴雲煙也有些無奈。當年地震不大不小，她莊子裡的幾處地方都沒事，就她花重金剛修建不久、用來聽曲子的新亭子被石頭砸毀了，心疼得那天她都少吃了一頓飯。

「那之後，太平了不少年。」他微微笑道。

其實直到她死，都一直是太平的。聞言，賴雲煙看著魏瑾泓問：「你、我死後，還會有事情發生？」

魏瑾泓聽了呵呵地笑出聲來，目光悲涼無比。「妳、我死後兩年，天地大動，地震山裂，漫天火光，那之後宣國成了一片廢墟，再無生物，百年後，應是只餘雜草幾叢罷了。」

「誰說的？」賴雲煙勉強地笑了一笑。「善悟說的？」

「他說的，我見的。」魏瑾泓伸縮了一下握得緊緊的拳，才淡淡地道：「我死之前，山上已有不少以往清澈的湖泊漫出了濃霧，清水湖變成了高溫的石灰湖。」

這個，賴雲煙上世生前也聽說過，她的一處山頭也是由淡水湖變成了溫水湖，她還以為是地質的變化把湖變成了溫泉湖，她還因此提了水下山泡澡。

「你們要錢……」賴雲煙嚥了口口水，把乾啞的喉嚨潤了潤。「就是為了這個？」再修建另一可靠的城池？可宣國是周邊幾個國家中地勢最安穩的平原國家了，他們去哪兒找安全之地？還是說，他們另有對策？

「嗯。」魏瑾泓點了點頭。告訴她也無妨了，時間越來越緊迫了。

「為何不召集所有的人說清楚？那樣會快些。」

「善悟之師仁恒師父說服善悟花了二十年，善悟說服皇上花了十八年，妳說，皇上說服眾大臣諸侯，須再多少年？」魏瑾泓說到這兒，垂下了眼，笑容悲冷。「到時，不管有沒有說服，全都晚了。」誰又會信地大物博、尚能說國泰民安的國家，會在十來年後化為灰燼？

「太荒謬了……」魏瑾泓說的前景讓賴雲煙難以呼吸，她緩了一會兒才又勉強笑道：「許是大師們猜錯了。」

魏瑾泓淡淡一笑，默而不語。信與不信，她還是會選擇信的，她是那種寧可信其有，不可信其無的人。上世不告知她，不過是因為她一介婦人，不須知道那麼多；這世選擇告訴她、逼她入局、想方設法地拘了她，卻是為了魏家，為了她生的世朝。他需要一個人在他不在的時候，會為著他的族人著想，哪怕是不得已而為之，而她最擅於從死路中找到一條路活下去。

上世她一人的走南闖北，這世的幾年遊歷，都讓他看清了她是一個絕對會不擇手段護著她的人活下去的人，哪怕因此要低下她高傲的頭顱，她也會毫不猶豫；她知道太多生存的方式，也能忍受常人不擅於忍耐的苦痛。

善悟說，這世上總有一類人注定是用來犧牲的，例如他自己，例如他，例如皇上，也例如她這種女人。皇上與他曾言過這與女人何干？可現在皇上連自己最心愛的女人的族人都滅了；而他，現在也終是把忍了又忍的事情告訴了她，而不是瞞著她，讓她再過幾年的太平日子。

之前她便是想逃離這座府第、不能與人縱馬山林而有怨尤，這些且都還是太平日子，可從此之後，她的心中怕就是再無寧日了，世事從不由人。

他確也是對她殘忍的，在她見了他後，還是選擇了把這事告訴了她；便是死，這世她也只能死在他的身邊，時間越長，他就越知道，他已不想放開她了。

「這不是真的？」她又笑著問他，眼睛眨也不眨。

魏瑾泓知道自己再出口一個「真」字，都是在逼她發瘋，所以他垂著頭、閉著眼睛，不去看她。

她無路可走，賴家、任家還在她的背後呢，她能走去哪兒？就是死，她遲早也會死，像她這種人，哪會明知道事實，卻不在死前為這些她最重視的親人拚上一拚、搏上一搏？這麼些年，他雖還摸不清她的心要怎麼討好，但卻足夠讓他完全弄明白她是個什麼樣的人。

「魏大人。」她上前來拉他的手，說話的聲音中有淚。「這些年來，我從來不敢在您面前真與您撕破臉，也從不敢對您失敬，您說您啊，都這麼多年了，怎麼就還是要這樣逼我？」

告訴她這些，她以後就不能真正自由了。他幫著她，替她困住了她，她這重來的一生，不管以前想過多少平靜的以後，到此是真的完了。

魏瑾泓閉著眼，任她的指甲掐進他的手腕裡，他感覺他的手有些微的疼，心口也如是，這些疼痛絲絲麻麻的，讓他有點難以呼吸。

看著他們主子的臉都是青的，那低著沒有抬起的頭就像是在認錯，悄然進來隱在他身後的蒼松哭喊了出來。「夫人，這是您自己問的，您別逼大公子了！他心裡苦，他心裡也苦啊！他不是不想對您好，而是他再對您好，您也看不見啊！在您眼裡，他做什麼都是錯的，您讓他怎麼辦？您讓我們這些跟著他的奴才怎麼辦啊？」

「是啊，我想怎麼辦……」蒼松的逼問讓賴雲煙荒謬地笑出聲來。

她真是可悲，總是妄想能在這藩籬中闖出一條自己的路來，她爭她鬥，哪怕在別人眼裡是荒謬的，她也以為這是她自己的路，走到頭總會見到她要見的滿地鮮花、滿園春色；可是，這賊老天就是讓人爭不過、鬥不過，她活了這麼多年，沒有哪一次真在祂的面前討著了便宜。

「這命啊……」賴雲煙搖了搖頭，把臉龐的那滴淚擦了去。

這麼多年，好久沒有這種走投無路的感覺了，可這又能如何？人啊，只要活著，有口氣喘，就得活下去，魏瑾泓確實是太瞭解她不過了。

「退下。」魏瑾泓這時冰冷地開了口。

被他看著的蒼松低頭沒動。

「退下！」魏瑾泓這次是喝令了。

蒼松抬起滿是眼淚的淚眼看了魏瑾泓一眼，磕頭道了聲是，趴伏著身體就這麼退了下去。

賴雲煙看著他卑微地爬了出去，等再也看不到人了，她回頭對上了魏瑾泓的視線。

「妳已知真相，該怎麼辦妳心中有數了吧？」

「真相？」賴雲煙勾起了嘴角。她重執起筷，挾了一片粉蒸肉放進嘴裡，那肉入口即化，香滑得很，這種日子，還得繼續過下去。

她不再追問下去，魏瑾泓吃了幾筷飯，半途吃不下去，轉頭看向了空曠的窗外，拿出腕上的佛珠慢慢地轉動著，平復自己的心情。

她喜歡空曠的景象，無論是用膳、喝茶，還是歇息，都喜歡眼睛所到之處有水面和天空，他上世很喜歡這樣的她，很不明白為什麼只一朝，她就把對他的所有感情都收了回去，然後，等離開後，她能再為別的男人傾盡所有。

這世，他們終於有了兒子，可一切都沒有變好，面對總是與別的女人不同的她，他總能把事情做錯。他弄不明白她，也沒有那麼多時間猜明白她的心了，餘下的一切，只能再按他的方式來了；她還是沒變，而他已為她浪費了太多年。

這一年只是剛入冬，宣朝京城連著周邊幾個地方都下了大雪。

任金寶的大兒任小銀從江南趕到了京中，他先是去了賴府，而後到了魏府見賴雲煙。

「爹年紀大了，娘不許他來，就讓我趕來聽候表兄、表姊的吩咐。」任小銀是任金寶的長子，只跟著任金寶來過京中兩趟，一直都只在江南管著大局，現在情況不同往日，家中父親年歲已大，他就必須代父來蹚京中這渾水了。

賴雲煙看著這瘦高、樣子性情完全不同於舅父的表弟，笑著與他說道：「見過我家大公子了？」

「剛來的時候表姊夫未在府中，還沒有前去拜見。」任小銀裝著不好意思地笑了笑，又小心地朝賴雲煙說道：「阿姊，是見，還是不見？」

「要見。」賴雲煙轉過頭對著冬雨說：「叫賴絕去請，就說我表弟給他請安來了。」

「是。」

冬雨退下後，任小銀左右看了看，對賴雲煙說：「表兄讓我晚上回去，今日就不留宿了。」

賴雲煙朝門邊的丫鬟遞了個眼色，丫鬟得令福腰退了下去。

「說吧。」

任小銀靠近了賴雲煙，對她道：「妳的第二封信一到，爹就跟我們兄弟商量著要派什麼人去西海了。」

「路太遠了。」賴雲煙吁了一口氣。「要派精兵，還要等訊。」

西海之路她只是曾從人嘴裡耳聞過，她現在不知道朝廷是不是找到了正確的路去了那邊，目前也只能看魏瑾泓那兒能說多少給她聽了。

「知道，爹說等表兄和妳以後的信。我們之前也按兄長信中所說的事去探查過了，江南製船的那兩戶大族，主要的那二十餘人全不在家了。」

「為時不晚，在自家裡頭找人出來，找師傅來教，把該學的技藝都學到手。」還有時間。

「阿姊，」任小銀聽到這兒，嘴角勾了勾。「這事真是真的？不是妳唬我爹玩的吧？」這事也太荒誕無稽了！

見她這個不正經習慣了的表弟這時候還壞笑，賴雲煙頗無奈。「我膽都要嚇沒了，你還跟我不正經。」

「還遠得很，來得及。」看表姊這臉色，任小銀不得不多信了一分，他拿著手中的扇子敲了敲自己的腦袋。「趁姊夫沒來，妳趕緊跟我多說說這京中的事，我爹這大奸詐都免不了要被人陰，妳還是多教教我得好，我這次要是替他丟了人，回去了他肯定收拾我。」

「唉，派誰來不好，派你來。」任小銀身為長子，卻是最為吊兒郎當的那個，在江南賴雲煙雖喜於與他打交道，但這時候還是希望古板正經的任小銅來得好。

「唉。」要擔家族大任的任小銀也悵然地嘆了口氣。他不想來，可這時候就要他為任家做牛做馬了，他爹哪會放過他？

這廂魏瑾泓兩個時辰後才回了魏府，見過任小銀後，留了他的飯。

晚膳後任小銀離開，魏瑾泓去了賴雲煙現在住的靜觀園，這時靜觀園前面的一個段落烏黑一片，等接近她住的院落，才有了一片桔紅的燈火。

一進院門，裡面炭火的清香味便撲面而來，魏瑾泓聽說她在日前已派人把一些木炭拉去了族中老人住的石園，還送了十來車的棉花過去，並近二十個的織娘，替族中學子趕製冬衣。

地動後必大寒，善悟已把消息放了出去，這京中的棉花與織娘都不好找了，她送到石園的雖然對他來說是杯水車薪，但已夠他知道她的意思。

「世朝過幾日才回，要不到時讓他在家裡多住一日？」她把她的老僕與僕人的孩子都送到賴家後，她這平時有老人說話、小孩嬉戲之聲的院子，便靜得離奇了。

「他在書院也忙得很吧？」賴雲煙笑著問道，等他坐下後，把倒好的茶放到了他的面前。

「他已能為祖父分擔事務了。」魏瑾泓頷首道。

「長得真快。」賴雲煙啞笑。太快了，幾朝幾夕的不見，他就已長大不少了。

「年後，妳帶著府中女眷也去石園靜住一段時日，可好？」魏瑾泓問道。

知道她回賴家也無性命之憂，她也不會懼怕驚慌，但他還是想讓她去石園；也不是讓她去管事，而是他在那邊，更能護她安危一些。

「好。」賴雲煙完全沒有拒絕地點了頭。世局已定，她已經完全沒必要跟魏瑾泓對著幹了。

「這幾日身子可好？」

「很好。」說到這兒，賴雲煙朝他道了謝。「多謝。」說著朝她放置書物的案桌邊看去，旁邊一整箱的養生丸，一共五十盒，哪天就是沒吃的了，她靠著這也能活個一來年。

「還有一些傷寒丸未製成，到時給妳送一些過來。」

「多謝。瑾榮現在替你管著這些雜事？」賴雲煙溫和地問。

「是，還有瑾奇他們也來了。」

「都信你？」

「信。」魏瑾泓摸了摸手指，笑了笑。「不得不信。」皇帝欽派給他的御旨他們看過了，善悟也見過他們了，他們只能跟著他這族長之子走。

賴雲煙也笑了笑，她沈默了一會兒後，伸手把放在案桌下的盒子拿了上來。「這是我舅父送給你的，按方大夫為你把脈所製的方子，其中混有幼鹿之血，任家的那根千年雪參也放進裡面了。吃這藥丸時須溫丸輔食，那個你那裡應有，具體怎麼服用，方大夫寫了一封詳信，就在盒中。」

魏瑾泓聞言，眼睛微張了張，過後一會兒，他接過了盒子，當著她的面就要打開了盒子；不過只剛打開了一點，那濃烈的藥香味就瀰漫了整間屋子，她的手壓了過來，把盒蓋壓了回去。

「回去服用時，忌有外人在。」

魏瑾泓領意。這種一顆就有起死回生效果的還生丹，若被人知道了，恐怕在他手裡留不了太久。

「多謝。」魏瑾泓朝她作了揖。

「我舅父那兒還有一盒。」賴雲煙淡道。「到時要是魏大人服用得好，再給你送過來。」他給賴、任兩家好處，他們就保他的命，這還生丹不是糖果顆粒，可不是那麼好得的。

第五十八章

年後剛出正月不久，地下大動，京中房屋有損，但百姓傷者甚少；有那傷亡的，都是因膽小，自己把自己嚇死的，地一剛動就嚇得腿軟不能逃，被倒下的房屋砸死，實乃是閻王殿不得不收之人。

除此幾個例外，其他的人皆躲過了這一地劫，但緊隨而來的嚴寒天氣堵住了所有的路，地上的雪不到兩天就深至膝蓋，路上無人行走。

京城中，皇宮的燈火這幾日也是徹夜未熄，魏瑾泓在宮中待得三日後出了宮時，那宮女看這位大人的臉就跟那天上落下的白雪無異。

魏瑾泓被家中的武夫抬轎回了魏府，而不是石園。那個不怕死的女人現在已經回了人數不多的府中，在石園給她留的屋子已讓給了他族中的長者；於此，魏瑾泓對她也是不好說什麼。

這次回去，所幸她沒有回她那被凍成了死園的靜觀園，而是到了有燒火、有暖氣的修青院。一進院中，就發現路面已被修了一條路出來，再進主院她原先住的房屋，她屋中已燒好了大炭，這時正冒著帶著清香味的清煙。

「你怎地回來了？」賴雲煙乍一見到這自過年後就沒再見過的魏大人，著實有些驚訝。

「回來睡一覺，明日再去宮中。」

「和尚說這天氣什麼時候好？」

自話說穿後，她對善悟是一日比一日不客氣了，心情好的時候說「和尚」，心情不好的時候就說「那個禿驢」；如此也好，說明她還沒有失盡銳氣。

「前次只下了兩天，可現在這都快第三天了。」

「今日午夜會止雪。」魏瑾泓回了她的話。

賴雲煙努力回想了一下，想來前世日子著實過得太好，地震完了，她傷心了一下她那座被砸的亭子一會兒後，就抱著棉被在床上睡了過去，睡一覺起來，陽光明媚。

哪像這世，沒睡一個好覺不說，還得敬著魏家那些快要凍死了的老的，得把她弄得溫暖如春的屋子讓出來，再回這凍死人的魏府；這世的命，真是比上世不好上太多了。

「這雪能止就好。」賴雲煙也是鬆了一口氣，她緊了緊身上的厚狐衣，對臉色蒼白得像死人的魏瑾泓說：「你快去睡吧。」

「嗯。」明知她話中沒有什麼情意，只是平常言語，但魏瑾泓心中還是暖了一暖，去了隔院的屋子。

他走後，賴雲煙對忙個不停的冬雨說道：「別亂轉了，轉得我頭疼，趕緊把吃的給我端上來，免得被人聞見了，到時我們就要少好幾口吃的了！」

見她說話還揮手，冬雨忙跑過來又把她的手塞到袖籠下，瞪著眼、咬著牙地對她說：「都這把年紀了還折騰，我看妳、看妳……」她委實說不出什麼狠話來，便瞪了主子一眼，警告她老實點，就為她端那辣辣的肉薑湯去了。她看她家主子回來根本不是什麼好心把屋子讓給老人，而是自己回來躲清閒的；主子早就嫌來找她聊話的人多，更是嫌二夫人天天賴在她的屋子裡不走，恨不得把人趕出去了！

冬雨訓主子也不是一日、兩日的事了，身邊的丫鬟聽了她的訓，忙幫著她不滿地看了賴雲煙兩眼，就接著忙她們的去了。都才剛回來，男僕都去打掃院落和收拾廚房去了，她們收拾完屋子，就又要準備著明日的柴火、吃食，片刻不得閒。

丫鬟們忙得團團轉，賴雲煙看著一屋子比她強壯的武使丫鬟，苦中作樂地想著，自己這輩子比起上輩子，至少挑人的眼光還是有一點點長進的。

第二日果然陽光明媚，雪化了不少，晶瑩的冰塊被陽光折射出了五光十色的光彩，整個魏府看起來美得就像一座天宮。賴雲煙裹著狐皮、打著哆嗦，在外頭走了一會兒後，實在受不住那冷勁，還是顧不得看這難得的仙境而回了屋。

她烤著炭火，對著坐在案前喝著她的熱湯的魏瑾泓隨口說了句。「也不知道世朝在書院的屋子暖不暖，那炭缺不缺？」

冬雨正在為她搓手，聞言抬頭看向了魏瑾泓。

魏瑾泓喝完碗中的湯後看向賴雲煙。「世朝在書院裡走不開，後日雪就化得差不多了，路也好走，到時妳去書院看看他，探探情況就是。」

賴雲煙笑了起來，但沒有說話。

「只是路上鐵衛衙役較多，皇上已有旨令，他們執行公務之時，任何官員及其家眷都須迴避，到時妳讓妳的人注意著點。」去書院較遠，行路肯定要比平時慢許多。

他又言及了這麼多，賴雲煙就順勢點了頭。「多謝。」他這次開口讓她去書院，她還真不知道他是什麼意思，但既然他開了口，她去就是。

當日魏瑾泓又進了宮，沒有回來。

賴雲煙待到雪化那日就讓家人拉了馬車，帶了炭火與吃食，往那靠近京郊燕山的德宏書院走去。

她這世與上世都從沒去過這聞名天下的書院，這次鬼使神差地去了，即使身後那盤根錯節的事情讓她頭腦混亂，對德宏書院她還是免不了有幾分好奇之感，以前的第一書院，可真不是一介女子就能隨便進去看看的。

如魏瑾泓所言，這次因朝廷官府一手掌控地動之事，路上出來維護秩序的官差很多，城門的把守更是嚴格，賴雲煙一行出示了魏府的府令與德宏書院的院令才出得了城門。而這時城門外，守滿了一堆想要進京避難的百姓，那烏壓壓的一大片人，險些讓賴雲煙的馬車過不去，最後還是城門守將派了一小隊人馬過來開了路，才把他們送出了人群。

路上非常不好走，他們早上出發，到德宏書院時已是近晚上，等到了德宏書院的山下，才知去山上的路這時也是暫不能用了，得自行走上去，賴雲煙敢說，這種情況魏瑾泓是肯定知情的！坐在馬車內的她得知須徒步一個多時辰上山後，不由得氣笑了。武使丫鬟本要來揹她，但賴雲煙想了想魏大人的「好意」，就讓丫鬟和男僕點了火棍引路，她自行走上去以表誠意。

走到半路，山上來了幾人，前面一人穿著有些泛舊的藍色棉袍與黑色的厚披風，後面兩個看似家丁的人抬著一個沒有遮蔽的簡陋轎子。前行之人陽剛英俊的臉上這時笑得嘴邊泛起若隱若現的淺酒窩，嘴裡也全是與冰冷的夜風有著截然不同感受的溫柔之聲——

「不知夫人大駕光臨，有失遠迎，敬請恕罪。」

乍見這人，又見他意氣風發的笑，還有眼睛裡不知哪兒來的溫柔，賴雲煙嘴邊的笑容略僵了僵，僵過之後她恢復了平常習於裝給人看的雲淡風輕的淡笑。「這位先生多禮了。」

「請。」這時看著格外高興的江鎮遠手一揚，他後面的轎子就上了前。

「路不遠了。」賴雲煙微微一笑，看向了賴絕，讓他前去攔人。賴絕悄而動身，已經領著男僕在他們之間隔成了兩堵人牆，男女授受不親，為著他們好，該防的都得防著。

「在下唐突了。」江鎮遠站在原地看著她，嘴邊的笑容慢慢消失，那滿是神采的臉也漸漸地暗淡了下來，只呆愣了一會兒，他隨即一揖，帶了僕人站在了一邊。

賴雲煙提步而上，緩步錯過了他。

魏瑾泓讓她來是來了，但她要是真跟江鎮遠有點什麼，誰知他又會如何？男人對口不對心的時候多了去了；而她剛才一時之間還想著見見又何妨？但見了他臉上消失的光彩，才知她又錯了，見還不如不見。

座落在山中夜晚的書院，在燈火中顯得古樸幽靜又巍峨大氣，賴雲煙一行人剛至門前的路，魏世朝就已經帶著人小跑了過來。

「娘！」跑了幾步的魏世朝看到賴雲煙時，眼睛亮得發光，嘴角高高翹起。「這一路冷著了沒？」

「可冷了。」賴雲煙笑道，伸手去握了他的手。「下人告知了你沒有？我來看看你。」

「我中午就得知了，盼了妳一下午呢！來……」魏世朝哈哈一笑，背過身就要來揹她。「妳的屋子我令人早收拾好了，孩兒揹妳去。」

「好了，快快領我們去。」看他作亂，冬雨笑著拉起了他。

「快走吧。」風越來越大，賴雲煙也不想停留，拉著他的手就往裡走。

她走入院中不多時，慢於她一些路程的江鎮遠在路的那頭遠遠看了正門一眼，隨後他微笑著看了大門一眼，從側門進了書院，貪得一眼是一眼。

進了書院，來往都沒有人，僕人匆匆擁了她進了魏景仲的正院，到了燈火通明的正堂，賴雲煙還沒躬身，魏景仲就撫著鬍鬚道了聲「來了」。

賴雲煙忙躬身施禮。「兒媳給爹請安，爹這幾日身子可好？」

「好，坐。」

「是。」賴雲煙再略一彎身，坐在了下首的椅子上。

「世朝也坐。」

「多謝祖父。」一直站於賴雲煙跟前的魏世朝這時朝魏景仲笑道：「孫兒多日不見娘了，想站於她前盡盡孝，您看可好？」

魏景仲看他的眼神是柔和的，這時撫鬚而道：「那就站著吧。」魏景仲轉臉對賴雲煙又問道：「是送東西上來吧？」

見這個往日不太屑於跟女子說話的魏父這時對她和藹可親得很，賴雲煙一時之間還真是挺想笑的，於是說話時她的表情也稱得上愉快。「是。」

見她笑，魏景仲這時怔忡了一下。

等賴雲煙走後，魏景仲對身邊的老僕說：「賴氏年方多少了？」

「三十有三了。」老僕算了算，道。

「不小了，也算是有點長進了。」

老僕彎腰道了聲「是」，之後又輕聲勸慰了一句。「大公子也願意著，您就隨他們吧，兒孫自有兒孫福。」

「只能如此了。」事到如今，魏景仲對這魏家長媳也是無話可說了，不可休又不能罰，只能是她不違於禮法，便任她為所欲為了，還是只能待她與過去一般無二。

這一夜，世朝歇於騰給賴雲煙住的看雲閣。這閣樓有上下兩層，分前後兩樓，中間還有一處院落，院中有幾棵上百年的老樹，大風一吹，樹葉在夜風中刷刷響個不停，在歇了大半燈光的山中書院還顯出了幾分蕭瑟恐怖之意。世朝躺於母親床前的榻上，讓冬雨給他蓋嚴實了被子後，探著腦袋問半躺在床頭的母親。「妳肯定不知道，這閣樓是你們成婚那年，爹為著妳取的名吧？」

賴雲煙笑了笑，這事她確實不知道。這種事，只要沒人知情沒人說，她確實無處可知；再說了，知道了又如何？

「妳肯定是不知道的，我是來了之後覺得奇怪，找當年的曆載看了才知道這樓落成那日，名就是爹爹取的。」魏世朝有些得意地說：「後來找了個巧問了他，得了回話才知他確實是因著妳才為看雲閣取的這名。」

賴雲煙微微一笑。

「娘，妳不高興啊？」魏世朝見她無動於衷，不由得覺得自己沒找準時機說。

「讓你爹來跟我說。」賴雲煙呵呵一笑。

「這怎麼可能！」魏世朝衝口而出。

賴雲煙就看著他笑。

魏世朝也就沈默了下來。他的眼睛看著燈光好一會兒後，突然幽幽地嘆了口氣，道：「不怪妳的，爹有很多不對的地方。」很多事不說，有很多事也做得不好。「娘。」

「嗯？」

魏世朝撇過頭去看她，見她已經閉上了眼，他就完全沈默了下來。想來，說起世事無奈，娘應該要比他懂，既然懂，還不與爹好，那就應是別的原因了；這世上，如同不可能有沒有原因的仇恨一樣，也不會有無緣無故就有的恩愛。

在書院待得兩天，賴雲煙就下了山。下山進城因天色已晚，臨近關城門之時，魏瑾泓親自來接了她，有他來，也就省了被官兵盤查這一道。

他上了她的馬車後，賴雲煙看著面前清瘦的男人道：「宮中的事了了？」

「沒有。」魏瑾泓漫不經心地瞥她一眼，道：「再過半月，皇上就要提地改之事了。」

「由他提？」

「嗯。」魏瑾泓淡道：「現在由皇上來，事半功倍。」皇帝正值威信最高的時候，他說什麼便是什麼，誰反對就拖出去宰了，大臣沒幾個有話要說，老百姓更不會說他什麼了。

「終於來了。」賴雲煙半靠在軟枕上，淡然地說了一句。

來了，但跟她想的完全不一樣。此時地改，不過是中央想集財集糧而已，把地方王侯貴族的錢糧都放進國庫，全國的錢與糧食都進了國庫，到時皇帝能做的事就多了。

「西海那邊已經去人了吧？」天色已黑，馬蹄悠悠，除了他們的人馬，路上這時已沒有一個人。賴雲煙掀簾看了那烏黑的街道一眼後，轉過頭朝他問道。

「去了兩趟人，一共一萬的人馬。」她問，他就答。

「去一趟須多久？」

「四年。」

賴雲煙臥在枕頭上的腰微微抬起了一下，接著就又軟了下去。「這路有點長。」

魏瑾泓摸了摸手指，沈默了一會兒後道：「在找新的通道，可能會縮短不少的時間。」

「能縮短多少？」

「半年、一年。」魏瑾泓說了他的猜測。

「那邊有讓人活下去的路？」

「有，在想辦法。」

「你是怎麼想的？」

「再過五年，我要帶領大軍過去，留下世朝帶領族人在京隨同皇上，而妳要隨同我去。」夜太黑了，馬車內她頭上的寶釵太過亮眼，比掛在馬車頂上的夜明珠還要亮眼不少。魏瑾泓覺得她蒼白的臉這時看來太過刺眼，就撇過了頭去，看著前面的車簾，不想看她的表情。她再問，他也答；她沒有出聲，他便也沒有回過頭去看她。

等馬車進了府，他回過頭去，這才看見她睡了，她睡了，他才敢看得仔細，發現年前她有些圓潤的下巴，這時已變得尖削，她也瘦了不少。歲月催人疲、催人老，落在她身上也是一樣的，當他把她放在和他一樣的位置想的時候，他們已經隔得很遠了，但無論如何，他們都會好好活下去的。

「大公子。」冬雨在外面出了聲，彎腰欲扶她下車。

簾一掀，看著賴雲煙被抱下車，冬雨突地驚呼。「大公子！」

「她太累了。」他簡言了一句，抱著她大步上了廊道。「叫你們的大夫過來。」

冬雨驚得提裙就往賴絕的方向跑。

秋虹急喘了口氣，揚頭就朝身後的丫鬟們叫。「生火、燒燙水！」

丫鬟們訓練有素，四處散開，這時已有人跑於他們前面進屋準備去了，等魏瑾泓進了她的內屋，炭火已經密布了四周，棉被也已鋪開。

待她隨行的大夫跑進來把脈，他才放開了一直緊握著她的、冰涼得徹底的手。

「魘住了，得扎針。」

「我來。」秋虹一個躍步上前，抱住了她的頭。

額頭上的幾針扎了下去後，她的氣息慢慢地重了起來，大夫吐了一口長氣，她丫鬟眼睛裡的淚也掉了出來。

「一月會有幾次？」他問。

「不是月月有。」秋虹別過頭道。

這時冬雨已端了化了參丸的湯水進來，秋虹捏著賴雲煙的下巴，冬雨就把特製的、用來灌藥的尖勺一把探到了她的喉嚨口，隨後合上她的下巴，讓她嚥下去，往來不得半會，一碗熱藥就送進了她的肚裡。

「公子知情？」餵藥過後，冬雨深吸了口氣，眨掉了眼睛裡的紅意，回過頭冷靜地看著魏瑾泓。

「知曉一二。」他們住得太近，她的住處現如今再嚴密，也不可能滴水不漏。

「是嗎？」冬雨勉強地笑了笑。「大公子剛跟小姐說了什麼？」

魏瑾泓沈默了下來。

「你們有小公子，小姐不能做什麼的。」冬雨憐愛地摸著賴雲煙的臉頰，臉色哀戚地說：「她這性子，也不允許自己做什麼，您對她再好點又何妨？左右她都是您的夫人。」

魏瑾泓這時看到賴雲煙的眼睛睜開，先是茫然地看著床底一眼，隨即朝他看來，看到他，她朝他笑，嘴角彎起，眼睛微眯，看起來清豔又溫和。

「歇一會兒。」見她想說話卻說不出來，魏瑾泓說了一句就匆匆背身而去。

她定是一張口，不是「謝謝大公子」，就是「煩勞您了」。

第五十九章

三月初本是春回大地的時候，但這年宣國的春天卻遲遲不來，陰雨綿綿下個不停，天氣陰寒得很，到中旬天氣都不見絲毫回暖，地裡的農民就知，今年的收成是沒有指望了。

在魏家一些族人準備陸續回魏府之際，賴雲煙讓蒼松帶人去接年長者先回府，一道把老幼病殘全接回來。

蒼松不大懂，但這次他在他們大公子那兒得了話，夫人此舉是彌補之意；多年後他們走，是定要先帶上青壯年走的，先讓這些長者、幼小回府跟著族長過上幾年好日子，也好安那些要走的為人子、為人父的族人的心。

「夫人不說明，沒幾個人能明白。」蒼松回道。

「這些事說明不得，能明白的就會明白，而明白這些的就是我需要帶走的人。」魏瑾泓淡淡地道。

沒有相當的領悟力、不足夠明白自己的使命，並且不能為此付出的人，都是他們不能帶走的人。遠路凶險，多一個愚魯之人都是在拖他們的後腿，依她的性情，她定是會在這幾年旁敲側擊地觀察著欲帶去之人了。

蒼松被他的話梗住，這才想起自己也是需要問才清楚的人，剎那間就閉上了嘴，每次一對上夫人的心思，他就覺得自己學著大公子的那些完全不夠用。

三月底，魏氏族人接回來了不少，魏瑾瑜夫婦也從石園那邊回了魏府，這時本是空蕩不已的魏府又多了幾分人氣。

祝慧真肚子裡的那個七月臨盆，現下肚子大得離奇，祝慧真不止一次懷疑是雙胎，但請去的大夫都說只有一個，她偏是不信，回了魏府後，又著人來請先前被魏瑾泓請到家中的天下名醫易高景。

但易高景已經不再隨身跟著魏瑾泓了，他現下大半的時候都在賴雲煙那兒，於是她請人一事就報到了賴雲煙那兒去；賴雲煙得知是去看胎，也沒多言，就令易高景去了。易高景去而復返後，得了兩盒蘿蔔糕，說是二夫人賞的。

修青院的事情根本就傳不到外頭去，這裡面就兩撥人馬，一撥魏瑾泓的，一撥賴雲煙的，現下除了他們院裡的人，根本沒人知道魏瑾泓把易高景給了她用，所以二夫人賞的這兩大盒糕點，恐也是有想讓魏瑾泓嚐個鮮的意思，而不是要帶給賴雲煙的。賴雲煙也沒把這當回事，等再過兩年、再長兩歲，這位八小姐也會踏實下來的，現下勸她、說她，都頂不了什麼用的，因為人都一樣，比起別人說的，自己明白的道理才徹骨。

賴雲煙真插手管魏家的事後，日子就沒以前那麼悠閒了。這日蘇明芙路過魏府進來見她時，她正坐在案前拿筆造冊。

蘇明芙見她硯臺上擺著三、四根毛筆，每根顏色都不一致，再上前略一看她手中的冊子，就收回身與忙個不停的她道：「怎麼忙成了這個樣子？」

賴雲煙不能說自己過幾年就要走，她現下要把魏家打理清楚給世朝，只得嘴裡玩笑道：「突然看玉公子順眼了不少，就幫幫他了。」

先前買糧的事魏府是主力，蘇明芙轉了轉腦，當賴雲煙是在償還那事，於是也就沒多問了。蘇明芙也是路過進來跟賴雲煙打聲招呼的，沒多時就要走了。

賴雲煙知道她是要回娘家，等她走後，也想了想蘇家的事。她嫂子底下沒有親弟弟，繼母生的也與她不親，想來，蘇家以後的路也是蘇大人的事，她這嫂子頂多到時幫一把手，多是肯定沒的。比起自己這個優柔寡斷的，嫂子對她的娘家人那是真狠得下心的，如此一想，賴雲煙也就釋然了。之後，她又為自己的多想自嘲了起來，都這麼老的婆娘了，操的心啊，這可是一日比一日多。

舉國上下這麼多人是撤不走的，按善悟之意，把一些人撤到屆時會受災難較小的地方，到時生死天論；而魏瑾泓是頭一批走的人，前為皇帝領路，他之後就是皇帝帶人撤，太子是最後一批撤的人。

而這其中，注定有一批是要隨著這個地動山搖的劫難而死的人。

善悟是和尚，跟皇帝要來了一道提前三年告知民眾詳情的旨令，到時這些人可以往西逃，逃到了地方就收救，到不了，只能說時也，命也。

這廂元辰帝終於下令地改，令各地王侯貴族上交土地，土地再由皇帝按人丁分發下去，到時稅糧直接送進國庫。元辰帝此舉引發各地王侯的抗議，這廂他們正商量著定要不接來旨，那廂到了京的岑南王已領旨率將割王殺侯，凡不接帝旨的，當場格殺勿論。

在岑南王十日內奔波兩省、割了兩個侯爺的腦袋，而各地的其他諸侯也在殺將的劍下掉了幾顆腦袋後，最終，所有異議在皇帝下令的血腥殺戮中戛然而止。

這廂，上任戶部尚書的司仁上臺收回土地，再按人丁把土地分發下去，耗時僅只兩個月，此次地改，堪稱速戰速決。

諸侯這邊只存無用的嗚咽，那邊百姓卻是雀躍不已，高呼萬歲。雖說他們每年要向官府交五成的稅糧也堪稱重稅，但比起當佃農時，每年只得幾石糧食的光景來說，每人且還能得五畝田，這點重稅對他們來說也就不是重稅了，因為一年做得好下來，刨去吃的，家裡還能有一點剩餘。細算下來，他們的光景也只比以往好上一點，但這一點對只想吃飽飯的平民百姓來說，卻是好上太多了，並為此滿足不已，為著朝廷歌功頌德。

前世以魏瑾泓為首的地改，這世他未出一頭就得以實行。這一次，皇帝以及他的力量已豐，用著他們創造的天時地利人和，終於踏出了前世未能實行的最重要一步：斂財儲糧。

地改令一實行，賴雲煙就知很多事如大江東去，再也不是區區一個人就可改變得了了。

在這其間，皇帝要他的國家，魏瑾泓要忠他的君、要帶領他的族人，她兄長也要帶著自家族人走出一條生路；而她有兄長、有兒子，還有身邊些許僕人要顧上一顧。這世道，無論何時都變不了一個道理，那就是自求多福，王公貴族也好，平民百姓也好，要命、要過好日子，都只能靠自己，老天爺大多時候都是不長眼的。

修青院的側院主屋，當桌上只餘殘菜剩飯時，魏瑾泓進了門來，盤腿在食桌前坐下就拿起了一個乾淨的湯碗給了丫鬟。「添飯。」

「沒留司大人的飯？」賴雲煙略挑了下眉。

「他吃了來的。」魏瑾泓簡言。

這時冬雨端了清茶過來，看到魏瑾泓時微有一驚，跪下把茶放到賴雲煙手邊時看了自家主子一眼，見她神色沒什麼不對，才轉頭向魏瑾泓道：「奴婢這就給您奉茶。」

近來天熱，賴雲煙也不煮茶喝了，都是由丫鬟泡了端上來喝，這時見魏瑾泓接過丫鬟手中的飯碗，還沒等新菜上桌，就著剩菜就用起了膳，賴雲煙差點被口中剛含著的茶水嗆著。

她把茶水強嚥了下去，搖了下頭道：「您這般吃法，應吃到皇上面前去。」也許見他可憐，還能多發他點米糧。

「能吃就行。」魏瑾泓淡言。

賴雲煙微微一笑，由他樂意去了。

等魏瑾泓就著剩菜用完了一碗飯，新的菜才上桌，見是他用，丫鬟們這次又多添了兩個葷菜。

「以後不用這麼多了。」魏瑾泓朝端菜上桌的春光溫和地道：「要是我來得晚，端上兩素一葷即好。」

春光猶豫地低下頭，頭往自家主子那邊看去。

賴雲煙笑而不語，見丫鬟瞅她，她還是輕頷了下首。魏大人要裝樣，那就裝著吧，苦日子這才剛開始呢，以後雖不至於缺吃缺喝，但想有往日光景，那就不可能了；她也可憐她自己，這世衣食從不缺自己的，哪想往後還是要收起口腹之慾。

「世朝那兒，還是別學你得好，他年紀還小，正長著身體。」賴雲煙笑笑道。

魏瑾泓把口中的飯嚥下，朝她點了下頭，他也習慣她說他的話不好聽了。

見魏瑾泓雷打不動的樣子，賴雲煙也沒了說話的趣味，端了茶就去了書案那兒看書去了。

不多時，冬雨進來報。「賴老爺來了。」

「哥哥來了？」賴雲煙略抬了下眉，朝食桌邊喝茶的魏瑾泓看去。

「前來見誰的？」魏瑾泓朝冬雨溫和地問了一句。

「這……」冬雨彎彎腰。「奴婢還沒問。」

「去問一聲。」魏瑾泓這時起身，走到了賴雲煙身邊，對她說：「我回書房，有事令下人來叫我一聲。」

賴雲煙還沒點頭，賴震嚴的聲音就在外屋的門邊響起——

「來見你們倆的，都給我留著！」

「奉茶。」賴雲煙已經起身，朝門邊那高大冷酷的男人看去，笑著道：「這大晚上的，你來幹什麼？」

賴震嚴瞥了她一眼，雙手相握，對著站於她身後的魏瑾泓就是一揖。「魏大人！」

「兄長。」魏瑾泓回了一禮。

聽到兄長的口氣裡有火藥味，賴雲煙垂眼拿帕擋嘴想了一下，眼睛朝魏瑾泓看去。

魏瑾泓對上她的眼睛，一眼後，口氣越發溫和。「兄長請入座。」

賴震嚴冷冷地勾了勾嘴角，又看了看妹妹一眼，這才掀袍入了座。

魏瑾泓在他的對面坐下，賴雲煙在他身邊坐下後就聽他道——

「兄長前來所為何事？」

賴震嚴先沒說話，等丫鬟上了茶退下後，他端了茶杯淺抿了一口，才抬目冷冷地對魏瑾泓道：「我聽說你要把蔡磊送回我賴家？」

「哥……」賴雲煙一聽就知道個大概了，遂即對魏瑾泓說：「我跟我兄長說會子話，您去忙您的去。」

「他不能說？」賴震嚴制止了她。

賴雲煙哭笑不得，只能朝魏瑾泓看去。前去西海之事不是小事，任何事都有輕重緩急，她也不敢就這麼說給她哥聽了，現下能不能說，就要看魏瑾泓的意思了。

賴震嚴口氣不大好，魏瑾泓口氣卻還是不變的，依舊溫和。「兄長可知我已把易高景的死契給了雲煙？」

「可那還是你的人！」賴震嚴信不過他。

「易大夫是忠義之人——」

「這裡沒妳說話的分！」賴雲煙一開口，賴震嚴就瞪了她一眼。

娘家哥哥又來替她長威風了。賴雲煙無奈，但也只能閉上嘴，看著哥哥為她出頭。

「如若兄長不放心，蔡大夫也可留下。」她是想把大夫還給娘家幫著娘家的，她兄長卻只想著定是他下了手段逼離了她身邊之人。這麼多年了，自她身邊最初的那兩個丫鬟嫁與他的小廝後，他哪還真逼迫過她身邊的人？可就因為她不喜他，震嚴兄明著與他和睦，私下卻當他是十惡不赦之徒，這等兄妹，他也真是拿他們沒太多辦法。

「這話可是你說的？」賴震嚴微眯了下眼，看著魏瑾泓道。

「是。」魏瑾泓微微一笑。

「那就好，蔡磊留下，以後別提什麼送不送回了。」

剛得知蔡磊之事的賴震嚴自以為自己又替妹妹解決了一次事情，雖然還是板著臉，但眼睛裡還是透著些許得意地往賴雲煙看去。賴雲煙看著兄長有些討好的眼神，真是哭笑不得至極，卻只能強掩住無力地朝兄長感激一笑，換來了兄長滿意不已的頷首。看來，還是得留蔡磊一段時日，等時機對了才能送回去。

魏瑾泓送了賴震嚴出府，門前賴震嚴朝他大笑，拍他肩膀道：「瑾泓真乃君子也，我妹妹嫁給你是真沒嫁錯！」

當著人的面，賴震嚴總是與他表現親近，以示賴、魏一家，魏瑾泓每次都由他作假，這次亦然，回以一禮微笑道：「兄長謬讚。」

對於魏瑾泓，賴震嚴總覺得他城府太深，不適合妹妹，但對於他明面一直表現出來的恭謙，賴震嚴還是頗為滿意的；至少，給妹妹的體面，這人還是一直為她留著。這麼多年，院內就她一個女主人，便是有點興風作浪的也被打押出去了，就這點，他尚還有點可取之處。

賴震嚴領著人上馬而去後，魏瑾泓回了書房，不久後宮中來人傳他，他換了常服，匆匆帶人去往宮中。

走的時候路過側院的大門，聽到裡面聲響較大，他頓了下腳步，往身邊看去，身邊的燕雁知道他的意思，在他領著的一群人中悄然退下，往側院打探消息去了。

不多時，燕雁回了已經在馬車上的魏瑾泓的身邊，與他輕聲道：「說是碰到一處不解的地方，正點燈四處找書看呢。」

「要是她院子裡的人出了門，找人問了事，告知她去我書房找。」他書房的書多，由她找去。

「這……」書房是重地啊！

「只她一人進。」

「公子……」燕雁還是震驚。

「就說除了書案上之物，其餘隨她翻找。」魏瑾泓淡淡說完，就閉上眼假寐起來。

燕雁不敢再多問，起身下了馬車，把那句「您真敢信夫人？」的話給埋在了肚中。

第六十章

這一年七月，祝慧真生下了她的三子，而世朝年滿十四。

這天世朝回了府，賴雲煙給他穿了她親手為他縫製的新裳，冬雨親手做了長壽麵與他吃，秋虹給他穿了她為他做的鞋，魏二嬸與一群女眷也相繼送來了禮物。

當世朝出門去拜會長輩後，說到世朝的親事，賴雲煙在一群女眷面前笑而不語，也不提司家的事。

魏二嬸這時湊過來問：「是不是司家那位？」

賴雲煙還是笑。

見她不答這話，又轉了別的話與一群人說說笑笑，於是也就沒人再問了。

等到要去正堂吃小席途中，魏家旁支一位年長的老夫人過來輕聲問魏二嬸。「是不是跟那邊還沒透好氣，沒準備訂，所以才不給準話？」

魏二嬸搖頭笑道：「這事我哪知道啊！」

「妳不知道誰知道啊？她跟妳那麼好。」老夫人推了推她，想得知準話好跟別人說去。

「真不知道。」魏二嬸笑嘆道：「平日見著她這身子，問她哪兒疼、哪兒不好的都來不及了，哪顧得上問別的？」

「妳這嘴嚴實得啊……」老夫人感嘆，捏了捏她的手，不過也識趣地不再問了。

這時午席吃過後，司家的禮物到了，除了幾本古籍，還有一雙繡了小花的鞋底。

魏世朝對著那放了鞋底的包袱看了又看，看得賴雲煙笑了好幾聲，才在兒子臊紅的臉下讓冬雨把那鞋底放到他的鞋子裡。

「娘，別，等天冷了再穿，現在穿，腳容易出汗，容易髒。」魏世朝嘀咕著說，臉頰邊上微有點紅。

他現今讀書苦，還得替祖父打理書院的事，便是族人中的小事，他也要學著管上一管，往往也是三更睡，天明起，辛苦得很。賴雲煙不忍他回府一日還逆他的意，就笑道：「那就替你收到包袱裡，哪日要是想起了，讓小僕替你換上就是。」

「好。」魏世朝笑了一笑，說著朝賴雲煙道：「我給妳帶回來的東西妳瞧了沒有？」

「那根竹笛啊？」

「妳不喜歡啊？」魏世朝斜眼看著他娘。

賴雲煙假裝認真地想了想，見他眼睛瞪得越來越大，她沒忍住笑出了聲。「喜歡得緊！」

「回頭等我學會製琴了，到時再製一把給妳。」

「今日是你壽辰。」

「也是妳生我之日。」

魏世朝說到這兒時，一直在外會客的魏瑾泓進了門來，對這對母子說：「夜宴就不開了，世朝在家中住上一日，明早再回書院。」

「怎地不開了？」賴雲煙問了一句。早前不是說好要開夜宴，讓賴家那邊的親戚和族鄰都過來吃上一頓的嗎？

「七叔公拿這開宴的料到夫子廟去布粥了。」魏瑾泓坐下吐了口氣道。

「還是七太叔公替世朝想得周到。」魏世朝聞言，眉頭只輕輕一擰就舒展了開來，起身與父母作揖道：「那趁著時辰還早，我去舅父家告個罪。」

「去吧。」魏瑾泓朝他頷首。

「娘？」魏世朝轉臉看向母親。

賴雲煙笑著點了下頭。等他走後，賴雲煙臉上的笑便淡了下來，皺眉朝魏瑾泓問去。「怎麼回事？」為何夜宴都開不了了？

「族中長老剛議了一下，說此時不宜宴客，於名聲有礙。」魏瑾泓垂眼道。

良久，賴雲煙靠在椅子上，閉著眼睛從牙關裡擠出了字。「窩囊。」

魏瑾泓不知她是在說他，還是在說她自己，或是都包括了，只是當他抬起頭來看著她灰敗的臉時，他心中相當的不好受；小兒壽辰，連家宴都要節制，莫怪她不好受了。

第二日，魏世朝就又回了書院，送走他後，冬雨跟秋虹又哭成了個淚人兒，倒是賴雲煙滴淚未流。

這日傍晚，一直在外的魏瑾泓派人回來請易高景，這時跟著魏世朝在書院的春暉也來了賴雲煙面前報，說話之前他一把跪在賴雲煙的跟前，頭往下重重一磕，磕出了血！

「老太爺不行了，說死都要死在書院，下奴只能回來請大夫。」

突聞此訊，賴雲煙驚得抽了口氣，道：「昨日不是還好好的？」不是還令人送了長壽麵回來？

「這段時日已是不行了，只是瞞著，想讓小主子回府過個好日子，便是大公子那兒，也一直都是瞞得緊緊的。」春暉說到這兒，眼睛已經含淚。

賴雲煙不知說何話才好，轉過頭就讓下人去備車，另讓蔡磊準備藥箱。

「易大夫呢？上路了？」

「已經快馬去了。」

「讓蔡磊也快馬跟上。」賴雲煙對賴絕吩咐完後，人還有點回不過神。「什麼時候不行的？怎麼先前一點訊都沒有？」

「小的不知。」春暉磕頭道。

「起來吧，莫再磕了。大公子人呢？在哪兒？」

「在宮中。」春暉道，眼淚從他的眼睛裡流了出來。「皇上與他有重事商議，他說您要是可行，就替他先去看著老太爺，他隨後就到。」

賴雲煙聞言苦笑，這時秋虹拿披風給她披上，她也等不及秋虹繫緊，邊走邊自己繫著說道：「那就快馬去吧。」這種時候，不好再袖手旁觀。

這一次去德宏書院的路比前次要好，馬車也能快馬上山。賴雲煙到時，見魏景仲的老僕跪在院外的空地磕頭求老天爺，而她剛踏進魏景仲住的主院內，就見易高景與蔡磊正在大開著門的屋內為魏景仲施針。賴雲煙左右看了兩眼，見手上端著熱水候在門外的小廝看到她施禮時也沒弄出什麼動靜來，心中便知這裡的管事也是個心裡門兒清的。

「大夫人。」賴雲煙一站在屋前，剛沒到的管事全叔就飛快跑來，給她施了一禮。

「小公子呢？」賴雲煙看著門內施針的人，輕聲問道。

這時屋內、院內皆是安靜無比，管事全叔回話也很是低聲。「小公子剛進書院，就被老太爺派去拜訪一名學子的家中大人，商量事情去了。」

「也就是他不在？」

「是。」

賴雲煙搖了搖頭。「下去忙去吧。」

這時冬雨搬來了椅子，扶了她坐下。

賴雲煙冷靜地看著屋內施針的兩位大夫，她看到他們的額頭都冒出了汗，但無法看出這時床上的人到底如何了。她來時無人進屋，想來大夫也是吩咐過不能貿然進屋的，因此這時她也不便進屋打擾人，只能在外看著。

這時她看到蔡磊停了遞針的手，拿起了紙筆，她就偏了頭，對冬雨道：「把帶來的藥都鋪開了，等一會兒妳先進一下眼，看哪樣沒有的，叫管事的立馬去取。」

「是。」冬雨速速一福腰。

那廂屋內的蔡磊已快步出門，見到賴雲煙，他勉強笑了笑，施了一禮，遞過方子道：「夫人，急須這些藥材煎成湯藥泡湯。」

賴雲煙朝他點了點頭，把方子給了冬雨。

這時蔡磊再一揖禮，前胸後背的衣裳已被急汗濕透的他又快步回了屋內。

全叔已在那兒候令，冬雨接過方子一看，把缺的藥物跟他一說，兩方人馬就迅速動了起來，不到半個時辰，湯藥就已經起了泡，但再到煎好倒入浴桶搬入屋內，已是一個半時辰後了。

這時再有方子出來，天色已暗了。

為了避嫌，賴雲煙坐在屋前的院中，抬頭看著那滿天星光，腦海中空蕩蕩的一片。這時她又聽到前院全管事吼著小廝手腳快些的輕微聲響，她回過了神，低下頭揉了揉脖子，對身後站著的兩個年紀較輕的武使丫鬟道：「妳們也過去幫忙吧。」

「可……」

「去吧，我就坐在這兒，沒事。」賴雲煙朝她們搖搖頭，示意她們過去。

「是。」兩丫鬟輕應了一聲，隨即就健步如飛地往那正在挑藥煎藥的前院跑去了。

丫鬟的腳步聲剛落，隨即就有一道快跑過來的輕微聲音，賴雲煙還當是賴絕或者賴三兒前來與她報事，哪想，那快步聲止於門前，她抬頭去看時，卻看到了滿臉都是汗滴的魏瑾泓。

「爹呢？我爹呢？」魏瑾泓問著她，嘴巴微張，但卻一點聲音也沒有發出，他看著她的眼睛也是紅的，連眼珠子都似透著正在焚燒的光。

賴雲煙站了起來，見這時已站於她前面的魏瑾泓一點聲音也發不出，她大力拉著他按在了椅子上，一把掐著他的人中，口中淡然地說：「已經快救過來了，快沒事了。你吸口長氣，嗯，再吐出來……」等到魏瑾泓吸氣、吐氣後，賴雲煙才發現她這時摸著的頭髮是汗濕的，連臉都是燙的。她皺著眉頭鬆開了手，在袖中扯過帕子暗中擦了擦手，面上還是若無其事地淡道：「緩足了氣就去找管事的問吧，不過想來也是沒什麼大礙了。」

說著時，她偏過頭，看向了似有聲響的門邊，然後，她看到了這時與她小兒站於門前的江鎮遠。他這時的臉是笑的，眼睛卻不是，並且他沒有看她，而是看著椅上之人。賴雲煙當下莫名覺得背後發冷，她回過頭，看向了魏瑾泓。

在她看向他之時，魏瑾泓閉了閉眼，然後他緊緊扶著椅臂站了起來，兩手相握，往門口遙遙一揖。「江兄。」

江鎮遠回視著他，旋即粲然一笑，回以一揖。「魏兄。」

「大公子。」全管事這時急步而來。

「老太爺如何了？」魏瑾泓回過了頭去問他。

賴雲煙的眼睛垂在半空中，轉而微微一笑，往門邊看去。

「娘。」魏世朝看著她，動了動嘴皮，這時已大步朝她走來。

賴雲煙朝他微笑，再向那門邊的男子看去，輕輕頷首道：「江先生。」

「魏夫人。」江鎮遠一揖，跟在了魏世朝背後，慢悠悠地走來。

「祖父如何了？」魏世朝急問，眼睛卻並不看向賴雲煙。

賴雲煙看著他撇開的臉，神色如常，音色也如常。「大夫還在屋內，用不了多久就會有好訊出來吧。」

「那就好。爹……」魏世朝這時向聽管事說話的父親走去。

而這時，江鎮遠來到了賴雲煙的身邊。

賴雲煙臉帶微笑，眼睛跟隨著她的孩子，近在身邊的人的呼吸卻清晰可聞。他們太近了，比上次隔著一張桌子的距離還近，近到她都能聽見他的心跳聲，以一種她從沒聽過的節奏在跳動著。她清楚地知道有些事變了，而在這人間過了這麼久的她一點兒也不奇怪，也許早在當初他吟吟笑著投來的那一眼中，她就知道很多事已經跟前世不一樣了；他不一樣，她不一樣，一切就都不同了。

「雲煙。」魏瑾泓突然在不遠處叫了她一聲，並朝她伸出了手。

賴雲煙微笑走近，把手搭在了他的手裡。

「江先生，請稍候，我們進屋一趟。」魏瑾泓朝江鎮遠溫和有禮地說道。

江鎮遠笑著看向他們，當他看到她吟吟笑著朝他投來的笑容，他呵呵笑了兩聲，掩去了心中無盡的感慨，兩手拱禮作揖，退後了一步，道了一聲。「是。」她真殘忍，也真懂得傷他；可惜，她若真是無情，連多看他一眼都不會，何必把手放上，昭示著他們夫妻恩愛？何必讓他以為他剛看到的、她對她夫君的冷淡與無動於衷是假的？

賴雲煙向前走了幾步，發現魏世朝的手緊緊抓住了她的手袖一角，待走近了屋，她頓住了腳步，嚴厲地朝他看去，聲音微凝。「世朝。」

「娘。」魏世朝頓了一下，覺得有些不妥地緊了緊手，隨即又悄悄地鬆開，朝她自然地笑去。

「你剛忘了向先生行禮道別。」賴雲煙朝他說完，就轉過了臉，對魏瑾泓道：「他就是這樣幫著祖父處理書院事務的？」

「孩兒這就去向先生致歉。」看父親默而不語，魏世朝向母親投去複雜的一瞥，心中黯然地嘆了口氣，轉頭往門邊走去。

賴雲煙看著他走出了門，沒有叫住他。

孩子大了，慢慢在與她漸行漸遠了，早在帶他回京那日起，怕是就已注定了他們母子的今日，複雜的環境裡，沒有永遠單純的情感。

這時，她手上的手緊了緊，賴雲煙轉回過頭，朝他道：「您該鬆開我的手了。」

魏瑾泓模糊一笑，道了聲。「暫且如此吧。」

他沒有鬆，拉著她進了屋，直到在兩個大夫的注視下上了主位，他才鬆開了她的手，放任她坐下。

「如何？」

「已經逼出了喉嚨間的痰，要是明日早間能醒過來，就無大礙。」

「我能去看看？」

「能。」

「來。」魏瑾泓又朝賴雲煙伸出了手。

賴雲煙朝他輕搖了下頭。

魏瑾泓直視著她。

賴雲煙在他的注視下，嘴邊慢慢挑起了自嘲的弧度，自行扶椅站了起來，走到了他的身邊。只越過一道門，他們就到了內臥。

床上的魏景仲瘦骨嶙峋，臉色黃中透著青，滿頭的白髮蒼白得毫無生氣，緊閉著的雙眼讓他看起來更像一個死人。

賴雲煙嘴邊的自嘲冷卻了下來，在這個老得好像只剩一口氣沒嚥下的老人面前，她心中此時湧現的不是她以為會有的冷漠，而是悲涼。人汲汲一生，誰知道命到終頭，等待自己的是什麼？如現在的魏景仲，如以後老了的自己，當一切都無可掌握時，好像確實只能把一切不是交給命運，就是交給後代了，誰能鬥得過這時間永無止境的老天爺？

看著魏瑾泓俯身去探他的鼻息，賴雲煙低頭看著自己同樣蒼白瘦削的手，與魏景仲微有不同的是，她的還未衰老，還有些許生氣。她一直都在為自己的貪婪付出代價，生出世朝，保全局勢，最終自己弄的苦果要自己嘗，怪誰都怪不得。

魏瑾泓坐在魏景仲的床頭，不知在想什麼的時候，賴雲煙走到了窗頭站著，沒有去看這對父子；她與魏瑾泓，說來都沒有權怪對方的立場，是他們自行選擇走到了這一步。

第六十一章

「妳過來。」她看著緊閉的窗棱好一會兒，眼珠子都好似忘了動，魏瑾泓出聲喚了她一聲，她朝他看過來，淡淡一笑。「走吧。」魏瑾泓起了身，給老父掖緊了被。

帶她出了門，院子裡只有世朝在那兒跪著，見到他們來，他朝他們磕了頭。

「已經跟先生道了不是了。」

「江先生呢？」

「走了一炷香有餘。」魏世朝答道。

他先前還當母親怪他對先生無禮，只是當他去向先生致歉，先生的笑容有些慘白時，他才知道事情跟他想的都不一樣；這也讓他明白，在他知道人心有多險惡的如今，他還是不能完全猜透母親的心，也猜不透先生的。剛剛他只能從先生完全掩飾不住的慘然笑中知道，母親在用他的致歉傷害先生。

他們到底是什麼關係，他想，他不想知道，也不想去知道。母親是個總是知道自己在做什麼的人，她教他那麼多的道理早讓他明白，她不是一個會置這世間禮法於不顧的女子。

「起來吧。」魏瑾泓拉了他起來。「送我們去院中休息。」

「祖父無事了？」

「沒事了，送我們過去後，你再來陪陪他。」魏瑾泓拉著他冰涼的手暖了暖，才放開他的手，對身邊的賴雲煙道：「朝兒手有些冷，妳一會兒讓丫鬟給他煮點熱湯暖暖。」

賴雲煙愣了一下，隨後拉過世朝的手放到了手中，頓時，那張厲得沒有溫情的臉柔和了下來。「該喝點祛寒的，莫冷著了才是好，找蔡磊過來把下脈。」

「奴婢這就去請。」她身邊的冬雨已經動了。

魏瑾泓的臉色也柔和了下來。

等小兒在他們這裡喝過湯藥走後，魏瑾泓剛在他的房中褪去衣，準備閉眼假寐一會兒時，卻聽到門邊突然響起了敲門聲，門外燕雁道——

「公子，夫人來了。」

「進。」

門吱呀吱呀地響起，打了開來，她穿著一襲青衫，頭上披散著一頭濃密的黑髮，飄然而入。

「有件事，忘了問您了。」

魏瑾泓示意下僕關上門離開，等門關上，才看著她粉黛未施、只餘蒼白的臉，道：「什麼事？」

「我們走時，江大人會在哪兒？」

魏瑾泓本來溫和的臉色漸漸淡了下來，過了許久，燈光下她黑髮中那一抹陡動的銀色突然刺疼了他的眼，他睜大了眼，待細細看過，確定那是一縷銀色無疑後，他掩盡了心中無邊無際的痛楚和酸澀，閉眼道：「妳想他在哪兒？」

「你我前去之路，是活路還是死路？」

「未知。」

賴雲煙笑了笑，心中的思慮終有了決定。「那就讓他跟皇上走吧。」那般英明無雙的皇上，跟著他，比跟著他們的活路要大些。

「本是如此決定。」魏瑾泓讓自己嘴角的笑容頓住不褪。「妳跟我走，他跟皇上走。」

「呵……」賴雲煙輕笑起來，眼睛發亮，嘴角盡是自嘲。「就是事到如今，我也不敢盡信你們，你知道我心眼小。」信他們，命都不知丟多少次了。

「雲煙。」在她轉身離去之時，魏瑾泓叫住了她。

「嗯？」她回過了頭。

「妳頭上……」他指了她那縷銀髮所在的位置。

她伸手撫去，挑來一縷放置在眼前，在看到那幾根銀絲後就笑了。

「早有了，大公子，無礙的。」她朝他微微一笑，兩手微提了裙，又欲要轉身。

「以前沒有的。」

「時候到了，就有了。」她拖裙而去，這次，頭也不回。

「雲煙……」良久後，他再叫了她一聲，這一次，人已遠去，再無人答他的呼喚聲。

他走到門口，夜色中也沒有她的人影，他扶柱往她住的閣樓走去，走到半途，突聞琴聲，他掉頭看去，看到那隔著不遠的亭中，有人盤地彈琴。魏瑾泓突然笑了起來，他掉頭走到亭中，聽著那人彈〈獨相思〉，聽那人彈了一遍又一遍，卻是不停。

這時他嘴邊的笑容更深，在那人彈第三遍〈獨相思〉時，他俯下身，低下頭，在那人耳邊一字一句地道：「你當她是什麼？」

江鎮遠手未停，彈完第三曲〈獨相思〉後才停了手，往盤腿而坐、不語的魏瑾泓看去，朝他笑了笑。「善悟找上我那年，我向他問過我的姻緣。」

魏瑾泓閉眼笑而不語。

江鎮遠的話也就未再說下去了。說什麼也沒用了，她好像心知肚明，他也是明知其中之意，事到如今，他容自己彈〈獨相思〉，卻只問他，把她當什麼。是啊，自己要是真尊她、重她，就不應該在此等聖賢之地彈這〈獨相思〉，如了自己的願，卻唐突了所有人。江鎮遠收了琴，斂了嘴邊閒懶的笑意，繼而鄭重地朝東方一拜，致了自己的歉，抱琴起身。

「她這生最不喜的事，大概就是讓下輩背負父母債。」魏瑾泓看著江鎮遠瀟灑而起的身姿，嘴邊的笑容也冷了。「尤為不喜的，就是讓她掙脫不得卻只能承受的，如我。江先生可知我與她為何至如今這地步？」

「為何？」江鎮遠頓住了身體，俯首往那盤地而坐的人看去。「你當我真不知？」

「你知？」

「我、不、知。」江鎮遠突然哈哈大笑了起來，垂眼看著手中琴，笑道：「魏大人，韶光匆匆，當年秦山一別已有十六年之久了，您興許不記得了，鄙人卻是記得清清楚楚，如若您真是心喜她，那一年，您就應該放了她。」

「放了她？那就是休了她了。」魏瑾泓在袖下捏緊了拳，嘴角冰冷。「我若休了她，那江先生就應該想過她以後何去何從了，難不成，讓她跟了你？」

「跟了我又何妨？這天下之大，我會帶她去她想去之地。」

「她背後的兄長家族、你身後的家族祖輩，你要讓她如你一樣棄之不顧？江先生，你，把她當成了什麼？」魏瑾泓好笑地笑了起來。

江鎮遠聽到這兒也笑了起來，只是笑聲嘎啞難聽，許久後，他看向魏瑾泓，眼帶悲意地嘆道：「所以直至如今，江某也只有能彈一首〈獨相思〉的孤勇。」說後，抱琴一揖，大步離去。

這麼多年了，就是隱隱知道她是什麼人，他才隨了她，一同墜入這滾滾紅塵中。不見她，這日子便也好過，朝廷大義也好，縱情山水也罷，總有一條出路帶著他往前走；只有見了她，才知相思愁，相思苦，知她心累，伸出五指，卻只能看她搭上別人的手，那種苦，熬得人心神俱裂，痛不欲生。恩師道這世上最苦的是私情，年輕時他當這是天下之大稽，只有當再見到她時，他才知道相知相識卻不能相認的苦酒到底有多難飲；而再難飲，他也只能全部飲盡。他陪她走這一遭，但從此之後，再也不能讓她為難了，這又何必？她已苦透。

「小姐。」冬雨給魏世朝送去早膳後，前來與賴雲煙報道：「老太爺醒來了。」

「大磊他們怎麼說的？」賴雲煙靠在床上，閉眼淡語。

「大磊讓我跟您說，此次救是救了過來，但大約也就這半年間的事了。」

賴雲煙躺在那兒，良久都未出聲。

「小姐，喝口粥吧。」

賴雲煙睜了眼，拿過她手中的粥，未用勺便就著碗口喝了起來，喝了幾口後道：「拿青衫來，我要去請安。」

「是。」

賴雲煙著了青衫，去了魏景仲的徐陽院，去時魏景仲正在用藥，賴雲煙本請完安就靜站在了一邊，但在魏景仲的示意下，上前去餵了他的藥。

「妳進來這麼多年，我都不知妳長什麼樣，現今看來，世朝還是有些肖似於妳的。」用完藥，魏景仲突然出聲，老邁的老人拖著氣衰神弱的聲音說了一大段話。

「只有那兩分像我。」賴雲煙把空碗放到盤中，笑笑道。

「聽說妳身子也不好？」

「還好，多謝您關心。」

「與瑾泓一起好好養著，我百年後，魏府就要全靠你們了。」魏景仲說到這兒，指著坐在他身側不語的魏瑾泓道：「把那個盒子給她。」

魏瑾泓看他一眼，看他點頭後，沒看賴雲煙就起身去了書櫃前，從書櫃後的暗箱裡把一個盒子拿了出來，遞到了他手中。

「這給妳。」魏景仲把盒子交給了她。「這是祖宗留下來的，妳留著。」

賴雲煙打開盒子輕探一眼，就立馬合上了盒子，許久都未出聲。

「怎麼用，妳自己琢磨。」魏景仲說完這話，就閉上了眼。

賴雲煙緊緊拿著盒子，抿緊了唇，繃直了下巴，過了一會兒，她挺直了背起身，再一福禮，還是把盒子放於自己袖下，走了出去。這盒中的九龍令，她只聽聞過魏府有，卻沒想到竟有見到的一天；她本不應該要，但這東西太重要了，讓她不可能撒手不要。走出門那刻，賴雲煙就知道，這次自己又敗了。拿了魏家這傳世之寶的盒子，便注定她一世都是魏家媳了，哪怕她再荒唐，魏家後人也只會認她是魏家婦。她的慾望太重了，這也要、那也要，所以只能束手就擒，她這種人，這世哪天不得好死，也是命中注定的結果。

「書院之事，你可能處置好？」賴雲煙笑著向近在身前的魏世朝輕聲問道。

魏世朝看著母親，眼角滴下了淚，並點了頭。母親與他終是生疏了，她看著他的眼睛裡還是有著無盡的慈愛，但他在她的問話中已知道，她沒有再把他當那最親的親人了。母親詢問他，而不像以往那樣關懷備至地問他各項事宜；他知道他也怪不得她，這些事，都是她問不得的，為了他好，她只能什麼都不問，只能與他生疏。

「娘……」

「嗯？」賴雲煙拭完了他眼角的淚，淡淡地說：「要說什麼？如果是想告知我，哪日你再回府的話，娘當然是願你越早回越好。」世朝再不與他父親親近，也是她的孩子，這一點，她希望他能明白，她這兒是他永遠想靠就可以靠、想停歇就可以療傷的港灣，只要他回來，他就會是她疼愛並且想保護的孩子。

「娘。」

「嗯，不哭了。」賴雲煙抹乾了他的眼淚，微笑著與他說道：「你父與我就要接你祖父回去靜養了，書院族人之事，就得全靠你了。我早前聽你說你擔著此責做得甚好，我也是有些寬心的，只是望你不要出什麼差池；今日不同往昔，時至今日，也到你獨當一面之時了。」

「娘。」魏世朝趴在她的肩頭抹了兩把淚，想笑著對她說「好」，到後頭還是只說了一個字，眼淚就噴薄而出。「娘……」

看著傷心不已的孩子，賴雲煙把他摟在了懷中，輕輕拍打著他的背，與他淡淡道：「你大了，娘沒有辦法的事，你要有辦法才好，可好？」

「好……好。」魏世朝哭著道了「好」，又道：「可要是沒有法子，妳會不會怪我？」

「怪的。」

魏世朝最終歇斯底里地哭出了聲來，最後肩膀一鬆時，卻又聽他娘在他耳邊輕聲道——

「也就只是怪怪，不想為難你；你好，我才好，你活著，我才能活到老、活到頭，才覺得這人世間還能捱得下去。」

「娘……」魏世朝心中萬般悲切，只餘無力的哽咽。

魏瑾泓本坐在他們一旁，這時已站了起來。他看著賴雲煙那悲喜不明的臉，突然想起前世他迎娶她的那日，一掀紅蓋頭，她那燦爛得連天地都黯然失色的笑。這時光，走至如今，原來磨平的不僅是他的心性，連帶也把她絢爛得似火的感情一併帶走了。錯待她的，是他，還是這世間，一時之間，他也有些分不清了。早知如此，上世在她絕望哭泣的那日就不該推開她，而是把她乾脆地拖入他的地獄，讓她一起陪他熬；也許他們什麼都不會有，但至少在她憎恨他的時候，他還能告訴她一聲「我愛妳」，而不像現如今，只能眼睜睜地看著她悲喜不明，然後一個字都說不出口。這時他再放她走，她走得也遠不了了，一念之錯，終錯到了無可挽回的這日。

「爹、爹……」魏世朝這時在賴雲煙的胸中大叫了起來，他絕望地叫著，哀求不已。

魏瑾泓抬起頭，止了眼中的淚意，什麼也沒說。

「爹……」

孩子那欲要喊破喉嚨的悲切聲在他的耳邊響起，魏瑾泓抬手撫了撫臉，一字不發地往外走。

他的腳步聲在廳堂中漸漸地遠了，等終於消失後，魏世朝在賴雲煙懷中抬起了滿是淚水的臉，道：「娘，下輩子，妳別生我，也別……別……」終是對父親不忍，他沒說出讓他娘「別嫁父親」，只道：「妳自己好好過妳自己的去，別想我們了，我們不值得。」

賴雲煙笑，拿帕擦著他眼角的淚，但帕染濕了，還是未抹淨他臉上的眼淚，她看得心也有些酸了，卻還是笑著與他道：「哭過這一回就是男子漢大丈夫了，以後別再哭了。」

「娘……」

「要是有下一世，你還是來當我的孩子吧，下世我定會與生養你的父親恩恩愛愛，不讓你這麼為難。」賴雲煙拿袖擦乾淨他的眼淚，細細地道：「這世就為難你了。莫怪娘，也莫怪你爹，更不要怪你自己還有這世道，什麼都不要怪，可懂？」千言萬語，也只能讓她對世朝說這番話了，但願，她教他的，他都還記著。她教他的一直是愛比恨多，只要堅持，再有她與他父親的前車之鑑，他總是會比一般人要過得好些的。

一切都已塵埃落定，一點出路都沒了的時候，賴雲煙心中那些所剩不多的躁動也就全部消失了，與魏瑾泓相處起來，要較以往溫和隨意了許多。

魏景仲接回來後，魏瑾泓搬去了他的院中住，魏瑾瑜也帶著幼子住了進去，這父子三人，看著感情好像要比以往好了。

魏瑾瑜好像是真的改過自新了一般，以往在他身上的自命不凡消失了，取代的是眉眼之間的沈穩，見到賴雲煙的時候，行禮時也是目不斜視，恭敬得很。賴雲煙待魏家的這些人與過去無異，該敬著的就敬著，該離著點的就離著點，但對待起一些事務來就認真了不少；自魏景仲回來後，她大小事都插手了，以前避諱著的一些內務也會自行處理，而不是刻意躲避。如此，魏瑾泓手中的事就少了不少，私密之事，尤其是關於內務的，有一個她幫著弄，他自放心不少。賴雲煙也就不再東想西想了，這日子，既然還得往下過，那就不想了，儘量往輕鬆裡過就是。

第六十二章

八月底，濃烈的盛夏沒有了尾跡，天氣裡只剩秋意的餘韻，逐漸枯黃的葉子在樹梢尖尖上搖搖欲墜，等待一場繽紛的落幕。

熬過了秋老虎的餘威，天氣溫和了下來，魏景仲在此其間又大犯了一次病，濃痰梗住了他的喉嚨，差點斷了他的呼吸，所幸身邊的僕人發現得早，一陣波動過後，就被易高景救了過來，但就算是救了過來，他這時也是漸已不行了。

七叔公找了賴雲煙過去發了話，讓她準備一下。魏景仲這時也已與族中商量好了，在九月挑一個吉日，把族長之位過繼到魏瑾泓身上。吉日所備之物，到時族中負責大禮的長老會過來發落，賴雲煙屆時只要為其跑腿，給他所需之物就是；這實則也不是什麼大事，堪稱大事的是，她以後就是族長夫人了，還是個必須與魏瑾泓同進退的族長夫人。

「中午祖廟拜祭過後，我到時就隨爹回來，有還生丹保著，兩個大夫也在旁候著，應是出不了什麼大事。」魏瑾泓深夜來敲響了她的門，賴雲煙讓丫鬟端來了茶具，煮著茶的間隙與對面的魏瑾泓道了白日和大夫商量過後的事。

「嗯。」魏瑾泓輕應了一聲。

賴雲煙抬眼，見他眉心間深皺的痕跡很是明顯，心中略一遲疑後問道：「出事了？」

魏瑾泓點了點頭，隨即他閉目摸了摸手指，沈思了一會兒才睜眼與賴雲煙道：「皇后要見妳，我推了。」

「呃？」賴雲煙怔忡了一下，道：「為何要見我？」

「妳是魏家下一任的族長夫人。」這就是理由。

「要召我去說話？」

「嗯。」

賴雲煙笑了，問他道：「您是怎麼回的皇后？」

「我說妳身體欠妥。」魏瑾泓淡淡說道：「不過我跟皇上稟了幾句，我是臣子，妳是臣婦，都是他們的臣民，眼中也只有皇上、皇后。」見與不見都一樣，他與賴雲煙現在效忠的就是他們。「我先替妳拒了，但話沒說死，妳要是想見的話，我再往上稟。」魏瑾泓看著她的臉道。

皇后不是誰想見都可見的，賴雲煙要見她，那也沒有說不過去的，但依她越是危險就越不往其靠攏的性子，按他之見，她是不想見的；面對實力相差懸殊的對手，她最喜歡的就是站在周邊旁觀，等著別人攻擊的時候再火上添油，然後坐收漁翁之利。

「多謝。」賴雲煙搖了頭，她才不見。

皇后這后位坐得也不安穩，宮中蕭太后對她意見大得很，另外包妃這些妃子也都不是省油的燈，而她作為一個私下有權的權臣之婦，可不想跟皇后有多親近。當然，她也不想與皇后為敵，所以最好的方式就是不近不遠地站著，任宮中的這些貴人們掀風鼓浪，要是到了該她出場的時候，她再出來添點油、加點火也不遲。

再說了，樹王妃現在都在宮中和稀泥，一會兒幫著蕭太后，一會兒幫著皇后，把宮中鬧得熱鬧不已，賴雲煙是真的不想這時候摻進宮中，被太后、皇后、樹王妃玩得團團轉；魏瑾泓的決定是對的，她這種人忙著她的眼前小事才是正經。

「那就是不見了？」

「是。」

魏瑾泓嘴中漫不經心地「嗯」了一聲，眼睛看著案桌上的燈火，在水開之時，他轉過了臉，看著賴雲煙潔白的長指端起了紫砂壺，慢悠悠地洗杯烹茶，等她把茶盅放到他面前之時，他開了口又說道：「妳家中今日未給妳送信過來？」

送信過來？為何要送？賴雲煙略抬了下眉。「所為何事？」

「妳嫂子明日要見皇后。」

賴雲煙微笑。「您是在想，如果我嫂子摻進了宮中之事，我會不會反悔剛下的決定？」

魏瑾泓坦然地點了點頭，眼前的這個女人雖然有時行事很是正氣，但有時也不盡然，只要事情一不對她的意，她也常有出爾反爾之舉。她從來就不是個善類，而她過不了幾天就是族長夫人了，她要是因娘家之人一時參與了宮中之事，勢必也是會把整個魏家帶進去。但他們心中都非常清楚，魏家需要的還是繼續韜光養晦，不能出任何風頭，要不然，到時他們帶走魏家最得力的人後，留下的世朝與族人要維持他們在時的光景，不知會有多吃力。這時就要看在她心中，到底是哪方勢態更重要了，而他已經為難她不得了，只能任她選擇。

見魏瑾泓點了頭，賴雲煙就沈默了下來。

魏瑾泓見她垂首不語，也不說話，等杯中茶喝完，第二遍水開時，他先執了壺，再重烹一壺新茶。

等第三壺水再燒上爐時，賴雲煙抬頭開了口，嘴邊有著淡笑。「不是我想不想後悔，而是不能後悔。您也不用憂心我兄長、嫂子他們拖我下水，他們要是想摻和宮中那趟渾水，想來也知道把我屏除在外對他們只有益而無害。」

魏瑾泓聽了她的話後笑了笑，輕頷了下首。不是不信她的話，只是怕她一時意氣，到時出了事，事到臨頭了，以前說過的話就會通通成了廢話；她心偏得過於厲害，不是做不出來這事。

賴雲煙看著笑而不語的魏瑾泓，大概也知道他心中是怎麼想她的，轉念一想，自己還真是看兄嫂吃虧會看不過去、繼而插手的人，因此也自嘲地笑了起來。她這一生過到這般境地，還真是自己造的孽、自己作的苦果自己嘗吶！現下想來，真是再來一世，也沒長多少智慧。

見她忍俊不禁地笑，魏瑾泓因著她的笑臉，嘴邊笑意也稍加重了些許。褪去了讓她回心轉意的心後，他現在也是輕鬆了許多，面對她時的憂慮也不再像過往那般沈重，當她笑了，他確實也能跟著她笑笑；這輩子也許求不來心心相印了，但好歹能得來幾許溫存相處。

「大哥……」魏瑾瑜不安地縮了下腦袋，又摸了下耳朵，才朝兄長的方向小聲地道：「即將入冬了，春末到的族人已經在問我，那新襖子能不能先發下去？」說著，他緊了緊手中剛送了銀票進去的銀袋，根本不敢往此時坐在他兄長身邊、臉上似笑非笑的嫂子看去。他以前不大知道這賴氏的性情，當她是和善好說話的，現在知道了，怨恨她逼死他娘之餘卻不得不承認，他是有些怕她的。

他剛從賴氏手中拿了這兩月族中置物的新銀，他也是弄不明白賴氏是怎麼想的，竟未經先前管事的大管事，而是直接給了他銀兩。賴氏這一給，也就相等於兄長默認了他已接管了這置物的族中事務，而不是個跑腿的；這對他來說是好事，魏瑾瑜清楚知道自己的欣喜，但這欣喜卻因這事是經賴氏之手而來，打了大半的折扣。他這一生都忘不了他娘死之前對賴氏的咒罵以及恨意。她是個詭異之人，經常行詭異之事，而這詭異之舉發生到他頭上來了，魏瑾瑜心中更是五味雜陳，便是說話，也帶了遲滯之意。

魏瑾泓似是沒有察覺其弟的躊躇，偏頭對身邊的賴雲煙問去。「可能？」

賴雲煙有趣地看著那半低著頭、眼睛盯著地上，眉頭擰得緊緊、怕再說一個字的魏瑾瑜，嘴裡則笑道：「織房那邊還存著一些，再緊著縫上一些，也是應付得過來的。」

「嗯。」魏瑾泓回了頭，對魏瑾瑜淡淡地道：「你這幾日把人名寫上來，到你嫂子這兒報個數，去織房拿就好。」

「是。」魏瑾瑜輕聲地應了聲。

「還有什麼事？」

「沒有了。」

「那就退下吧。」

「是。」魏瑾瑜這才抬頭跟兄嫂行了禮，退了下去。

等出了門後，他長吁了口氣，抬頭看了看天色，想著院中的幼子這時可能已經吃過奶，正醒著，他還能去逗弄一番，不由得精神為之一振，抬腳就往他父親的院子大步走去。路上遇上他的長子，因著急去見小兒，魏瑾瑜隨意地揮手讓他免了禮後，一步都未停，急步離開。

他走得太快，也就沒有看到長子那抬起的臉上，有著兩行清淚……

「他能成事？」魏瑾瑜一走，賴雲煙笑著問了句。

魏瑾泓真乃無語。這讓瑾瑜管事之事是她定的，他根本沒那意思，現在她卻來問他？

見他一字不說，賴雲煙呵呵笑了兩聲，笑得她旁邊兩個忠心的丫鬟都忍不住挑了挑眉毛。

她們家這主子，有時確也怪招人恨的，明知別人不好還手，她偏生生要去惹人。

「且試著吧，我這也是想著日後沒人。」要是能，就扶一把。

魏瑾泓本想說，這事他們心中有數，但話到嘴間就又隱了下來，想著她想試就且讓她去試，繼而轉過話題道：「澤叔此時正在石園，我稍後就要過去，妳可要一道？」

澤叔是族中禮師，百年大祭時賴雲煙也是從這個只看結果、不理恩怨的長老那兒得了好的，聽魏瑾泓這麼一說，也知她還是跟過去見個禮得好，遂就點了頭。

十月初冬，這一年的京都連著幾天都迎來了大雨。

這天冬雨一大早起來給賴絕穿衣時，賴絕問她——

「主子昨日有沒有開口？」

「說了幾句吩咐。」冬雨說到這兒頓了頓。「說天冷雨冷，你和三兒哥身上的老毛病大概也犯了，讓你們這幾天辦事注意著點，別損了身子。」

「知道了。」賴絕看著跪著的媳婦兒大力給他綁腿帶，伸手去按了按，道：「還幹得了二、三十年，不用擔心。」

冬雨點點頭，綁好腿帶後給他穿了靴子，然後拉他起身，大力拍打著他的衣服撣灰。

秋虹那邊則在給賴三兒準備包袱出門，賴三兒正吃著她昨夜連夜滷出來的、還熱呼著的肉，秋虹給他切了滿滿的一碟，就著稀飯吃，還有十來斤也切片放在了包袱裡，讓他帶在路上。

「秋虹姊。」因天色還黑，門外叫人的聲音有些低。

「來了。」秋虹吁了口氣，把手上拿著的包袱重重打了結，就快步走出了門。

不多時，她回來了，手上多了個葫蘆，放到桌上與賴三兒道：「三斤的燒刀子，一天二兩，能喝到你回來那天。」

賴三兒塞了片肉到她嘴裡，點頭應了好。

「我要去小姐那兒了，就不送你了。」秋虹吞了口中的肉，抬頭往門邊看了看陰沈沈的天。「這雨還是下個不停啊，唉，也不知道什麼時候收雨，你騎馬小心著點。」

「去吧。」賴三兒點了頭。

「簑衣掛在門邊。」秋虹指了指。

「去吧。」賴三兒又點頭。

「早點回來。」

賴三兒笑了笑，再點頭。

「那我走了。」秋虹說完這句就真走了。她打著傘大步穿過了庭院，上了走廊時看到另一頭的院子有人打著油傘過來，她就在廊下候了兩步。

「這麼早？」冬雨一進廊下，就吹熄了手中提著的燈籠。

這條廊是通往她們主子院子的長廊，長廊兩側隔二十步就掛了燈籠，要到天明時才有奴僕過來吹熄。

「妳不也是？」秋虹提著自己的燈籠晃了晃，與她走著時低聲道：「也不知道老太爺現在怎麼樣了？」

「去看看吧，我去，妳給小姐打水。」

「好。」秋虹應了聲，與冬雨快步走向主院，到修青院時，兩人正要分道揚鑣，卻聽門前守著的丫鬟朝她們福身道——

「夫人去老太爺的院子裡了。」

「什麼時辰去的？」冬雨皺眉問。

「子時去的，夫人說不要驚動妳們，讓妳們好好歇著。」守門的武使丫鬟有點敬畏冬雨這個大丫鬟，回話的聲音很小。

「誰跟著去的？」

「春光姊和小花姊。」

是昨夜替她們守夜的兩姊妹。聞言冬雨和秋虹也是放了點心。這兩個丫鬟怎麼說也是伺候主子多年了，主子哪時熱、哪時冷、哪時疼，平日也看得出來，誤不了什麼事。

雖是如此，她們去內院看了一下，分別帶著丫鬟吩咐了內屋的打掃和廚房的事，花了不到半炷香的時間後，便也就往老太爺的院子走去；可還沒走到中間，就看到對面有人狂跑過來，近了一看，是春管事下面的得力小廝。

見到她們，他強止了腳步，這時滿頭的汗水順著他的臉頰往下掉，嘴裡也急急地小聲道：「雨妹子、虹妹子，老太爺沒了，妳們趕緊過去，我這就要報訊去！」說著，擦了一把臉上的汗，又狂跑而去。

冬雨、秋虹聞言一愣，相互看了一眼，只一眼，兩人就提著裙子，往主院狂跑而去。

「世朝在哪兒？」跪在地上的賴雲煙抱著魏瑾泓靠在她懷裡的頭，撇過頭輕問魏瑾榮。

「派了急衛去接了。」魏瑾榮的聲音難掩泣音，但還是字字清楚小聲地答了。

「那就好。」

賴雲煙這時又撇過頭，朝剛制止了一遍、這時還是哭得有些大聲的魏瑾瑜淡道：「小叔，你大哥這時不便起身，能煩勞你去石園一趟，把族伯、族叔都請來嗎？」自魏景仲斷了氣，魏瑾泓的四肢就不能動了，剛剛讓易高景拍出了一口黑血，此時還在賴雲煙的懷裡昏迷不醒。

「是，大嫂。」魏瑾瑜被身後的堂弟魏瑾勇猛戳了一下，這才回過了神，朝賴雲煙回了話。抬頭時看到了她懷中的兄長，他又悲泣道：「讓兄長去床上歇息吧，讓大夫好好看著，莫、莫……」說罷，又淚流不止。

賴雲煙搖了搖頭。「讓他送一程吧。」上了床躺著，他要是醒過來，還是會再過來跪著的，還不如不移動他，免得出什麼意外。「去吧。」見他不動，賴雲煙又出了聲。

她話後，魏瑾勇使眼色讓兩個僕人扶了魏瑾瑜起身。

現在屋中只有幾個近身的親人，人還不是太多，但一會兒消息一出去後，人就要多起來了，賴雲煙便朝魏瑾榮再道：「弟媳在嗎？」

「稟長嫂，正在門外。」

「讓她把府中行事穩妥的婆子、丫鬟叫過來伺候，二嬸這幾天得陪著我，就要辛苦她了。」

「是。」魏瑾榮迅速爬到門邊，傳來自家媳婦，跟她說了話後，就又爬到他們身後跪好。白氏是個能幹的，這時候掌得了事，賴雲煙也放心。

這時賴雲煙懷中的頭微動了動，賴雲煙低了頭，見懷中的人眼皮動了幾下就沒動了，她也沒去確定，只是轉頭對另一側的魏瑾勇說：「你過來點。」

「是，長嫂。」魏瑾勇便跪了過去。

他是族中掌管禮法的族叔的孫子，人也懂得變通，賴雲煙便與他道：「到下午怕是會有外客入府了，外院的事，你先頂著。」

「是。」

「去吧。」

「是。」

「七祖爺，您來了！」

門邊這時傳來了嘩啦啦的跪地聲，七太祖拄著枴杖被人扶了進來。

「抬太師椅。」賴雲煙朝春管家點頭輕道，讓他把那張魏景仲坐的太師椅抬到了床邊。

魏瑾榮的祖父，魏家宗族中年紀最長、輩分最高的魏七太祖在椅子上坐下後，賴雲煙懷裡的人又動了動。賴雲煙慢慢扶起了他的頭，讓他起身，又扶著眼睛都沒有全睜開的人跪到了靈床上的人和床邊坐著的人面前，她也在他的身後跪著，撐住了他的半邊身子。

看著地上兩個瘦削憔悴的人相依相扶的樣子，魏七太祖搖頭苦笑了一聲，道：「喊魂了？」

「喊了。」魏瑾泓輕聲地答了話。

「沒有再回來啊？」

魏瑾泓搖了搖頭。

「那就是真的去了……」魏七太祖悵然嘆了一口氣，掉下了眼中的淚。過後一會兒，他朝奄奄一息的魏瑾泓看了幾眼，說：「歇一會兒就起身吧，許多家得你去報喪。」

魏瑾泓輕點了一下頭，他知道。宮中的皇上，還有諸皇親國戚、士族故交，都得他去。

「賴氏……」

家中男長者在，女眷是說不得話的，因此自七太祖進了屋，賴雲煙就沒再出聲過，這時聽到七太祖叫她，她低頭磕了頭，表示聽到了。

「一切就都煩勞妳了。」

「您言重了。」賴雲煙施了禮，輕聲答話。

不多時，住在魏府裡的老人都來了，空蕩悲戚的房子擠滿了人。賴雲煙站在魏瑾泓的身後，緊緊扶著那搖搖欲墜的人，在這一刻，賴雲煙突然有點明白魏瑾泓這一生的強求了，也許他求的，只是有一個人在這樣的時刻，能站在他的身後，不讓他倒下去。

第六十三章

「老爺回來了。」

「易大夫呢？」丫鬟來報後，與魏二孀說著話的賴雲煙便側過頭去問冬雨。

「已煮藥湯去了。」

「妳去看著。」

「是。」冬雨猶豫了一下，跟秋虹對視了一眼，還是去了。

「還是得扎針、泡藥？」魏二孀揮了手，叫了屋內的人出去，憂慮地問賴雲煙。這已經是連著五日都泡了，人怕是都要泡成藥人了吧？

「靠這個吊著命。」賴雲煙淡道了一句，提筆拔銀。

魏景仲的三月喪事本來是要大辦的，但真的大辦，就要損耗不少銀子，所以眼下魏瑾泓與她商量過的法子，就是該辦的還是要辦，三個月九場法事，一場都不能少；但頭一個月中，十天要歇足三天的事，第二個月十天歇五到六天，第三個月，十天中歇下三到四天，直到入葬，從中省下用於支出的銀錢什物。

「讓他歇幾天吧。」魏二孀是真的擔心那姪兒。

「我是想讓他歇著，可歇不得。」賴雲煙寫好了拔分的銀數，放到魏二孀面前，抬手把秋虹端過來的米粥喝了半碗後便擱在了盤中，與魏二孀接著道：「我這個女人都歇不得了，何況他這一族之長。」

「他二叔只懂書中之物，不懂這身外之事，真是一點忙都幫不上……」魏二嬸說到這兒，甚有點羞愧。

「二嬸這說的什麼話？你們一直在幫忙，且幫的是大忙，沒您幫著，我這哪顧得過來？」賴雲煙不以為然，說話的間隙又轉頭叫秋虹把長老院要的用來祭祀的什物叫人送過去。都是貴重的東西，得讓她這邊的人盯著點才行，千萬不能磕著碰著了，這個時候，最好是一點差池都不出才好。

「我去吧。」魏二嬸這時起了身，把紙也拿到了手中。「這事我交給帳房的全管事。」

「您這已是今日的第五趟了。」

「我去。」魏二嬸搖搖頭。「妳去守靈吧，等一會兒有事我來靈堂叫妳。」

賴雲煙苦笑了一下，點了頭，在她走之後便出了門，找了白氏說了府中的一些事，再又喝了半碗米粥後就去了靈堂。

到了亥時，魏瑾泓與魏世朝皆一道過來了，隨行的還有魏瑾榮一干人等。

禮師定的是婦孺守前半夜，男丁守後半夜，魏瑾泓與兒子來的時候，賴雲煙只須再守一個時辰即可回去，當他們在她身前一點跪下後，她也暗中吁了口氣，這幾天來，她也是累慘了，就指望著下半夜睡一會兒，明天好起得來。

「娘……」跪在她右邊的魏世朝偏頭叫他娘的時候，發現他娘一臉慘白，往日清豔的婦人這時像是老了許多，連頭上的白髮都似多了許多。

「哎，好好跪著。」賴雲煙輕應了一聲，輕拍了一下他的背，讓他別轉身。

這時，她左邊的魏瑾泓也側頭看了她一眼，見她垂眼不語，他便也不說話了。

等時辰一到，丫鬟扶了她走後，世朝的腳往父親這邊挪了挪，突然說道：「娘老了。」

魏瑾泓抬頭看著案上列祖列宗和他父親的靈牌，淡然回道：「你爹也老了。」她老，他也會老，不會丟下她的。上世確有對不住她的地方，這世也是有，但總歸不會一直對不住她的。

「是嗎？」世朝撇過頭去，眼睛怔怔地看著案前那密密麻麻的靈牌，想著這上面的祖宗爺、祖宗婆，他們的一生是怎麼過來的？是不是也有像他爹娘這樣的，妥與不妥，一生都要在一起？

「欸？」賴雲煙醒來下了地，讓冬雨給她更了素衣，才發現她最喜愛坐的、靠窗的榻邊，魏瑾泓此時正在上面盤腿坐著。「怎地來了？」卯時，這個時候他不是要去處理前堂的事？

「剛從前堂回來。」

「喔。」賴雲煙坐到了旁邊的椅子上，讓冬雨為她梳髮，這時秋虹擰了帕子過來與她拭臉，帕子不夠熱，賴雲煙搖了頭。「再燙點。」

「再燙就傷皮膚了。」

「再燙點。」賴雲煙再道。不燙狠點，怎麼清醒？說著，朝秋虹又說：「給大公子也弄一塊。」

兩人用過熱帕子後，賴雲煙的臉好看了些，魏瑾泓的還是略帶青色，因熱帕子燙過，青中還帶點紅，有種詭異之感。

這時膳食擺上，賴雲煙到了桌前喝了口濃得苦澀至極的冷茶提了下神後，隨手把杯子朝魏瑾泓遞了過去。

「高景說不妥。」魏瑾泓淡道，接過茶杯，卻把剩下的一大杯都喝了下去，那暗沈不已的眼眸稍有了點神。

「等有那閒暇，再聽大夫是怎麼說的。」賴雲煙已喝起了粥。

一整天得忙於府中的全部事務，還有外患要思慮，晚上又要跪靈，累得食不下嚥不說，有時甚至連動動手指頭都是困難萬倍的事，此時要是聽大夫說的所謂「喝濃茶不易於養病」，他們早就只能天天躺在床上哭喪了，哪還能管得了這麼多事？

「用膳吧。」賴雲煙見魏瑾泓不動筷，勸了一句。這人也是可憐，說是扎針扎得全身都青了，現在沒一處是好的，連吃點什麼都只能用強嚥的，活著還真是不如死了得好。

「妳要多歇息。」看她喝完粥，又嚥了一小碗黑得比墨汁還深的藥下去，魏瑾泓看著桌上的碟碗淡道。

「嗯。」賴雲煙漫不經心地應了一聲。

「老爺的藥來了。」這時秋虹帶著來送藥的易高景過來，說道。

「奴才見過老爺、見過夫人。」

「來了，用膳了沒有？」賴雲煙問。

「多謝夫人關心，已用過了。」

賴雲煙點了下頭，看著他把藥碗放到了桌上。

「膳後過一炷香喝。」易高景說道。

「今兒個是什麼藥？」這時，大門邊有了急步聲，劍眉星眼的魏世朝大步走了進來，奴婢們都紛紛朝他施禮。

「是安神補血的藥。」易高景答了話。

「怎地來了？」賴雲煙朝已走過來的魏世朝發問道。

「爹、娘。」魏世朝向他們請了安，在她身邊坐下後道：「來跟你們用膳，等一會兒要跟法師去趟墳山，現下還有半個時辰。」

「再傳點膳。」賴雲煙朝冬雨看去。

「是。」

魏世朝沒有作聲，等父母都歇了筷，他把他們吃剩的都吃了一遍，等吃完他們那些寡淡無味的飯食後，他挑了一碗冬雨端來的素麵一掃，然後朝父母又磕了頭，這才離去。

「這是磕傻了？」見魏世朝動不動就朝他們磕頭，賴雲煙問冬雨道。

「奴婢哪知道。」冬雨淡道。等收拾好杯盤出了屋，她抬頭向天咬了咬嘴唇，才把眼中的淚忍了回去。

這廂魏世朝去了墳山後，隨法師作了法回來，聽到堂叔說他先生來祭拜祖父了，此時正在前院喝茶，他忙去了。

「先生。」魏世朝在他們府裡的一處中堂裡找到了被小管事招待著的先生，見到他就忙作揖道：「世朝來晚了，還請您見諒了。」

「毋須多禮。」江鎮遠搖了頭。

魏世朝歉意一笑，就在他身側的椅子上坐了下去。

這時站於屋內的小管事領著一個伺候的小廝退了下去。

「一路走來，你們府裡堂屋甚多……」

「一共十二大堂、二十四中堂、三十六小堂。」魏世朝忙回道：「這是先祖留下來的，後來歷代祖先添置，便成了此等模樣。先前族人四地分布，長者也未搬回府時，府中空蕩得很，後族人回來，府中才漸有了生氣，這堂中來往的族人、客人便也多了起來。」

「大族之威。」江鎮遠點頭道。

祖宅像魏家這般巍峨浩然的不多，還猶勝宮中的一些宮殿幾分。他來過魏府的次數不多，但每來一次都知魏家確不是一般的家族，這個自宣朝建立起就存在的家族龐大無比，其中族人的齊心力更不是別的家族所能相及的。

江家也是大族之家，而遠離塵世的江家族人雖多數豁達大度，但也因這種通豁，欲要齊心時，卻是各有各的主意；個個都是王，個個都想成王，不能領頭就憤然拂袖而去，看似逍遙，但在非常時刻卻是四分五裂，劣勢盡露無遺。

不過，這世上的事，逃得開的就逃，逃不開的就陷入泥沼，這何嘗不是因果？於他，不就是如此？

身。

「先生過讚。」魏世朝恭敬地回道。

「茶我喝完，你我也見過了，我這就回書院了。」江鎮遠這時淡道，得來了學生的恭敬起身。

魏府前來弔唁的客人甚多，他在今日來祭拜恰到好處，雖說晚了書院其他的儒者一天，但此時晚了一天，才盡了他的敬意；對老學士的、對魏家老爺、魏家夫人的，都如是。

江鎮遠在魏世朝的相送下出了大門，上了馬車後就閉目聽著路人的交談聲、吆喝聲、他們的腳步聲，還有來往之間的雞叫狗吠聲，當他的心靜到極點時，他就似還能聽到人的心跳聲、那路邊相鬥的公雞那脫落的羽毛在空中輕揚的飄動聲……他聽著這萬物發出的聲響，放在腿上的手微微一動，在這一刻，他就似聽到了弦落琴止發出的低鳴聲，震得他的耳朵嗡嗡作響；至此，在這一刻什麼都再也聽不到的他不由得微笑了起來。

有道一葉障目，他何嘗不是因一眼而盲蔽了自己此生？

第六十四章

這一年京都的冬天因下多了雨，陰冷無比，外面賣的柴火因此都漲了兩文錢一擔，那銀炭更是洛陽紙貴，被削減了封地的王公貴戚沒幾家能有餘炭的，家家都緊巴巴得很。

賴雲煙這日與魏瑾泓早膳時笑談道：「你出門拜訪，此時可不帶書畫筆硯了，從府中拿上幾斤銀炭過去就是，我敢說那府裡的人肯定你人還沒出現，就大老遠地來迎你了。」

她說著玩笑，魏瑾泓笑笑地搖搖頭，又點了下頭。

冬雨跪在一側候令，這時輕言道：「清早大老爺那邊又運了三車來，忘了跟您報了。」

「三車？」

「是，是舅老太爺家從南邊運過來的。」

「知道了。」賴雲煙想了想，與魏瑾泓說：「過兩日我想請嫂子過來說說話。」

「好。」魏瑾泓點頭。

見他想也沒想就點了頭，賴雲煙頓了一下，還是解釋了她叫人過來的意圖。「想跟嫂子問問南邊和娘家的事，這些時日都荒了問了。」

舅家還好，現在賴府卻是不平靜。兄長領了皇上的旨意，與祝家在削蕭家的威風，這事她是管不得，但內情還是要知道得好，這不知道，心裡還是不安生。

「嗯。」魏瑾泓拿了冰水喝了兩口，止了胸口因嚥下魚湯的噁心，道：「問吧，有不解的回頭問我。」說著就要把一杯冰水都喝下去，但被對面的婦人伸手拿了過去。

「喝兩口就夠了。」賴雲煙搖了一下頭。這水太冰，本是一口都喝不得，喝兩口止了犯噁就好了，再多喝就要出事了。

魏瑾泓聞言垂下眼，拿起碗喝起了青菜粥。

賴雲煙看著一桌的三個素菜、一個湯，輕輕地嘆了口氣，兩個人都混到如此境地，怎是一個慘字了得？

「您也快喝吧，再不喝就涼了，到時就腥了。」冬雨這時在旁催促了她家主子一聲。老爺都喝完了，該她了，好不容易捱過了這頭一個月，也能稍微吃點葷的了，再不多吃點，這身子怎麼撐得下去？

「難不難喝？」賴雲煙看著冬雨捧起的湯碗，問魏瑾泓。

魏瑾泓看著她咋舌的模樣，微愣了一下，隨即道：「不難喝。」

「不信你。」賴雲煙搖頭晃腦，但之後就拿起了冬雨手中的碗，一口氣把湯全喝了下去。

強嚥下去的結果就是一陣反胃，所幸冬雨早有先見之明，在旁放了一小碟醃酸梅，這時忙捏了兩個塞到了她嘴裡，這才沒讓賴雲煙吐出來；饒是如此，含著酸梅強忍著沒吐出來的賴雲煙仍是打嗝不止，一個一個重嗝打得她重重喘氣，好一會兒才歇停下來。

魏瑾泓在旁看得皺眉不已，這時他從爐上拿起燒好的開水，倒了杯水，放到手中捧著，等她吐出了核，他便把涼了一些的開水送了過去。「喝兩口。」

賴雲煙搖著頭喝了兩口水，這時外面傳來了蒼松的話，讓魏瑾泓去前堂，說刑部的尚書大人來了。

魏瑾泓起身，看了賴雲煙一眼，猶豫了一下，還是匆匆走了。

他走後，賴雲煙歇了好一會兒才繼續用膳，冬雨在她再提筷時問了一句。「老爺還沒吃完，要不要等一會兒送碗素麵過去？」

「送吧。」賴雲煙無所謂地道。都到這地步了，哪還計較得了那麼多？都活著吧，還不到他們可以死的時候。

這日夜間臨到賴雲煙去守靈，她剛穿好厚衣，魏瑾泓就從外邊走了進來。

「今日夜間有雪，妳多穿一些。」魏瑾泓邊走邊道。

為賴雲煙著衣的秋虹聞言，轉身就去了箱籠，把那件賴府剛送過來的狐毛長襟拿了過來。

「找件舊的。」長襟太新，白得亮眼，襟前還用銀絲繡了好幾朵大大的銀花，過於奢華。

「就是新的才最暖和。」秋虹小聲地道。

「舊的。」一起守夜的是一府的女眷，賴雲煙不想留話柄給人說。

「穿這個吧。」魏瑾泓朝秋虹點了頭，又轉頭對跟著的燕雁說：「去把我的氅衣拿來。」

「是。」

賴雲煙聞言朝他看過去。

「大氅能遮得住。」魏瑾泓淡道。

秋虹這時忙不迭地要給她著衣，賴雲煙仍搖了頭。「拿件舊的。」

秋虹便朝魏瑾泓看去，這時坐在了案桌前的魏瑾泓正低了頭端茶，沒有抬頭；知道老爺是不會再說話了，秋虹有些委屈地看了她那不領好的主子一眼，只得去找了舊衣來。

這邊秋虹剛找好最厚的舊衣為她穿上，燕雁已拿著魏瑾泓的氅衣過來了。

賴雲煙見那氅衣厚，比秋虹為她備的披風要厚上一些，就朝秋虹道：「拿老爺的那件。」秋虹忙去拿了氅衣過來，摸到手上感覺了一下內襯那厚厚的絨毛的溫熱，剎那就笑開了顏，忙去給賴雲煙穿了。

魏瑾泓身形高大，比賴雲煙高出一個頭不止，氅衣一披到她身上繫上，下襬拖了老大的一截。

「路上提著點，莫要弄髒了。」賴雲煙朝跪在地上整理衣襬的秋虹道。

「知道了、知道了，您放心，等一會兒我讓春光她們倆提著，髒不了一點。」秋虹知道主子冷不著了，這時放下心的她語氣輕快得很，話中都帶笑。這種天凍不得，一病了，不知要養多少日才養得好，中間還不知要受多少冤枉罪呢！

「您這件暖和。」賴雲煙這時抬了頭，朝魏瑾泓笑道。

魏瑾泓自她提了要穿他那件後就抬了頭一直看她，聽她說了這話，一直溫和著臉色的他笑了笑，對她說道：「這件最暖和，妳這幾日就披著，莫凍著了。」

賴雲煙微笑著朝他一頷首，就又低了頭下去，看秋虹為她整理衣裳，沒再與眼神莫名溫柔地看著她的魏瑾泓對視。

這日蘇明芙過府，帶了賴府旁支裡的一個姑娘賴十娘過來。

與嫂子問了舅家和家裡的話後，賴雲煙便讓冬雨去找在外頭玩耍的十娘子過來。

「見過姊姊。」十娘子一進來，朝賴雲煙就是輕快地一福，巴掌大的小臉上有著明朗的笑。

「看吧，就沒有不高興的時候，這點像妳得緊。」蘇明芙見此，對賴雲煙笑著說道。

「嫂嫂……」賴十娘一聽說她的話，撒嬌般地跺了跺腳。

蘇明芙拉了她一手過來，安撫地拍了拍，讓她在一邊坐著。

這時冬雨關了門離去，賴十娘眨著美目看著賴雲煙，等著她開口。她明年三月就要及笄了，要嫁誰已經有了個大概，現在就等族姊發話了，她過來，也是想看看那人的。

賴雲煙看著十娘子那生氣勃勃的眼睛，輕撇過頭，朝蘇明芙輕搖了一下首，她不想十娘子嫁進來，這魏府裡，埋了一個她就夠了。

「十娘。」蘇明芙又把十娘子的手拉到手裡，與她輕言道：「妳煙姊姊說，這府裡沒個配得上我們族裡最好的姑娘的。」

十娘子一聽，那明亮的眼睛立馬就暗淡了下來，她咬著嘴唇垂下了眼睛，差點哭出來。

「這是怎地了？」賴雲煙愣了一下。「難不成妳還有看上的？」

蘇明芙聞言捏了捏懷中小姑娘的手，賴十娘因此抬起了頭，對上嫂嫂的眼神，就輕輕地點了下頭。

「聽說魏家有一支是擅刀劍之術的——」

砰！

蘇明芙的話只開了個頭，賴雲煙前面的案桌就突然發出了劇烈的拍桌聲，隨著這道聲音響起的，是杯子掉落地上砸碎的裂開聲。

兩道突起的、撕人心肺的聲響後，賴雲煙冷冷地看向了她們。

這時蘇明芙的眉毛細不可察地輕皺了一下。

十娘子也被嚇得肩膀下意識地縮了一下，但隨即她就大力地抬起了頭，對上了賴雲煙的眼睛。

「我要嫁！」生性有些莽撞火爆的賴十娘大聲地說。

她的聲音太大，眼神太堅決，這反而刺得賴雲煙閉上了眼。

「我要嫁！」賴十娘又大聲地說，眼淚從她的眼裡流了出來；她不嫁不行，父親讓她嫁，族裡讓她嫁，連宮裡都要讓她嫁。

「我要嫁，煙姊姊，妳讓我嫁吧！煦陽還在宮裡呢，我親姊姊肚子裡也已經有了龍胎了，煙姊姊，妳就成全我吧！」賴十娘以為自己會笑著進來，笑著離開，可是說出這些話時，她已淚流滿面。

「七娘子有孕了？」賴雲煙朝蘇明芙看去。「什麼時候的事？」不是送進去後，這麼多年一直只是個女官？

「幾天前，皇上召老爺去宮中說的，說孩子生下來就晉位。」

「呵……」賴雲煙不可思議地輕笑了一聲。

這時，門邊突然響起了冬雨那一貫不輕不重、沈穩無比的聲音——

「小姐，茶涼了吧？我進來送點熱茶？」

賴雲煙閉了閉眼，再開口時她的聲音已恢復了平靜。「茶還熱著，不用了。」

「是。」冬雨應了一聲。

隨著她離開的腳步聲，賴雲煙疲憊地動了動自己僵硬的手，低頭看著骨節突出的手指道：「說明白些吧，到底出了什麼事？」她不管事、不出頭有一段時日了，僅僅就這一段時日，形勢就變得她完全摸不著頭腦了，聽著這些事，真是讓她再次明白這世道不是因她變得簡單了，就能跟著簡單一些的。

「聽說魏大人過幾年要去西邊為皇上尋寶藏，太后憐惜魏家忠君愛國，想著給魏家未成親的子弟賜婚，以示皇恩浩蕩。」蘇明芙苦笑了一聲。「而妳兄長這邊，上面的意思是魏、賴一家，魏家那一支的傳人正是適婚之齡，我們家的十娘子也恰好適齡，有妳作保，這事要是成了也就是親上加親了。」

幾家相鬥，魏家現在也不能倖免於難。魏家除了族長一系，最重要的兩支裡，魏瑾榮那一支已是滴水不漏，且幾兄弟都已成婚；而擅刀劍之術的那支裡，還有一個嫡系的幼子沒到及冠之年，且未有婚約。魏家這兩支人馬，都是魏瑾泓要帶著前去西海的。

「讓蕭家嫁。」賴雲煙淡淡地道：「嫁進來也無礙。」擱在那兒供著就是，犯不著再賠進一個。

「後患無窮。」蘇明芙摸著十娘子那冰冷的手，語氣也淡然。「蕭家嫁得進來，到時也會有辦法跟著去。上面之意也是賴家不進，就讓公主進門，十娘子進宮陪著姊姊。」要挾制他們的皇帝不是沒給他們選擇，只是給的選擇都不怎麼樣。

「她們都想嫁，為什麼我嫁不得？」十娘子眼睛裡含著淚，咬著嘴唇看著賴雲煙。「煙姊，妳嫁進來過得不好那是妳的事，憑什麼妳認為我嫁進來就會過得不好？」

她好、她仁義，她為了賴家在魏家委曲求全──族兄與她這麼說，可她看到的卻不是這個樣子的！魏家的人對她很好，好得不得了，這修青院是男院，她還住在這裡面！族兄更是偏心她得不得了，什麼好東西都往她這裡送！誰家的女兒嫁出去這麼多年了，娘家還使勁地往她那裡搬錢搬物的？什麼話都是她這族姊說的，如果她這族姊覺得這樣都不好的話，那換到她身上，她不會覺得不好！

她此話一出，賴雲煙只瞇了瞇眼，蘇明芙卻是驚呆了。

「放肆！」蘇明芙大聲喝道，那手掌已揚，但在半空中卻被賴雲煙捉住了。

「我、我……」一時衝動的賴十娘話一出口就後悔了，這時重重跪在了地上，嚎啕哭了起來，她只是想嫁進魏家而已！

「妳……」蘇明芙想訓話，但出了一字後，眼中已滾了淚。

「來人！」見嫂子臉色慘白了下來，一看就是不好了，賴雲煙想也不想便朝門邊喊道。

「回來了？」看到魏瑾泓在床前坐下，嫂子一回去，自己也病倒了的賴雲煙朝他笑了笑。

「嗯。」魏瑾泓探了探她額上的冰帕，道：「擱多久了？」

「還得要一炷香的時辰。」賴雲煙微笑道。

魏瑾泓這時從懷中掏出了一本厚冊，遞給她，淡道：「從宮中抄出的。」

賴雲煙打開一開，見是地志，且字跡熟悉，不由得笑了。「你抄的？」

魏瑾泓頷了下首。

賴雲煙笑出了聲，翻看了幾頁才罷了手。

這時冬雨進了門來，給他們福了身後，跪到賴雲煙的身前探了探她的額，在賴雲煙的示意下，她開口道：「大夫人沒事了，也按了您的願，沒把這事說給大老爺聽。」

「嗯。下去吧，等一會兒再進來。」賴雲煙點了頭，等她出去後，就笑著與魏瑾泓道：「下午發生的事，你都知道了？」

魏瑾泓輕應了一聲，臉色溫和。

「那族弟叫什麼名字來著？」賴雲煙笑著問，又道：「你們家那一支的，我平日瞧著怕，就是黃閣老拿錢辦事，也不大願意碰上他們。」太凶悍了，她都怕；可十娘子不怕，她替人怕也沒用。

魏瑾泓又點了點頭，道：「四叔那一支，現在當家的是允弟魏瑾允，小名叫三劍，因很少有人能在他手下走過三劍而得名。他們家六兄弟，未及冠的那個最小，叫魏瑾瀓，小名叫小左，因他習慣左手拿劍。」這些事，是他上世沒來得及親口與她說過的，沒想到，這世還能說及。

當然，還有一些事，他沒與她說過，且也不會與她說。當年三劍錯殺江鎮遠後自戕而亡，爾後，他見天下事態回天乏術，就以族令強令了三劍這一支尚武的族系拉家帶口遠赴西海，從此之後，他四叔這一支族就在京都消失了；後來她還查過，他就讓她以為這支跟瑾榮那支一樣，隱了山林。

「長得如何？像不像魏家人？」賴雲煙又笑著問道。

「像。」

「那就好，我就不擔心面貌醜陋了。」賴雲煙玩笑地說道。

「嗯。」

「那就讓她嫁進來？」在沈默了一段時間後，賴雲煙斂了臉上的笑，輕輕地問眼前的人。

魏瑾泓探手把她額上的冰帕拿了下來，試了試她的額溫之後道：「小左性情不錯，為人也有擔當，在族中頗為出類拔萃。」

賴雲煙不禁失笑。這世真是活得太不清楚了，總是忘，忘十娘子不是她，忘這宣朝的任何一個女人都不是她，怎麼會像她那樣想事做事？這等俊秀弟子，就是公主怕都是想嫁。

「不過。」這時她的丫鬟端了藥碗進來，魏瑾泓便止了話，拿過了盤中的藥碗，等丫鬟退下後才接道：「小左已有三妾兩子，妾是家妾，他們那一系，生了子的家妾不得隨意發賣遺棄。」

賴雲煙對魏家那一支的家規不是很清楚，對他們的瞭解也是因他們在喪事的這段期間出沒得多了才多瞭解了一些，但這條她是早前就從魏二嬸的嘴裡聽聞過的，因此聽後便點了下頭。說來，魏家強盛，也是因魏族對待庶子與其母的態度要較其他家族重視些，這也是當年她在魏家落敗的原因之一。

見她不驚不乍，魏瑾泓不由得多看了她兩眼，過後便道：「明日我叫瑾允帶瑾瀓來見妳。」

「嗯。」賴雲煙點了頭，過了一會兒又笑道：「說是讓我保媒。先前還道要躲個乾淨，什麼事都不管，這下用得著我了，就又得陷進去了，裝聰明沒用，裝笨也沒用，總歸要動。」她也是個木偶，上面的人扯到她的線了，要讓她動了，她就必須得動，願不願意都沒用。

「既然要動，那就動得好看點。」魏瑾泓餵她喝了口藥，神色淡漠。「很多事也得妳點了頭才算，妳莫忘了自己的身分。」

賴雲煙聽得呆了呆。

「妳是魏氏族母。」魏瑾泓又餵她喝了口藥，淡淡道：「前去西海雖路途凶險莫測，但妳要帶誰去我都會依妳；妳看瑾榮家的，十多年都沒給妳請過幾次安，如今不也得日日圍著妳轉？」京中這幾年再如何風起雲湧，她也會隨他站於他如今的位置看人爭鬥，傷不到她。

聞言，賴雲煙完全沈默了下來。

賴雲煙不語，魏瑾泓便也不語，安靜地餵著她吃藥。他應該有那時間讓他這世的妻子明白，能給她的，他都會給。

第六十五章

「我妹妹這幾日身子如何？」仁和殿裡，與魏瑾泓一道等皇帝來的賴震嚴在下棋的間隙問道。

「尚好。」魏瑾泓笑了笑，執棋退了一步。

賴震嚴捏棋想了想，沒吃他的子，而是把棋放到了防守之位。

魏瑾泓看了他那著棋，微微一笑，執棋時接著道：「她心重，一時半刻也鬆懈不下來，跟著我走的事沒幾年了，很多事她都得拿主意，這心也放不下來。」

「她嫁了你這麼多年，你一點用也沒有！」賴震嚴聞言，扔了手中的子，語帶厭惡地道。

賴震嚴向來偏心於她，魏瑾泓兩世都領教了他對其妹的偏袒之情，早見怪不怪，因此見他扔子，臉色也未變，依舊淡然。

「皇上駕到——」

門邊傳來吟報聲，賴震嚴聞言，立馬從炕上下來，恭身站立，魏瑾泓也在其後恭敬站好。

沒幾下，元辰帝大步進了殿中，沒等太監動手，他就把身上的狐披一扯，扔到了太監手裡，不耐煩地道：「出去、出去！」

賴震嚴一聽皇帝帶著火氣的口氣，臉上神色不變，心中暗猜從皇后宮中出來的皇帝怕是與皇后動氣了。他心道不好，等皇帝讓他們平身後，他的腳悄悄往後退了一步，與魏瑾泓站平；若是要倒楣，便拉著魏瑾泓一起，可不能讓他一人頂著。
賴震嚴之舉，魏瑾泓當沒看見，平身後臉色平靜地朝元辰帝看去。
剛與皇后鬥過氣的元辰帝一看魏瑾泓那張雲淡風輕的臉便更來氣，執了一枚桌上的棋就往魏瑾泓的臉上砸去，罵他道：「你這不尊不孝的東西！就生了一個兒子，你也不怕下了地，你魏家祖宗剮你的皮！」
魏瑾泓聞言彎腰長揖，一揖到底，那腰也不抬起，就躬在那兒了。
元辰帝看了氣得更狠，連砸了他幾著棋，見他不動，就朝賴震嚴狠狠看去。
賴震嚴一看臨到了他，心中想著皇帝與皇后動氣肯定與他賴家女有孕的事脫不了干係，遂連忙跪下長聲道：「臣有罪──」
見他還沒開口說話，賴震嚴就跪下說有罪了，元辰帝被氣得笑了，往前傾身問他這狡賴成性的臣子道：「你有什麼罪？來，說給朕聽聽！」
「陛下看著臣就不高興，想來定是臣有了錯，陛下才不高興的吧？如此，臣真是罪該萬死！」賴震嚴板著他那張剛硬的臉，甚是嚴肅地說。
元辰帝聽了更是窩火，伸著手連指了他數下，才重重地收回了手，與他道：「要是太平之年你跟朕這般狡賴，朕定會把你拖出去宰了！」
「皇上英明。」賴震嚴板著臉道，兩手相握作揖。
「起來起來！都起來！」身上火氣不斷的元辰帝不想跟他們磨嘴皮子了，不耐煩地讓他們平了身。「你們兩家的事訂了？」

「訂了。」

這話魏瑾泓先說出了口，這讓賴震嚴不由得側頭看了他一眼。

「哪日文定？」

「尚只訂了婚約，三年後再行婚嫁之約。」

「嗯。」元辰帝按了按手指，也知這事操急不得，且現在魏家還在喪期。說罷，他看向魏瑾泓，又問：「你家夫人那身子好了點沒有？」

「尚未。」魏瑾泓這時皺眉。「喝的藥，還是喝一半、吐一半。」

元辰帝聽了拍桌。「這是要死了？要死就早點死，死不透就給朕滾進宮來見皇后！朕的皇后，想見一個臣子的婦人都不能見了？豈有此理！」

元辰帝思及剛才皇后在宮中跟他哭喊的話，明知她見賴氏另有別的意思，但他把皇后說過的這話複述喊完後，心中也對魏瑾泓家中那個病鬼夫人不滿到了極點；什麼樣的混帳，連皇后想見她都可不來！還不如真死了得了！

見元辰帝火冒三丈，魏瑾泓那向來淡泊的表情也冷了，作揖淡淡回道：「稟皇上，臣的病妻還不能有事，她要去了，臣在無父之後又無妻，怕真要應了國師之言，臣是那孤煞短命之人。」

見魏瑾泓提起那奄奄一息、躺在宗廟中的國師，元辰帝的火氣頓時熄了一半，良久後，他撫著額頭，疲憊地對面前這兩個又朝他跪著的臣子悵然道：「走吧，讓朕靜靜。」

「是。」

「是。」

兩人退下，在他們走到門邊時，元辰帝突然又叫住了魏瑾泓。「魏卿，你留下，朕問你幾句話。」

「是。」魏瑾泓便轉過了身。

等賴震嚴出去後，門重新關上，元辰帝無奈地問魏瑾泓。「跟朕說實話，為何不讓她進宮？就是說幾句話而已，朕不信震嚴的親妹妹會應付不過來。」

「她怕。」魏瑾泓沈默了一會兒後，抬頭看著他輔佐了兩輩子的皇帝。「她怕皇后、怕皇上，還怕我，怕我們隨便幾句話就可以讓她死。」

「怎會如此？她是震嚴的妹妹，以往她做的那些事可沒瞧得出來她有多怕。」他的話讓元辰帝啞然失笑了起來。

賴氏膽小？真是滑天下之大稽！別以為他不知道任家的那些買賣有些是出自她手，也別以為她跟祝慧芳來往的事他不知大概；她要是膽小，這天下就沒有膽大的婦人了！

「在臣眼裡，她就是一隻驚弓之鳥。」魏瑾泓抬著深邃的黑眼看著皇帝。「要是嚇得她連飛都飛不動了，她就會真的嚥下最後一口氣，到時，臣心中那個人就會徹底沒了。不像陛下的皇后，還能跟陛下吵、跟陛下鬧，便是不快了，左右陛下事後還能幫著出氣；臣的妻子要是沒了，臣就是到時想對她好點，也找不到活人了。」

「荒唐！」魏瑾泓的話讓元辰帝冷了臉，可眼前這清瘦之人站得甚是挺拔，再想著他舉全族之力鋪路之事，訓斥的話也就說不出口了。

罷了，他想留著她就留著吧，留著她也方便，畢竟她姓賴，要是真死了，幾方都不好權衡。

魏瑾榮再次帶了魏瑾瀓來請安，這次上午來見過賴雲煙後，下人有事叫了他出門，留下小名為小左的魏瑾瀓盤腿坐在下座，靜默不語。

賴雲煙記得他上次來，答應婚事之時，也只說了「娶得」兩字，往後兩次請安也是安安靜靜的；她倒不見怪，魏家人面相好，就算不說話，光坐在那兒也是賞心悅目得很。她知道魏瑾瀓已見過十娘子，而他喜不喜歡十娘子，她是管不到也無心過問了，只要都不礙著她的眼就好。

魏瑾瀓盤腿垂眼看著茶杯一會兒，就見族兄大步走來，隨即掀袍在那位笑意盈盈的夫人身邊坐下，動作如行雲流水般飄逸。

「幾時來的？」

「剛剛，不到半炷香時辰。」魏瑾瀓雙手相握作揖，沈聲回答。

「所來何事？」魏瑾泓淡然問道。

「隨榮兄長過來與長嫂請安。」魏瑾瀓再次恭敬回答。

魏瑾泓輕頷了下首，隨即轉頭對那始終微笑不變的女人說道：「瑾榮也來了？」

「嗯。」賴雲煙微笑著點頭。

「哪兒去了？」

「說是有事，下人叫去了。」賴雲煙的嘴角翹得更深，心道莫不是再跟她來要銀錢的好。她聲音一落，魏瑾榮就進了門。

見到魏瑾泓來了，魏瑾榮此時心中也暗鬆了一口氣，並朝族弟使了個眼色，魏瑾瀓心領神會，直身作揖再躬身告退。
待魏瑾瀲一退下，看著魏瑾榮突然揚起的笑臉，賴雲煙的眼睛忍不住跳了跳，看他眼冒精光朝她看來，不待他開口，她就轉身對著魏瑾泓嘆道：「您這些個弟弟啊，那是一個比一個讓妾身刮目相看啊！」這榮公子，脫去了上世的一些怪毛病後，現在是越發厲害得緊了。
魏瑾榮聞言笑了起來，笑望向了兄長。
魏瑾泓輕瞥了賴雲煙一眼，即轉眼看向魏瑾榮對上他的視線，平靜地問：「什麼事？」
「銀子的事。」魏瑾榮坦承地道，自動忽視了此時他家嫂子嘴邊、眼裡掛著的諷刺。「剛衛探來報，北方程侯公爺已應我等要求，今年出來的米糧給我府四成，只是……」說著，他遲疑了一下。
「只是如何？」魏瑾泓不緊不慢地接話道。
「只是這銀子，程侯公說，能不能先交點訂金？」
「要多少？」
「一萬兩白銀。」
「不多。」
魏瑾泓依舊淡然答道，卻讓賴雲煙嘴邊的笑意更是加深。一萬兩還不多？真當宣朝這片土地上到處都有銀子撿了不成！
「那……」魏瑾榮看向魏瑾泓，徵詢地問道。
「拿筆墨印章。」魏瑾泓朝身邊的人吩咐了一聲。

賴雲煙不由得抬起眼皮掃了他一眼，過了一會兒，等魏瑾泓寫了銀數、蓋了印，讓魏瑾榮去庫房拿時，她就又笑了起來；不過，嘴間諷意這時也已是減少七分，不用她的銀錢就好。

魏瑾榮把他這小心眼的族嫂的態勢看了個清楚，不禁輕搖了一下頭，但轉頭間正好對上族嫂的視線，正想有所掩飾的時候，就看到她笑著撇過了頭，低頭收他們族兄的私印去了。

「讓丫鬟來收就好。」

族嫂收了印，手指沾了一點印泥，他那族兄見狀，竟如此說道。

「不礙事。」賴雲煙把印給了他身後的翠柏。

翠柏彎腰捧印而下，她迎頭對上了魏瑾榮的眼睛，嘴角笑容不變，眼睛卻是平靜無波。

族兄的私印是交給她管了？魏瑾榮飛快看向了兄長，見族兄眼睛不偏不倚正與他對上，臉色從容平靜，這一刻心中就全然了然於心了。

待他再看向賴雲煙時，見她低頭喝茶，長袖已掩了半邊面孔，不知神情如何，他這時也無心再探問過多了，便施禮退了下去。出了門口，他走向等著他的魏瑾瀓，兩人並肩走了一段路，等出了修青院後，他與魏瑾瀓輕道：「小左，往後嫂子之意，不許當面違逆。」

魏瑾瀓聞言微瞇了瞇眼，隨後點了一下頭，道：「弟弟知道了，兄長且放心。」別當面？那就是背著就成了。

賴雲煙靠椅看書不到半炷香的時間，下人就至門前來報，說是賴家來了帖子，她漫不經心地應了一聲，讓人把帖子送了過來，打開沒看內容，直接看往後面，看到落筆之處是賴十娘之母呂氏，隨後才將信從頭看到尾。

這是呂氏的拜帖，娘家嬸娘的面子，賴雲煙是須給的，她讓下人帶了話給賴家的僕人，讓呂氏哪天閒了挑個日子過來就是，都是自家人，用不著太多講究。

呂氏得了訊，過了三天就帶了賴十娘來了，說不到幾句，賴十娘就又下地賠了罪，賴雲煙也都受了。呂氏見她真沒放在心上，再談得半會，見賴雲煙一直笑意盈盈，也就真鬆了口氣，帶了十娘子回去。

路上，在魏府給賴雲煙下跪了好幾次的十娘子咬著嘴唇，沒讓眼中的淚掉下，這直看得呂氏心中發疼，把她攬在懷中輕聲安慰道：「她比妳年長，兄長也好，夫君也好，都是一族之長，妳要想開點。」

賴十娘先是沒說話，過了一會兒才紅著眼睛答道：「娘，那小郎真真是良君，女兒嫁過去，不會吃虧的。」

呂氏聽了，臉上那憂慮的神情更凝重了，她輕輕撫摸著女兒的頭髮，良久才答道：「妳切莫跟她說妳見過魏家小郎，她這人重規矩得很，要是知道了，少不得有所發作。」

賴十娘聽了，又咬了咬嘴唇，隨即深吸了一口氣道：「要是姊姊把龍子生下來就好了。」到時，想必皇上也會對他們家有格外的恩典的吧？她有所倚仗，也就不必事事都要顧及那一位的心思了。

岑南那邊來了消息，說是岑南老王妃駕鶴西歸，而賴雲煙這邊接到祝慧芳的來信，說過得兩年，她欲要帶子來京。賴雲煙知她話意，到那個時候，最安全的地方莫過於皇帝的身邊，依岑南王的性子，恐怕是皇帝有條活路，勢必也得有他們一家的活路才成。她提筆寫了回信，信中未提大事，句句提的都是瑣碎之事，問的都是可須她在京中為他們京裡的岑南王府打理些什麼？可有什麼是她幫得上忙的？

這一廂，魏府尚在守孝，那廂樹王府喜得貴孫，開喜宴之日魏府去的是魏二叔、魏二嬸，魏瑾泓與賴雲煙都沒有去；但到下午，賴雲煙卻是接了樹王府來的帖子，她收拾了一番，著了素衣，頭戴了白花，去了善悟曾待過的大廟。

賴雲煙拜完神佛就去了後院，隨後在後面的松樹院裡見到了似乎一直都沒有變過的樹王妃。

「魏賴氏見過樹王妃，王妃玉體金安。」

臉色平靜的樹王妃看向她，待她說過話便朝她招了招手，等她走近，就伸出手握住了賴雲煙的手。

與此同時，似被寒冰包圍了的賴雲煙，手下意識地抖了一下，微攏了眉看向了面前那尚還顯幾分年輕的樹王妃。

見她只攏眉不語，樹王妃仔細地看過她的臉之後，輕啟了朱唇。「最近可好？」

「甚好。王妃呢？」

「也不錯。」樹王妃笑了一笑。

她並不是一個笑起來好看的人，這時的笑也並沒讓她顯得有一分和善，反和她冰冷如蛇皮一樣的手相得益彰。

「嗯。」賴雲煙點了頭。這時樹王妃拉了她一把，她就順勢坐在了她的身邊，等她坐定，院子裡的下人都退了下去後，樹王妃也鬆開了她的手，臉色淡淡地拿著帕子拭了拭嘴角。

沒過一會兒，樹王妃就又開了口，淡然道：「想來，妳是最懂得此一時、彼一時這句話的意思的吧？」

「嗯，您說。」無事不登三寶殿，從不找她的樹王妃找上她了，想來不是什麼大好事。

「不問？」樹王妃伸出手打量著自己蒼白的手指，嘴角似笑非笑，完全與和藹可親無關的笑容讓她看起來不像一個已是為人祖母的人。

「無須過問。」賴雲煙搖搖頭。「您說就是。」

「我那孫兒，長得甚是像我。」樹王妃說到這兒，真心地笑了笑，隨後又繼而淡道：「我還不大的時候，我家中祖父就說依我陰毒涼薄的性子，最後會落個無子送終的下場。十年前，我還跟我家王爺說，兒子不肖，不像你也不像我，歡喜不起來，倒不如不要；誰料現在兒子那樣子還有幾分像王爺了，生下的孫子也像我，很多打算就又得從頭再來了。」

樹王妃說的話甚是私密至極，賴雲煙無話可接，只能間或點一下頭，表示有在聽。

「我需要妳在我死後，在必須之時幫我孫兒子伯一把，用妳之力護他幾次。」樹王妃突然出其不意地拋出了一句。

賴雲煙沈默了一下，問道：「您還有幾年？」

「三、五年吧，多了沒有。」樹王妃輕描淡寫。總有人不會讓她活太久的，她也就只能熬這麼幾年了。

「我過兩年就得走，不知回程之日。」

「無礙，須用到妳時自會有人告知妳，旁的，就無須妳費心了。」樹王妃說到這兒，轉臉看向了賴雲煙。「答應了？」

她這時的臉被陽光直面映照著，添了幾許紅光，讓她看起來甚是美麗非凡，連帶還讓她嘴邊那冰冷的笑都帶有了幾分鮮豔奪目。賴雲煙看著她的臉，點了一下頭，淡道：「妾身知道了。」

「那就說定了。」樹王妃這時扶著面前的椅子站了起來，稍後她整理了一下長袖，淡語道：「妳舅父在江南的事妳就無須擔心了，王爺不才，但在皇上面前說幾句話的能力還是有的。」跟賴氏合作了這麼多年，算起來，筆筆買賣都算划得來。

「是。」賴雲煙輕福了下腰，看著出現的侍女扶了她走。

等賴雲煙回到府裡，這時已是晚膳，魏瑾泓正在外屋等著她，她落坐用了膳，又等下人抬了茶上來，全退下去後，她張口問魏瑾泓道：「你知不知道樹王妃的身子怎麼了？」

魏瑾泓未出一聲，這時抬手沾了茶水，在桌上寫了「太后」兩字，太后不會讓她活太久的。

賴雲煙看後抬杯抿茶，沒有再問下去。那皇殿宮闕，滿地的瓊樓玉宇中，是非事只會比他們更甚；這世上，從來沒有無緣無故的貧窮，也沒有憑空就可以享盡的榮華富貴。

「明日……」魏瑾泓說到這兒沈吟了一下，再道：「我要進宮，前院之事如有問到妳這兒來的，妳到時看著辦即可。」

賴雲煙抬眼。「會是何事？」說罷，啞然一笑，點了頭。「知道了。」她老是忘，忘了自己已經是魏家的族長夫人了，與魏瑾泓同一條船不算，還是同一個艙。

魏瑾泓嘴角微動，對此未置一詞，過了一會兒又另道：「世朝過得三日會從書院回府住上兩日。」

「知道了。」賴雲煙這時臉上的笑顯得稍有些真心。「也不知他近來清瘦了沒有？」

「嗯。」魏瑾泓輕頷了下首。「回來就知曉了。」

賴雲煙看向他的臉，頓了一下又道：「他跟司家那小閨女現今如何了？」自從撤了兒子身邊的人，她也不大知道他的具體動向了，世朝現在也不大跟她什麼話都說了，她想知道什麼事，還真是不如問魏瑾泓來得清楚。

魏瑾泓抬眼看了她一眼，答道：「偶有書信來往。」

「喔？」偶有？賴雲煙挑眉看著他。

「世朝一月寫得一、兩封，那邊不一定回信。」魏瑾泓淡淡地道。

「真有意思。」賴雲煙笑了起來。

魏瑾泓看著她，等著她再說話，但只見她搖了搖頭，就拿起了案桌上看到一半的書，看樣子是不打算再說下去了。

「妳放手得很快。」

「他已大了。」賴雲煙翻著手中的書答道。男孩子要長大，真是不能成天混跡於母親身邊，到時候若沾染了她一身的女氣，那才叫得不償失。

第六十六章

魏府前院也無大事，決策之事現在有魏瑾榮這位掌管大權的榮老爺就夠了，用不著她這個婦道人家，她所做之事無非是拿著魏瑾泓的大印蓋章；為免事後魏瑾泓找她麻煩，她還是在蓋印章之前把內容反覆看上了兩遍，也算是慎重至極了。

到晚上魏瑾泓回來時，她正在默寫那些上午她蓋過印章的內容，魏瑾泓見到後坐在她身邊喝茶，默然不語。

賴雲煙寫完後，輕出了口長氣，喝了口茶水後與魏瑾泓笑道：「今日替你花了十萬兩大銀。」難怪七叔公把銀子看得這麼緊，天天這麼花，真是皇帝都仗不住。

「有些皇上會給。」魏瑾泓拿過她默寫過的冊子，從頭看起。

「想來也如此。」要不然，魏家沒這麼多家底可花，只有國庫支持才有這麼大的雄厚底氣了；而這國庫裡，想來有著江南任家的好大一份。

「兵馬糧草之事，向來頗費銀兩。」魏瑾泓突然叫了她一聲。「雲煙。」

賴雲煙抬目看他。

「妳到底在想什麼？」魏瑾泓定定地看著她。

「我……」賴雲煙啞然，過了好一會兒才道：「什麼都沒想，只是跟你一樣，順著日子往下走。」

「妳知我問的不是此意。」

賴雲煙笑了笑，扶著椅臂慢慢地起了身，往內屋走去。「天色不早了，該歇息了，老爺你也早點歇息吧。」都這把歲數了，她早已喪失了跟人解說自己的力氣了；而且有些不合時宜的東西說給別人聽了，是得不到理解的，反會成為別人日後對付她的利器。異類這種存在，似乎向來不是用來被人排擠，就是用來被火燒的，她早已不天真了。

「老爺、夫人。」秋虹進來，與魏瑾泓及賴雲煙請了安，手中還提著一個盒子，與賴雲煙報道：「這是五老爺府裡送過來的，說是十小姐親手做的蝦粥，一點腥味也沒有，特派人送了過來讓您嚐個味。」

剛用完早膳，正在喝藥的賴雲煙手未停，把藥喝完才道：「看來確實得找個人好好教教不可了。」說罷，對秋虹說：「替我謝過五夫人，妳去，私下跟她說一聲，我這養病，吃不得發物，吃的都是大夫定的，以後就別送這些個東西過來了，要是出點什麼事，他們府裡也不好交代。」

「呸呸呸！」正在伺候她的冬雨一聽她那賴嘴又百無禁忌地說到了自個兒身上，連忙小聲地輕呸了三聲，把晦氣呸走。

賴雲煙笑看了她一眼，接著朝秋虹說道：「怎麼說明白吧？」

「奴婢明白，這就去了。」

「等等。」賴雲煙想了想，又叫住了她，轉頭對冬雨說：「還是妳去。」秋虹的性子顧忌了一點，冬雨去恰好，她性格硬，也會說話，不怕人跟她耍賴皮。

「奴婢知道了。」冬雨起了身，讓秋虹跪坐在了她的位置上。「這就去了。」

「欸，回來的時候去大老爺府裡看看家裡人，順帶替我和大老爺、大夫人道個安。」

「是。」

這時天色剛亮一點，還不到魏瑾泓去前堂的時辰，等秋虹收拾好碗筷下去後，賴雲煙與魏瑾泓閒聊道：「世朝這次在家裡住得幾日後，是回書院還是？」

魏瑾泓看她一眼，輕搖了下頭。「要去宮中住幾日。」

「所以這次讓他回來住幾天，是來安我這個當娘的神來的了？」賴雲煙笑了起來。

魏瑾泓頓了一下，道：「還有過年，他也會守在妳膝下。」

「真是好大的一個獎賞。」賴雲煙玉手輕拍了一下桌面，讚道。她自己的兒子，現如今見見都要皇帝老爺批假、他老子批假，還全都是恩典。

魏瑾泓被她堵得無話，隨即又若無其事地轉過話道：「院裡還有幾個小院子，這幾日妳令人收拾出來，歸妳用。」快要過年了，往年江南那邊、岑南那邊給她送來的什物估計都快到了，把院子明言給她一人，也好讓她放東西。

賴雲煙聽了也是好笑，現在魏瑾泓不忌諱那麼多了，也不怕她嘲諷，這時候她要是再說些「放在魏家裡是不是好供魏家人打我的私產的主意」的話，倒顯得她肚量太小，過於小家子氣了。

「多謝您。」她微笑著回了一句。

魏瑾泓看著她的笑臉，又輕搖了一下頭。這婦人，與他是變不回從前了，這一世這麼久，他還是孤身一人。

魏世朝回來那日，從請完安坐下那刻起，嘴裡就塞滿了各種吃食。冬雨邊誘哄著他吃慢點，邊掰了手上的糕點往他嘴裡塞，讓他連說句完整的話的空隙也沒有，而他娘只會在旁邊坐著笑，儼然一派袖手旁觀的模樣，一點幫忙的意思都沒有。他最後只能以猛打肚子表示飽了才逃過一劫，之後看著冬雨憐愛地看著他的臉，他連一句重一點的話都不忍心說她；冬雨雖說是母親身邊的丫鬟，但疼愛他之心，說她也是他的娘也不為過。

「我飽了，妳就下去歇會兒吧，讓我跟娘說說話，等一會兒再去找妳說話。」

冬雨不禁笑了，摸了下他的頭髮，說：「我還得去廚房一趟，不用來找我，等一會兒我就回來了。」

「還去廚房啊？」魏世朝不由得摸了下自己的肚子。

冬雨拍了下他的手臂，溫聲道：「不是給你的，是給小姐的。」

「喔。」魏世朝不好意思地撓了下頭。

「我這就去了。」冬雨看著瘦了不少，也抽高了不少的魏世朝，隱了心中的嘆氣，面帶笑容說完這句，又跟賴雲煙道了一聲，便提步出了門。親手帶大的孩子長這麼高了，現在見面的次數會一年比一年少，往後怕是好幾年都見不了一次吧？小姐說孩子大了都這樣，可她不像小姐想得那麼開，小公子她是沒辦法，但自家的孩子，以後大了，還是要常常見得好。

「娘。」冬雨走後，魏世朝看著他氣色好了不少的母親，乾脆起身跪坐到了她身邊，靠著她的肩膀，可他長高了不少，頭彎得再低，也不能像以前那樣能自然而然地正好依偎在她身上了。他調了好幾次姿勢都沒調對位置，最後賴雲煙制止了他的動作，讓他定住別動，而她只輕低了一下頭，就正好靠在了他瘦削的肩膀上。

「看，現在這樣才合適了。」

不知為何，魏世朝聽了有些鼻酸，他撇頭看著靠著自己的婦人頭上那幾縷刺得他眼睛發疼的銀髮，過了一會兒才笑道：「也是到了妳靠靠孩兒的時候了。」

賴雲煙笑了起來。「可不是？」

魏世朝聽了心如被針刺般疼，但如同他娘不再跟他說心裡話一般，他心中那些隱秘痛楚的話，他也跟她、跟這世上的任何一個人都說不出口了。他小時候總問她，人長大了會怎樣？她總是說等他長大了就知道了。只有前年的時候，她才跟他說了一句清楚的話，說人長大了，就必須去承擔那些人生之中不得不承擔的事，那些事只能意會，不能言傳，到了，就知道是什麼滋味了。

他知道，她現在還是得為他再考慮，得為他付出，而讓她依靠他的那天，遙遙無期。他現在也才知道，小時的自己有多天真，以為能保護她，讓她隨心所欲，讓她過上自己想過的日子；可在現實的樊籬面前，一切都支離破碎了。難怪以前他說那些話時，她只是笑個不停，一口一個好，卻總不當真，他現如今，真的是慢慢清楚這些都是些什麼滋味了……

「得多吃點，覺也要睡足，別累壞了。」兒子不說話，賴雲煙轉過頭，摸了下他的臉，笑著說道。

世朝長大了，也越發看得出是魏瑾泓的兒子了。他臉上長得像她的地方其實挺多，只是那看著矜貴的氣韻，還是像足了魏家人。這個年代的人只能順著父族走才是大途，跟著她走不是什麼好出路，她在中途也替他選了這條路，所以她是一點也不怪他與她的漸行漸遠。她以前不能生育，看著別的孩子，總想著自己要是有個孩子陪著多好？這世真有一個了，彌補了以前不少的缺憾，卻也明白了，當母親啊，最甜也最苦，甜的可以說出來，而苦的，只能掩藏於心，什麼都不能說，其實她哪捨得與他有一丁點的疏遠。

「孩兒知道了。」魏世朝笑道。

「不能光說知道，要聽進心裡。」賴雲煙忍了忍，還是多囉嗦了一句。女人面對孩子總是話多，她也總算明白這是種什麼樣的滋味了，總是擔心過多啊！

「知道。」魏世朝又笑道，然後問她道：「舅舅最近可有來看妳？」

「有，前兒個就來過一趟。」

「喔。」

賴雲煙笑著看他。「可有什麼要跟娘說的？」

魏世朝也笑。「舅舅說，妳最近可能有點生他的氣，讓我來問問妳，妳有什麼喜歡的，回頭他給妳送過來。」

「我生他的氣？」賴雲煙笑出聲來，笑了幾聲後與兒子道：「告訴他，我沒生氣。十娘子的事，別說沒個怪的，就是非要找個怪的，怪誰都怪不到他頭上去。」說著話時，她隱了嘴角的嘆息。

兄長向來對她縱容，現如今覺得十娘子的事可能沒順她的心了，竟還要透過她兒子來跟她透意。如果這只是一年幾年，後來兄妹情分淡了，她便也可少顧及他一些，可他這麼多年了，還是把她當明珠一樣的疼愛，叫她怎麼能不為他多著想幾分？難怪，這幾日他老差人隔三差五地送東西過來。

「娘，妳覺得十姨嫁過來不好嗎？」魏世朝又問她道。

「沒有覺得不好。」這時門邊傳來腳步聲，賴雲煙坐直了身，嘴角依舊噙著笑，看向大門，道：「說起來這還是美事一樁，娘只會高興，哪會覺得不好？」

她說罷，門邊站著守門的春光就進來報——

「夫人、小公子，榮老爺與澂老爺來了。」

「世朝見過兩位叔父。」

「回來了？」

「是。」

對談後，魏瑾榮領著魏瑾澂請了安。

「今天來是給嫂嫂過目些東西的。」魏瑾榮說著，就從袖中把冊子拿出，遞給了賴雲煙。

「長高了不少。」在賴雲煙翻冊時，魏瑾榮與魏世朝說道。

「是。」魏世朝微微一笑，道。

「這次住幾日走？」

「兩日。」

魏瑾榮點了點頭。「等一會兒陪榮叔喝杯茶。」
「好。」
這時魏世朝見魏瑾瀓不語，忙向他作揖叫了一聲。「瀓叔。」
「欸。」魏瑾瀓抬頭，應了一聲，嘴角帶著點淡笑。
這時魏瑾榮開了口，與他道：「你瀓叔現在跟著我辦事，我過來見你娘，他也就順道過來問好了。」
「叔父最近還是頗為忙碌？」魏世朝有些憂心地問道。
「尚好。」魏瑾榮抬頭摸了摸他的頭髮，微笑了一下，轉頭看向賴雲煙。他今天來是要定庫存的，給賴雲煙大冊看個仔細，也是族兄的意思，族兄說萬事還是讓她也有個譜得好，讓他先遞了她看，她覺著沒問題了再遞到族兄那處去蓋族印。
「嫂子，如有不解的，您可問我。」魏瑾榮笑道。
賴雲煙抬頭朝他笑笑，點了下頭，就又埋首重回了錄冊。
隨著她的默而不語，屋子裡的聲息也就完全靜了下來，只餘炭火燒著茶壺發出的輕微動靜聲；過得半晌，賴雲煙掩了冊給了魏瑾榮。
「可有不通之處？」
賴雲煙搖了頭。「暫且沒有。」要有，也只是不知道短短不到兩年的時間，魏瑾榮是使了何法子，竟能搜集了這麼多的東西。
「這只是我府暫定的一份，到時加上祝府那份，也是長路了。」

「嗯。」

「那我暫且告退。」魏瑾榮沈聲道。

「去吧。」等他領了魏瑾瀓下去之後，賴雲煙看著有些心不在焉的魏世朝道：「你也下去吧。」

「娘……」

「去吧，晚膳記得回來用就好。」他好不容易回來一趟，哪可能只是單純來陪她的？這府中，有的是事等著他去過問知道。

「那孩兒暫且退下。」魏世朝也知自己在府中的時間不多，便也不再贅言，跟賴雲煙拜別，就此退了下去。

等到晚膳時，魏世朝是隨著魏瑾泓一道回來的，賴雲煙正坐在窗邊伴著燭燈看書，見到他們回來就擱下了手中的書，走到擺膳處，看著小廝、丫鬟一陣忙碌，替他們解衣拭手。

「娘，妳可餓了？」魏世朝在間隙朝賴雲煙問了一句。

賴雲煙搖了一下頭，在主位坐了下來，不多時，魏瑾泓坐到了她身邊，賴雲煙撇頭看他，魏瑾泓沒有說話。

魏世朝這時答道：「等一會兒司大人和司夫人也來，他們到客房先行洗漱去了。」

「他們來了？」

「剛來的。」魏瑾泓這時答了話，輕道：「來與我報事。」

賴雲煙就沒吭聲了，也沒問是什麼事讓司夫人也得跟著來。

她剛只準備了三個座位，現在再差丫鬟擺弄案桌也有點不妥，要是客人來了，她這裡還在擺位，有失大雅，因此也只能讓魏瑾泓坐在她身側，把他的位子當成客位了。

「讓廚房多送幾個菜上來，妳去看著。」賴雲煙朝身邊的冬雨吩咐了一聲。

「是。」冬雨未抬頭，低頭躬身往門邊快步走去。等走到了長廊上，她才抬起了微皺著眉的臉，對身邊跟著的小丫鬟輕聲道：「去問問，司大人夫婦是什麼時辰來的？」

「是。」小丫鬟匆匆而去。

冬雨甩了一下手中的絲帕，抿著嘴大步去了廚房；來了也不差人告知女主人一聲，這下可好，小姐就算不怒，也不會有多喜歡。

這廂送走客人，賴雲煙囑了魏世朝下去好好休息後，與靜坐的魏瑾泓道：「親事訂了？」此處是他們的私苑，這外屋的用膳處，便是魏瑾榮等人也不能輕易進得，今日讓司家夫婦來用膳，這事也就不言而喻了。

「私下有訂，但世朝之意，親事須司笑點頭才文定。」

「世朝之意？」

魏瑾泓點了頭。

「呵。」賴雲煙輕笑了一聲。

魏瑾泓見她沒有面露不快，一時之間也料不準她心中在想什麼，過了一會兒後道：「就依他之意吧。」反正也只是走個過場，魏、司兩家結親，上面也是正有此意，就算司家不願，還能違抗皇命不成？

「嗯。」這事世朝未與她提起，她當然也不會提。「司小姐也是個有才的。」賴雲煙想了想見過的那位得體大方的小閨女，這兩年她也是長開了，性情也溫柔敦厚，摸著良心說來，也是配得上世朝的。「要是兩情相悅，也確是再好不過了。」

魏瑾泓點了點頭，這也正是他答應世朝之意的原因，他希望兒子傾心之人，也傾心於他。

第二日，魏世朝清晨與賴雲煙來請安時，輕聲與賴雲煙說了昨晚司仁夫婦來的原因；原來是司周氏有在輔佐司仁辦事，夫妻倆昨晚也是因急事才登門造訪，有些事須她在一旁解說才能解惑。

「這麼說來，這位夫人也是極有本事的人了？」

「應是。」

「真是了不起。」賴雲煙笑著誇道。

見著母親的笑臉，魏世朝心中也暗鬆了一口氣；他知道他娘最喜的就是有本事的人，無論男子、女子。

送走用完膳的父子後，賴雲煙繞著屋子走了兩圈消了消食，她未說什麼，倒是一直扶著她的冬雨開口淡道——

「司夫人也是頗具傲氣的人。」

「多才之人皆如此，沒有什麼不妥。」賴雲煙拍了拍她的手。

「那小姐，前來拜見的次數也不多。」

「有傲骨是好事。」見冬雨的口氣比她還要像個挑剔的婆婆，賴雲煙只得再拍拍她的肩膀，安撫她道：「妳只要想著，往後陪世朝的不是妳我，代替我們的是她這位妻子，她還會為世朝生兒育女、傳宗接代，想想這些，妳就會心平了。」

冬雨聽著抿了抿唇，又扶著她走了一圈，才有些冷淡地道：「或許吧。」

賴雲煙笑著搖了搖頭，抬眼往院裡陰沈沈的天空看去，深冬了啊，不知來年開春，那光景會不會好起來？得有幾年好收成才成；世俗的愛恨情仇，這種種糾葛，都得吃飽了肚子才在意得起啊！

第六十七章

元辰十二年，南方大雨三月，各地災荒；六月，江南任家拉家帶口進京投奔賴家，與此同時，岑南王接到了攜家眷進京侍君的聖旨。

七月，各地侯伯紛紛派人進京，打探京中局勢。

這時的七月炎熱無比，即便是井裡剛打上來的涼水都能把皮膚燙得起泡。眾達官貴人私藏於室的冰窖也是藏不住冰了，即便是打到最深處的冰窖，往往剛把冰塊拿出來，不到半炷香的時辰即會化成一灘水；市井中的平民也不再顧忌有礙風化，紛紛打起了赤膊，便是往日那輕易露不得手臂的女子，也撩起衣袖，露出手肘以下的部位。天實在太熱，京中時不時也有因熱疾過世的人。

這一天一大早，冬雨起來見風吹得有些涼，還小小驚喜了一下，急步走去修青院的路中時，還想著要叫她們小姐趁這天涼快出去走走、散散步；可不得多時，剛伺候好主子們用完膳，這天就下起了大雨，間帶還有一些冰茬子落了下來，這天，剎那從酷熱的夏天變到了深秋那般冷。冬雨急忙去了內屋，把箱籠裡的披風拿出來給她們家小姐披上後，這才走到窗邊看了看雨勢。

站在牆邊雀躍的小丫鬟見到她，忙撿起冰茬子放到手裡，朝她說：「快看，冬雨姊姊，這冰茬子可冰、可舒服了！」

冬雨把那圓圓滾滾的冰茬子握到手裡轉了轉，隨即出了門，挑了幾個，用布拭了拭後，回屋放到了盤中給賴雲煙看。「您瞧瞧。」

賴雲煙擱了手中喝著的茶，伸手碰了碰冰茬子，朝門外的大雨看了看，轉身對身邊閉目打坐的魏瑾泓道：「這要下多久？」

「下午就停了。」

「嗯。」賴雲煙轉了頭，對冬雨道：「差幾個人收些冰茬子，擱到地窖裡去。」

「下午還會熱回來？」見她點了頭，冬雨立馬轉身差了人，跟她辦事去了。

「都叫去。」見她只叫喚外面的丫頭，賴雲煙笑著揮了揮手，讓站在屋內的那幾個小丫鬟都跟著退下。

這時的外邊比平日涼爽的屋內可涼快多了，小丫鬟們也願意出去，不多時，都一起跟著冬雨去了；一會兒後，賴雲煙在屋內就見她們抬著木盆、打著雨傘，在拾冰茬子，她不由得笑了笑。

這時快到辰時，魏瑾泓打坐完了要去前院，見她靠著椅背、看著窗外的那一大群丫鬟，便開口說了一句。「讓人搬了椅子到門廊下，妳去坐著吹一會兒風。」這樣比坐在窗邊還是要涼快一些。

「不了，省得搬來搬去的。」

「等一會兒妳來前院？」

「嗯，再過得一、兩個時辰吧。」賴雲煙漫不經心地回道，轉頭見魏瑾泓還在，便朝他笑笑。「你先去，我隨後就來。」

「大嫂。」賴雲煙一進前院的門，站在廊下跟人說話的魏瑾允便停了說話，朝她行了禮。

賴雲煙微笑點頭，朝正堂走去，上了階梯即將對上他時，笑著問他道：「你兄長可在屋內？」

「在。」

「忙去吧。」賴雲煙朝他擺了一下手，微一提裙進了大堂。

冰雨剛下沒多久，就又炎熱起來了，她的裝束也還是與前幾年無異，不像他人的夏裝，經過不少巧手改得透氣透風，好看又涼爽；連最重禮的榮夫人，穿得都要比她更貼近現今宣朝婦人清涼的裝扮些，賴雲煙依舊高領襟衣，長裙拖地，卻是有些不合時宜了。

所幸，這家子人裡，跟她一樣穿得嚴密的不僅是她，還有一個魏瑾泓，有著他跟她一起，這種不合時宜也就成了族長與族長夫人的威嚴。位高權重的，總是要與旁人有些不一樣，哪怕這種不一樣不見得有多好，但權威帶來的作用總能堵得住大多的嘴巴。

這時她身邊的丫鬟都留在了門前，只她一人進門，她先越過擺了兩把椅子的小間廳，隨即越過一道門檻，走入了小廳，再越過一道門，才是魏瑾泓所坐的大堂。

三廳大堂，是平日魏瑾泓辦公的地方。這兩年來，賴雲煙跟著他辦事，對這地方也熟了不少，只是平日她在隔壁的那偏廳待的時日長，很少一來就來大堂，今日是跟魏家一大家子討論出征前的第二回合，她得在場。

「來了。」

賴雲煙輕頷了下首，在他身側坐下。

魏瑾泓抬首朝她面前的一疊案卷瞥眼示意。「瑾榮剛送上來的，妳看看。」

「嗯。」賴雲煙垂首，翻閱案卷。

一路行路所須什物、其間應對方案，這兩年來魏家上下都已經弄齊，現在離出征之日沒有多長時日了，在這短短時日內，全程上下，依魏瑾泓的意思，還須演練幾個回合。

等巳時快過，魏瑾榮領著魏瑾瑜、魏瑾勇走了進來，站於前輕聲道：「大哥、大嫂，午時快到了。」

「擺膳。」魏瑾泓握筆急揮時，嘴間沈道。

「是。」

賴雲煙這時掩了卷，把看過的案卷再翻了翻後，撇首朝魏瑾泓看去，等著他停筆。

魏瑾泓急揮完了手中一筆，停了手勢，上下再看了一眼，便起身離了椅子。

賴雲煙這才站了起來，跟在了他的身後，這時魏瑾泓停了半步，待她跟上，提步與她並肩。

午時太陽正掛當中，他走在了有陽光的那頭擋了太陽，不得幾步，就到了用膳的偏廳。

「族長、族長夫人。」他們一進去，站於廳內的眾人齊齊行禮。

「坐。」魏瑾泓跟賴雲煙上了主位。

午膳一過，就要議正事了。一桌共八人，除開他們，坐在左下首的是魏瑾榮與魏瑾瑜，坐在右下首的魏瑾勇與魏瑾允，坐在最下首的是魏家的兩個年輕人，與魏世朝一輩的魏世宇、魏世齊。

魏瑾榮統管內外務；魏瑾瑜主管內務；魏瑾勇負責禮法與對外的交往；魏瑾允則統管刑法與

護衛，魏世齊是他的左右手；而文武兼備的魏世宇則是魏家隊伍的領頭之人。

用膳時甚是安靜，等喝過半杯茶，魏瑾泓領頭帶人進了大廳後，一干人等就急促了起來。

這次第二回議事由魏世宇先發聲，他半月後就要帶隊先行離開，現如今魏家最緊著的就是他的事。

「如遇強險，姪兒在請示允叔、勇叔不到時，要如何行事才好？」

「先斬後奏。」魏瑾泓淡淡道，直視著姪兒的眼。

魏世宇垂下了眼，恭聲答了聲「是」，就此道：「姪兒沒問題了。」

「別急著走，聽聽長輩的事。」魏瑾泓發了話，沒讓急於去整頓手下的魏世宇先行離開。

「是。」魏世宇猶豫了一下，退到了最後站著。

接下來是魏瑾榮跟魏瑾泓說他與祝家談後的問題，一路行路都是兩家人在一塊，所面對的問題都是共同的，而在共同之處又因他們是兩家人有了不同之處，到時具體針對的問題就繁不勝數。

「伯昆叔說，這幾日須您過去議事。」

「後天。」

「明日伯昆叔家中的肖姨娘與佟姨娘會登門造訪，這是拜帖。」魏瑾榮遞到了賴雲煙面前。

賴雲煙打開帖子看了一眼，擱下點了頭。

魏瑾榮繼續報事，他所說的問題最多，等他說完已是一個多時辰後，他說完後又就所有人提出的細節處提出商討，待到賴雲煙能出大堂時，時候已不早了。

她一出門，冬雨就候在門邊，先遞來水讓她喝了兩口，隨即與她道：「榮夫人在大門口等著您。」

「等多時了？」

「一炷香的時辰吧，她剛從鄉下的莊子回來不久。」

這時她們一行人走過大院，到了大門邊，候在門邊的護衛打開了門，躬身候了她出去。

「清鈴見過嫂子。」白氏在門邊朝賴雲煙福了禮。

這兩年白氏往外跑得多了一些，曬黑了不少，不再像以往那番嬌弱美人樣，但卻增添了不少朝氣，整個人的精神反倒要比之前好了不少，那生機勃勃的樣子怪惹人喜愛的。

不過她要是跟著自己走，孩子是不能帶的，賴雲煙看著她眼下掩飾不住的紅腫，也知她這幾日為了離開孩子的事哭了不少次，但自己見著了，一次也沒有溫言勸撫。

許是她老了，心腸硬得很，不喜歡白氏帶著這麼明顯的痕跡來見她；要是真合她意，來見她，最好是把這臉上的痕跡給她掩得一乾二淨，要嘛要兒子，要嘛跟著走，帶著這麼明顯的痕跡來，難不成她還能允了白氏帶著孩子走不成？讓她帶著一個丫鬟走，已是看在魏瑾榮的面子了。

「見過夫人、榮夫人。」她們走不到幾步，秋虹就領著丫鬟匆匆來了，見過人行過禮後，她朝賴雲煙道：「司夫人來了。」

「請她到堂屋。」

「是。」

賴雲煙猜，司夫人來之意是為文定之事來的，他們就要走了，兩個小的婚約可還沒訂。現如今，魏家可真是香餑餑，且不說司家找不到更好的，就是上面的那位也是把這兩家看作是親家了；這幾年她一直不急著提親之事，提也未曾跟司家提過，現在怕是臨到司家著急了。

「妳也忙一天了，回去歇著吧。」路上，賴雲煙朝白氏笑說了一句，即轉道回了修青院。她現如今這身子被藥物調養了過來，但許是這心真是靜如死水了，這麼炎熱的天穿得嚴密也不覺得熱，只是身上也出了不少汗，少不得要沐浴一番才清爽。

賴雲煙洗好後，自行穿了衣，花了不到一炷香的時辰，只是頭髮沾了水，得讓冬雨拭乾了才能紮髮。

「還在等著？」

「是。」

「讓廚房準備幾個小菜吧。」

「是。」

「讓老爺先自己用膳。」

「是。」

過了一會兒，冬雨在她身邊輕聲地道：「小姐，頭髮弄好了。」

賴雲煙睜開一直在閉目養神的眼，往鏡中的自己看了一眼就起了身。

到了堂屋，司周氏忙起身，笑道：「您來了。」她看著一身紫衣拖地的賴雲煙，那上面繡著的藍色蝴蝶都像是停在她身上許多年了似的，再看看她背後快要向暮的夕陽，想起來，這位魏夫人這不緊不慢的做派，似乎經年都未變過；似乎沒什麼可以改變她一樣，哪怕嚴寒酷暑，她總是一成不變，時光就像在她身上靜止了一般。

「等久了吧？」

「沒有。」司周氏搖頭。面對這萬年不變的女人，她也少了以前那些刻意的沈默，反倒有了些實話實說。「這個時候來打擾您，還請您見諒。」

司周氏知道，這小半年來，她早間、午間都不見客，只有聽說在這黃昏時，她心情好點，才會見些個人，有時，都不一定能見著她。自己這也是這一年來頭一次主動來見她，聽著傳聞，心裡本是忐忑，如今見了，沒承想，一時之間心裡也湧現了這麼多感慨。

這魏夫人太沈得住氣了，看來，自己確是要來這一趟的，自己不提，想來她也不會有慌手腳的一天。魏大人那邊也明確跟她家大人提過了，魏家人的婚約之事，無論老少，有需者，都須過問魏夫人，尤其是魏夫人自己兒子的事，更是如此。

「沒有事的，坐吧。」賴雲煙微笑道。

「今早下了一陣冰茬子，怪嚇人的。」司周氏笑笑道：「您也看到了吧？」

「嗯，涼爽了一陣，可把我身邊的那群小丫鬟樂得，拾了一陣子的冰茬子。」

「我那兒也令人拾了，只是想起得晚些，好幾個人動手，也只拾了半盆。」

「有就好。」

「可不是？」司周氏附和。

這時冬雨端了食盤進來，司周氏忙站起來，道：「這可使不得。」

面。

「坐著吃幾口吧，都是涼爽的小菜。」賴雲煙也不打算薄待她，又再招呼她坐在她的案桌對面。

「煩勞您了。」

賴雲煙微微一笑，也不言語什麼，只是招呼著她用膳，過了一會兒，見司周氏跟她又聊得幾句京中的事，也不說出來意，她便也沒問。

等天色沈暮，已入黑夜，小菜也吃得近半後，司周氏笑了一笑，對著一直嘴邊含笑、看似溫和的賴雲煙道：「我家笑兒也有好些日子沒來給您請過安了。」

「怕是，有一段日子了吧？」賴雲煙側頭問身邊的冬雨。

冬雨淡淡道：「怕是，奴婢也記不清了。」

她們不冷不淡，司周氏一時之間也不好接話。想來，笑兒確也是傲氣了一些，雖每次見面對魏夫人都不失恭敬，但來請安的次數確實過少，去年也就帶著她拜年的時候來見過一次。雖說她有些不情願，但就人情這方面，她確是做得不夠的，她難道還能嫁給旁人，避著這位夫人一輩子不成？

司周氏在心裡為著女兒嘆了口氣，面上依然平靜，等過了一會兒又繼續道：「也不知您哪日得空，妾想帶她過來與您道個安。」

賴雲煙笑著看著司周氏不語，看得司周氏的眼睛連眨了好幾下，最後低了下來。

冬雨這時嘲諷地挑了挑嘴角。這家子人也怪有趣的，不想見的時候一次都不來見，想見的時候，來說個話，好像人就得見她們似的，小公子喜歡他們家女兒，就像他們家有了天大的本錢了一樣。

「改日吧。」賴雲煙笑著回了話。

司周氏低聲答了「是」。「待您有空的時候吧。」

「嗯。」賴雲煙應了一聲。

不得多時，司府來人，司周氏告辭而去。

她走後，冬雨的臉色一直不好，賴雲煙拍了她的手臂，讓她扶著起來。

「別想了，我們日後就要走了，管不到的事，就不用多想。」賴雲煙起身朝冬雨搖了下頭。

「別老氣橫秋的，顯得比我這個當主子的還心事重。」

冬雨點了一下頭，長吁了一口氣，看著她往男主子的那頭走，也沒跟過去，待她進了屋，這才轉頭辦事去了。年紀越大，就越知道孩子不是自己的了……

第六十八章

進了魏瑾泓的書房，賴雲煙煮了花茶。她身邊現在跟著的丫鬟多，也大多都是忙著些粗使活，除了冬雨、秋虹近身，她也是少讓人伺候了，能自己來的都自己來；她這麼做後，魏瑾泓這邊也是少了些伺候的人，這段時日，說是衣物也是自己穿的了。

「明日要去看車馬之事，妳一道去？」她把杯子放在他面前時，魏瑾泓抬頭問了她一句。

賴雲煙把燭燈挑明亮了一些，轉身去拿另一盞放在一起。「明日祝家的姨娘們要來。」

魏瑾泓這才想起還有這事。「那晚些時候過來？」

「你要在石屋待一天？」賴雲煙抬來了燭光，在案桌邊坐下。

此時案桌燈火大旺，明亮是明亮，但也因此，案桌邊的溫度高了不少。

「是。」魏瑾泓點頭，抬手解了外衣，只著白色的內襯。

賴雲煙伸手拿了桌上的案冊，對他道：「今日司夫人來了，應是想著文定之事，這事你跟世朝說一聲，看什麼日子最好。」

「這事……」魏瑾泓頓了一下，清目看向她。「妳也讓他訂？」

「不讓他訂讓誰訂？」賴雲煙淡淡道：「他看上的人，我還能阻他不成？」

「他甚是喜歡那姑娘。」魏瑾泓沈默了些許後，說了這話。

賴雲煙垂首書案，默而不語，如果不是看在他喜歡的分上，她還會三番五次地見司周氏不成？

「妳真不管？」下馬威也不給了？

「不管。」賴雲煙抬了頭，看向他。「他大了，再說兒女私情之事，也不是我這個為母之人能管的，你也知道這其中的厲害，就別再問我管不管了；至於司小姐能不能堪當魏家主母這個位置，那就是你和世朝、司大人所煩之事了。」魏家的天下、魏家的未來，不會是她的天下，也不會是她的未來，她只管得了她現在所能管的。

「這事我會與世朝說。」

賴雲煙點了頭，這時魏瑾泓抬手把她頭上的三根銀簪取了下來，讓她的長髮如瀑布般披散而下，賴雲煙抬頭看他。

魏瑾泓面色不變地淡道：「往日妳都是披著來的。」

賴雲煙微怔，她沒料想，時至如今，魏瑾泓還是沒死心。

世朝回來後，跟母親說文定之事尚不急。

他不急，賴雲煙也就不急了；倒是魏瑾勇前來與賴雲煙說了此事。

「這事世朝年齡尚小，不懂規矩，若是趁你們在的時候這文定不下，日後恐會於女方名聲有礙。」他們回來之日不定，到時他們成婚，沒這雙方家長都在的文定，這婚事也就不那麼說得過去了。

「這事，想來司家也是想過的。」賴雲煙微笑地看著魏瑾勇道。

司家那邊，若是司家小姐有看上別的人想嫁予，這文定最好是別下得好，這事，誰能心裡不清楚？

「您……」魏瑾勇有些訝異，沒料到賴雲煙竟允許司家……

「兒孫自有兒孫福。」自然，選擇了什麼，就得承擔什麼，就是世朝是她兒，也還是如此；假若此舉讓他能贏得芳心，這算來也是美事，不能，也好。

「您說的是。」魏瑾勇與賴雲煙相處良久，自也知她的性子，不再多說就告辭而去。

他也只是盡禮師之責，前來提醒一句。但若女方日後不是魏家婦，管她是什麼名聲；若是，自然這也是以後的當家人與夫人選擇的，他已盡職，想來，他這族嫂怎麼樣也不會怪到他的頭上來。

這一月，因有事推遲半年才到達京城的岑南王與王妃到了，久不出門的賴雲煙在她回來的第二日便去了岑南王府，她的馬車直接從後門進了府，剛下馬車，就見祝慧芳緩步而來。

看著略施粉黛，依舊能豔絕天下的祝慧芳，賴雲煙笑了，往前伸出手，摸上了向她伸來的手，竟忍不住笑得頗有些忍俊不禁。「怎地還是這般漂亮？」

祝慧芳聽了捏了下她的手，道：「這口舌怎地還是這般不穩重？」

「我是不是未變？」

祝慧芳上下仔細掃了她一眼，最後視線在她挑起的嘴角邊定下。「未變多少。」笑得還是那般的輕揚，嘴角老含著的諷刺似乎也沒褪盡多少。

「那我就放心了。」賴雲煙舒了口長氣。

祝慧芳瞥她一眼，當著下人的面沒有說什麼，當把她迎進了屋，等下人悉數退下後，她摸了摸賴雲煙的眼角。「還是老了一些。」說著，偏頭看著她的頭髮，慢慢尋找著她髮間那絲縷的銀髮。

「操心之事避免不了，能不堵著氣，已是我等之人天大的福分了。」賴雲煙微笑道。

「現在還有人給妳氣受？」祝慧芳忍不住又摸了一下她有細紋的眼角，嘴間淡淡地道。

「誰能？」賴雲煙啞然。「以前都未有。」

祝慧芳笑了笑，點了下頭。

她自來穩重，什麼話都能藏在心中不與別人說，賴雲煙向來都比不得她，這時忍不住握了一下祝慧芳溫暖的手，輕聲地說：「怎麼這麼多年未見，如今一見著，就跟我們沒分開過似的。」總是這樣，一見面，就好似她們從來沒變過，她最知她，也總是懂她的心思。

「這是我們的福分。」祝慧芳依舊淡然。「也是妳我有心。」這麼多年，她們都刻意保持了利益一致，沒中途變卦，這才讓她們一直都交往了下來；假若中途王爺或者魏大人都變上一變，如今的她們，也不是現在的樣子了。人心變得太快，這世上，哪有真不去維持就能不變的東西？

祝慧芳簡言劍指中心，引得賴雲煙不由得發笑，目光更加柔和了起來。「平日妳也是這樣跟王爺說話的？」

祝慧芳聽得頓了一下，隨後沒忍住，白了賴雲煙一眼，引得賴雲煙更加樂不可支地笑了起來，把祝慧芳都帶得好笑又好氣，搖了好幾下頭。

此番屋內一片笑聲，屋外站著的兩邊丫頭各自面面相覷了好一會兒，都不知自家的女主子是遇上了什麼樣的事，變得這般歡快了起來。

「回來了，可還習慣？」笑過之後，賴雲煙問了正經的。

「不習慣，今早一醒來，還以為是在原來的王府中。」

「住上一陣，也就習慣了。」

祝慧芳點頭，讓賴雲煙靠了過來，靠在了她肩頭上，她剝著自岑南帶過來的桔子，說道：「我是無礙，只是王爺在岑南待了那麼久，祖根又在那兒，日後要是回不去，心中不知有多少隱憂。」

「祖宗的牌子都請在了身邊？」

「嗯。」祝慧芳點了頭，塞了一瓣桔子到她口中。「墓陵也做了些防範，只是不知日後會如何。」

「總會好的。」

祝慧芳輕頷首，臉色平靜。

賴雲煙靠著她的肩頭，也不再言語，直到吃完一個桔子，祝慧芳手上無物了，她才黯然地道：「妳回來得晚了些，我們見不了幾次了。」她即將要走了。

「今天我們商量一下，把手上的事推掩幾日，到妳那處莊子住上兩日去，可好？」岑南突發的民亂阻了他們的行程，她也是趕了又趕，才趕在了她去之前回了京城。

「當是餞行？」賴雲煙笑著問她。

「當是餞行。」

看她笑，祝慧芳也笑，哪怕心中再是難過，這時她們需要的都只能是笑容。

離去之前，魏瑾泓須進宮一趟。這次，賴雲煙再行穿戴上了魏家族長夫人的禮冠衣物，魏瑾泓扶了她，走過了趴伏在地的魏家眾人跟前，上了宮中派來的宮輦，路上夫妻倆皆無言。

亥時，他們從宮中退了出來，回到府中已是子時，趕上魏府大祭，祭禮從子時一直到卯時日出之時。

賴雲煙剛回屋沐浴，就聽冬雨進來報——

「大公子說有事進來一說。」

「何事？」累了一天一夜的賴雲煙這時靠著浴盆，疲憊得連眼睛都不願意睜開。

「江大人。」

「何事？」她再問，江大人何事？

冬雨不語，賴雲煙也沒說話。

見她久久不語，冬雨突然跪在了地上，狠狠地磕了一下頭。「您就見一次吧，您都要走了。」說罷，她忍不住低泣了一聲。

賴雲煙這時睜開了眼，茫然地看著面前的一片水霧，不提起，她都想不起有這麼一個人了，見又如何？不過，不見又如何？既然他都已來了。「讓他進來。」

「是。」

「把眼淚擦乾了。」在冬雨離去之前，賴雲煙提了一句，哭著出去，無事都變得有事了。

冬雨看著比她冷狠，可那心腸啊，還是沒有被磨得冷硬。浴房水霧繚繞，賴雲煙撇頭朝屏風看去，依稀看到了他長袍袉地的人影。

「你還未去換衣？」她語氣平靜地問。

「還未。」

「冬雨說是江大人的事。」

「嗯，他前來給妳送一些什物。」

「給我？」

「給妳。」

「是嗎？」賴雲煙抬手揉了揉發疼的額頭，模模糊糊中想起了那張舉著酒盅低頭酌飲的臉，她都很久沒有探過他的消息了，自她正式成為魏家的族長夫人後。

「我讓他候在南書房，妳稍後過去就行。」南書房，她平日整理案牘的地方。

「知道了。」她語畢，那人就走了。

賴雲煙再轉頭，模糊地看到了他的衣角消失在了門檻上的影子。讓她去見他？魏大人啊……呵，還真是變了不少了；只是，讓她見就見吧，何必自行來一趟？

她的長髮太長，也太厚，拭了一炷香的時辰也只拭了半乾，賴雲煙推了冬雨的手，與她道：「就且這樣。」她起身拿了青袍，披在了月牙白的內衫上，自行打結穿衣。

「您就這樣去？」冬雨忍不住說了一句。

賴雲煙轉頭看她。「那要如何？」施粉黛、穿華服？

「您抹點胭脂。」冬雨看著她蒼白的臉，紅了眼說。

「明日就要走了，今日妳們不必憂煩我的事，來日有的是那時日讓妳們憂煩，今日就陪著妳們的孩兒好好玩耍一天吧。」說著，提袍出門。

冬雨沒有忍住，拿了胭脂盒，攔至她的面前，不顧她眼中的命令，拿手沾脂塗上了她青色的眼圈。「至少這兒，您也擋擋。」

賴雲煙本要斥她，但筋疲力盡的她這時也擠不出太多的力氣說話了，只能讓冬雨與她塗脂。

「好多了。」冬雨塗好後，勉強地朝她笑了笑。

「沒用的。」賴雲煙伸手拍了拍冬雨欲哭不哭的臉。紅顏易老，她不再年輕了，她的韶光已逝，這樣也好，或許有些人的惦記也可以就這樣跟著沒了，對誰都好。

「您不老。」冬雨抿著嘴說。

賴雲煙微笑且愛憐地看著她。其實她一直過得很好，哪怕容顏已老，可惜無人信她，連她最親近、對她可以生死相隨的丫鬟也是。

「等久了？」賴雲煙拖袍進門，看到規矩地盤腿坐在案前的人，朝他搖了搖頭，示意他不必起身，隨後在他的對面屈膝坐下。這時他們的距離近得只差一臂之遙，近得她完全可以看清楚他的臉，還有他嘴邊溫暖如春的笑；想來，他也是可以看清她的，相比於她，他老得太慢了，他的面容依然清俊，眼神依然明亮。

「好久不見。」江鎮遠開了口，他看著對面那長髮隨著長袍散地的女人，這時他們的距離近得他覺得可怕，他都能聞到她的頭髮散發出來的幽香。

她拖著身上的這襲長袍進來的時候，他還以為這具長袍會拖死她瘦削的身子，但在一陣風襲起之後，她就坐在了他的對面，帶著一身的幽香。她身上僅見青白黑三色，眼色沈暮幽深，嘴角帶著疏離的淡笑，就好像她對面坐著好久不見的陌生人。那些曾出現在她眼中的悲哀，這時已全部不見了，不知是被掩藏在了她眼底的深處，還是，那些她心中曾有關於他的情緒，已經在她心中消失了。

他的話讓她微笑不語，江鎮遠笑看她一眼，也不再多言，抬手把放在腳邊的兩個長包袱抬起，放到桌上，他只帶了兩樣東西而來，一柄軟劍，一長匣藥材，皆是保命用的。

「本可託人捎來給妳，只是，在下還想跟夫人就此告別一次。」

賴雲煙三世為人，知道有些人從來都不會有沒有意義的告別，江鎮遠的話讓她嘴邊客套的笑淡了下來，她抬起眼眸，靜靜地看著眼前的人。「你要去哪兒？」

「去該去之所。」聞言，江鎮遠深深地笑了起來。他與她從未深談過，可僅一言，她還是會知他話中之意，原來，這就是所謂的命中注定。

「什麼該去之所？」

「天下大勢已定，該到吾輩之人浪跡天涯之時了。」

「浪跡天涯？」賴雲煙輕笑出聲。什麼樣的浪跡天涯？跟著這蒼生一起死嗎？

「浪跡天涯。」江鎮遠看著她譏誚的笑臉，目光越發地柔和了起來，那是他的所選之途，那也是他想要去的所歸之處。

賴雲煙隱了嘴邊的笑，看著桌上的兩樣什物，注視了良久，直到外頭的朝陽透過窗子直射到了桌面上，讓冒著冷光的長劍發出了耀眼的光芒，她這才張口出了聲。「是該要好好告別一次了。」自此，他去他的天涯，她去她的西海，以後，永生都怕是無相見之日了吧？

江鎮遠走後，下午祝慧芳前來見她。賴雲煙煮了茶，祝慧芳彈了箏，不得多時，前院有人來叫賴雲煙，祝慧芳抱了賴雲煙許久，終放了手，被賴雲煙送了出去。

「不知來日見，妳會變成何模樣？」上馬車前，祝慧芳眼睛帶淚，笑看著賴雲煙。

「許還是現今這樣子。」賴雲煙微笑。

「是嗎？」祝慧芳笑了，掉出了眼眶中的淚。

「總是會再見的。」

「總是會再見的。」祝慧芳就此也走了。

賴雲煙回身，到了前院，就見兄長站在院中，斂著眉頭看天，連她帶著人來了都不知。

「哥哥。」她走近，叫了他一聲。

賴震嚴回頭看向她，嚴肅的臉孔柔了。「來了。」

「剛送了慧芳出去。」

「岑南王妃，她可好？」

「好。」賴雲煙挽起了他的手臂，跟著他往內走。「嫂子呢？」

「在家清點一些什物，等一會兒過來。」他等不及，就先過來了。

「我姪兒他們呢？」

「在裡面。」

賴雲煙笑，回過頭朝冬雨說：「把我給兩位公子準備的東西都拿過來。」

「備了什麼？」

「一些小東西。」

賴震嚴點了下頭，低下半頭看著妹妹笑靨如花的臉，想及日後天涯兩隔，生死不知，不禁悲從中來，一時半刻的竟一字都說不出口。

賴雲煙似是神會，這時抬臉，對上兄長的眼，微怔了一下後，笑道：「嫂子不知給我準備了多少東西，您可有給我準備？」說著也不待賴震嚴回答，接著笑道：「以後走得遠了，想來沒有像您這般的人護著疼著我，我定是會想您的。」

賴震嚴板臉不語，心中悲痛不已，攬在眼皮子底下保護了那麼多年，可還是護不了一世。

「兄長。」這時進入正堂、跟魏瑾榮說話的魏瑾泓停了口中的話，雙手相握往這邊作揖道。

「我和雲煙還有些許話要說，我們去偏堂。」賴震嚴和顏悅色地對魏瑾泓說了一句。

這兩年，他跟魏瑾泓的關係表裡如一，少了以前暗中的針鋒相對，算是好了不少；且不說他到底對魏瑾泓是怎麼想的，妹妹要跟魏瑾泓走，他不得不對魏瑾泓較以前要真好一些，說到底，他們已經捆綁在了一起，拆也拆不開。

「是，兄長，請。」魏瑾泓一揮手，讓站於偏堂的族人讓開了位置，這時裡頭的人也陸續出來，讓出了偏堂給他們。

「今非昔比。」進了偏堂，賴震嚴坐於案桌前，與屈膝在身邊坐下的賴雲煙道。就算是欺矇於他，魏瑾泓這幾年為奠定妹妹地位所做的事也還是夠多了。於身分上而言，這一路之中，他不覺得有誰還能凌駕於她之上；更何況，岑南王府那邊的人還有人暗中護得了她，想及此，賴震嚴一直捏緊的心口才覺得好受了一些。

「是。」賴雲煙柔聲答道。

賴震嚴看著她顯得有些蒼白的臉。「這兩日沒休息好？」

「嗯。」

「在府中還不好好歇息？」

賴雲煙笑著看他，就要走了，哪有什麼時辰歇息？

「以後在路中也是沒個好覺可睡了……」賴震嚴捏了捏她的臉，似是自言自語地道：「小時捏妳也似這般的軟，可沒承想，才一會兒，妳就這麼大了。」

「哥哥。」賴雲煙溫柔地注視著她的兄長。「我也曾離開過京中遊歷，哥哥便當就像那些年一樣吧，等雲煙在外邊玩夠了，累了、倦了，就會回到你身邊，你看這樣如何？」

賴震嚴聽了扯嘴一笑，垂首淡淡道：「妳走了，可還會有誰這樣與我說話？」

賴雲煙一直自持情緒，聽到這話，眼淚還是沒有忍住，決堤而出……

第六十九章

開了木窗，掀簾望去，夜半時分被黑夜籠罩的大地在賴雲煙看來就像是蟄伏的獸，不知何時甦醒。

「娘。」一夜未睡的魏世朝與舅父坐在父母的對面，看到母親掀簾，他從父親與舅父的棋局中抬眼，叫了她一聲。

「到了瓊關，天就要亮了吧？」賴雲煙朝魏瑾泓問。

正捏子欲要定棋的魏瑾泓「嗯」了一聲，回頭看向她。

「我叫冬雨她們準備一下早膳。」

「好。」

「外面是誰？」賴雲煙揚高了聲音，朝大車外叫了一聲。

「夫人，是奴婢。」秋虹在外頭應了一聲。

「是妳啊，進來。」賴雲煙叫了大丫鬟進來，跟她說了早膳的菜式。

「再瞇一會兒。」賴震嚴朝妹妹看去，吩咐道。

賴雲煙點頭，這時看到兒子在靜靜地看她，她朝他笑了笑，靠著枕壁閉目養神了起來。

不得多時，天的那邊開始濛濛地發出亮光，賴雲煙打開了窗子，跟車中那三個沒有閉過眼的人說：「一會兒，太陽就要從那邊升起來了。」這時，離瓊關也就離得近了；瓊關一別，送行的兄長、兒子就要回去了。

「世朝，過來。」賴雲煙讓兒子坐到她身邊，等他坐好，她指著天際頭朝他說：「往後娘給你寫信，到時給你說說那邊長得是何模樣。」

魏世朝先是沈默，當馬車的蹄噠聲、鐵輪的滑地聲響了好一陣後，他轉頭問她。「妳疲累時，都會想些什麼？」

「想些高興的。」

「什麼讓妳高興？」

「很多。」賴雲煙微笑。

魏世朝回過頭，怔怔地看著她。不知道什麼時候起，他娘已經不再像他小時那樣，什麼事都跟他說了，但他知道，她還是待他如初，從她的眼睛裡，他能看出，她能包容他所有的一切，無論他做什麼事、下什麼決定。

「娘。」魏世朝突然叫了她一聲。

「什麼事？」賴雲煙仔細地看著他的臉，心不在焉地回了他一句，此次別過，以後會是怎樣，誰又能知道？

「有人跟我說過，越是得天獨厚的，越是有恃無恐，在妳心中，我是不是就是這樣的？」魏世朝輕輕地說道。他這話，引得兩位父者都向他看來。

賴雲煙沒料到他會說出這句話來，足足愣了一下才回過神來，笑著回道：「不是這樣的。」

她忍不住攬了他的頭，把他抱到懷裡。「你心中的憂慮遠勝於我，沒有有恃無恐的人會是如此。」

魏世朝合了眼，掩了眼裡的淚，把自己埋在了他娘的懷裡。

早膳後，賴雲煙先行上了馬車，聽著魏瑾勇在外頭的唱喝聲，為他們的前行頌詞唱誦。之後，兄長與兒子各自在車前與她說了話，賴雲煙笑著不緊不慢地回了話，不再有眼淚。魏瑾泓上來後，不得多時，馬車就開始跑動了，一路經過瓊關，就是出了西京了，自此之後，他們就算是遠離故鄉。

「伯昆叔的馬車明天趕到。」見她沈默不語，魏瑾泓開口與她說了話。

「軍隊在前？」賴雲煙慢慢地睜開了一直閉著的眼睛，靠在了他的肩頭。

「在前面的黃沙鎮等我們，等伯昆叔一到，再全部上路。」到時人馬與軍隊匯合後一起上路。

說到祝伯昆一列，想起了他家那兩位堪稱能者的姨娘，賴雲煙不由得笑了。

突見她臉上散發出了光彩，魏瑾泓眼神一暗，輕聲地問枕在他肩頭的女人。「在想什麼？」

賴雲煙聽了微笑不已，回過頭看他，在他嘴間輕輕喃語。「你說，這一路上的人中，有多少人知道我們面和心不和？」

魏瑾泓盯著她的嘴唇，半晌都沒有說話，等她欲要收回身勢，他眼睛一縮，待她回過了頭，才慢慢地說：「很多人都知道我們不同房多年。」

「但你還是帶上了我。」

「都知我癡戀於妳。」

聽魏瑾泓若無其事、說小事一般地說出了這件事，賴雲煙加深了嘴角的笑痕，過了一會兒還笑道：「可惜我是個不貼心的，一路帶著的小丫鬟，長得沒一個你看得上眼的。」賴雲煙嘴角的笑慢慢淡了下來。「我折磨你，或許他們都樂意看著，這可能添上不少消遣。」多年的不同房，確也是落了不少話柄，添了不少人心中的猜測。

「那兩位姨娘，不是會輕易翻臉的人。」

「當然不是。」賴雲煙微笑著說道，一切現在說來都為時尚早。

「妳看著處置。」

「不怕我處置不當？」賴雲煙略揚了一下眉。

看著她突然有了神采的臉，魏瑾泓淡然道：「不會再糟了。」再糟，能糟到哪裡去？

「肖氏見過魏夫人。」

「賤妾佟氏，見過夫人。」

祝伯昆一行人到了之後，與他過完禮，他身邊兩個著了簡裝的姨娘便過來與賴雲煙行禮。

「兩位請起。」賴雲煙上前扶了她們。「一路辛苦。」

「不敢當。」稍年輕一點的佟姨娘笑著看向賴雲煙。「倒是您身子骨兒一直不好，想來要比我們辛苦。」這姨娘貌美，年齡不大，臉孔顯小，說出這話來的神情也尤有幾分討喜。

冬雨聽了這話，在旁邊冷冷地看向了身著藍衣粉裙，顯得有幾許嬌俏的佟姨娘。

佟姨娘說罷，見魏夫人身邊的女子板了臉，不由得奇道：「這位妹妹……」

她叫著妹妹，意指冬雨是妾，冬雨剎那臉黑。

賴雲煙笑看了冬雨一眼，轉過頭若無其事地回了座位。

白氏站在一旁，輕抬了頭看了這幾個人一眼後，就又馬上垂下眼，不聲不響地站在一邊，等著這兩個姨娘來跟她說話。真是有女人的地方就有的是不太平，這是去尋活路的，可剛一見著，硝煙味就起了，她們幾個，都是面善心不善的，這一路，有得是熱鬧了。

這時深夜，魏瑾泓回來，來了隔屋賴雲煙的屋子。

賴雲煙聞到了酒味，起身讓春光點了燈，讓她去做點解酒湯。

魏瑾泓坐在她的床邊，接過丫鬟遞過來的水漱了口，與她道：「過了黃沙鎮，應就沒有多少機會讓妳獨屋住了。」

「到時看吧。」賴雲煙靠著床頭笑笑道，現如今還不到共處一室的地步。

「讓我躺會兒？」魏瑾泓突然指著她身邊的位置道。

賴雲煙笑著搖搖頭，往裡靠了靠。

魏瑾泓靠在了她的身邊，閉目長出了口氣。「這樣就好。妳跟伯昆叔的兩位姨娘處得如何？」

「挺好的。」夜膳時她們歡聲笑語，不知道的，聞著聲響還以為她們是相識多年的人了，尤其一個姨娘為她彈了琴，一個為她跳了舞，對她真是尊敬得體。「她們的禮我全受了。」暗地裡，就不知她們是怎麼想的了，說著，賴雲煙笑了笑。「實則我們不來，你們還能省不少事。」女人啊，可能只要沒踏至亡路，有那飯食可吃、有那布衣可穿，就少不了暗中的攀比嫉恨；祝家的兩位姨娘聰明至極，可與聰明伴隨而來的，就是極度的麻煩。

「呵。」魏瑾泓這時輕笑了一聲。

賴雲煙等了一會兒，沒等到他說話，又聞著他略沈的鼻息，她在嘴間輕嘆了口氣，雙眼無波無緒地看著立在床尾的燭燈。

等丫鬟端來解酒湯，魏瑾泓立馬就睜開了眼，就像剛才沒有睡過一般，他起身把湯一口飲盡，轉頭看了賴雲煙一眼後，腳步輕慢地踱出了房門。

門外，他跟丫鬟吩咐把燭燈吹熄，之後，賴雲煙聽到了他跟護衛說話的聲音，半晌後，隔壁的門響了，她才在黑夜中再度閉上了眼。

第二日，賴雲煙跟著魏瑾泓用了膳就上了馬車，直到傍晚，眾人歇息時才下了馬車。

「累著了？」白氏顯得尤為體貼，賴雲煙一下馬車就過來扶了她。

賴雲煙往大步向祝伯昆走去的魏瑾泓看去，看到了他在風中揚起的披風，回過頭朝白氏笑著道：「睡了一天，補了個覺；倒是妳，趕了一天的路，車上坐著可舒服？」

「妾也是睬了好一會兒的眼才醒來的，現在精神好著。」白氏微笑著道，扶著她在僕從布下的圍帳中坐下。

這時冬雨走了進來，朝她倆福了福身，道：「祝家的兩位姨娘過來了。」

「妳去吧。」賴雲煙朝白氏笑笑道。帶她過來要是一點用處都沒有，還不如不帶來。

白氏起身。「是。」她抬頭見到賴雲煙的笑，輕輕一點頭，捏著手中的帕子走了出去。

當家夫人是什麼意思，自己跟了她這麼些年，也是有些明白的；而祝家的那兩位姨娘，往後想見她這位嫂子就見的事，大概也沒那麼容易了。

終歸是姨娘，低了身分，她們也無話可說不是？

第七十章

黃沙鎮過後再行百里就是杳無人煙之地，一路見不到幾處房屋。這時哪怕已經入秋多時，天空掛著的烈日還是不減熱度，往往一天下來，所備的存水就要減少許多，再至原本探好的地去尋水，往往須得頗長一段時辰；所以行路三天以來，只一個水字，就已讓跟著來的女眷知道了路途的艱辛，這時哪怕她們僅是擦拭身子的水，都須過問管事之人才可得一盆。

這晚賴雲煙擦拭完畢後，魏瑾泓來了她的帳篷之處，見她額前的髮亂著，問她道：「可要洗頭？」

「後日尋著水了再洗。」賴雲煙搖頭，她知道後天他們就會到達較大的水源處了，到時，就無須吝嗇著水用了。

「冬雨——」魏瑾泓看向了她的大丫鬟。

「不必。」賴雲煙制止了他。「這才是個開始。」

魏瑾泓無話。

當夜，他在她身邊睡下，聞著她略帶汗味的頭髮的味道，半抬著眼睛看著她的耳垂，直到半夜都沒有睡著。只是個開始？她總是想得多，重來的他們失了銳氣之後，身上、心中不知多了多少的老氣橫秋。

「聽說年老的人，就很愛自以為是。」他知道她也沒睡，在月亮的光芒印在了他們的被褥之間時，他輕輕地在她耳邊說了這話。「就好比我們從不推翻我們以前所認定的。」就如同他們從不能重來一樣。

「終不是赤子之心了。」賴雲煙閉著眼睛輕輕地道：「瑾泓，我們再能欺騙於世，也不能欺騙自己。」活到她這分上，如果自己都不能對自己坦承，那麼就真沒什麼意義了。

「如此，為難的也只是妳自己。」魏瑾泓笑了笑，伸過手給她掖了掖被子。「不過妳喜歡，那就按妳的法子來。」

賴雲煙含糊地笑了笑。要說這幾年沒有改變，還是有改變的，那就是漸漸地也忍受得了身邊有這麼一個人了，不愛他、不恨他，時間久了，他像是一個熟悉的朋友，說不上好與壞，但能說說心裡話；也許處得好了，等到後面的路程，他們還能攜手並肩，各自為對方擋擋災，活到最後頭，這一次，她真的睡著了。

「長兄、大嫂。」這日一大早，在啟程之時，魏瑾榮與魏瑾勇過來請安。

「長兄。」請安過後，魏瑾榮肅了臉孔，與魏瑾泓道：「伯昆叔有事與你一談。」

「嗯。」魏瑾泓揮袍起身，扶了賴雲煙與他一道。

「妾身也去？」賴雲煙柔聲與他道。

魏瑾泓點了頭，扶了她出了帳門，只眨眼間二十來步路，就到了祝家族長祝伯昆的帳篷，這時祝伯昆帳內已經有族人迎了他們進去。

年長魏瑾泓不過幾歲，但輩分委實高魏瑾泓一輩的祝伯昆看著他們夫妻，笑道：「這次可一道來了。」說著，對著淺淺一福就微笑不語的賴雲煙笑道：「賢媳，可盼得妳隨瑾泓來了。」

賴雲煙搭著魏瑾泓的手，在下首坐了，落落大方地與祝伯昆道：「我在家裡頭都聽瑾泓的，他讓我來我就來，伯昆叔要是覺著哪日想見著小輩卻見不著了，問他的不當之處就是。」說著，瞋怪地笑瞥了魏瑾泓一眼，怪他管的閒事多。

魏瑾泓聞言微微一笑，朝祝伯昆看去。他這妻子不比旁人，背後有著賴、任兩家，現今宮裡頭，賴家女還生了個皇子，皇帝在她走前還給她封了一品的誥命，現今在祝伯昆面前姿態做得足一點，也無大礙。

「這嘴……」祝伯昆啞笑。「跟妳舅父一模一樣！」他不斷地搖著豎起來的手指，笑著道：「今天聽到妳這番說話，才知妳血脈裡還真是流著任家的血。」

「哪敢擔當得起您的說法。」賴雲煙笑意盈盈地看著面前堪稱中年美男子的祝伯昆，笑得甚是婉約。「我任家舅父的能幹，伯昆叔也是知情的，能撐起任家這幾十年的重擔，舅父的能力豈是我這等無知婦人所能比擬的？是伯昆叔太高看我這個小輩，拿我跟舅父比了。」

如果賴雲煙這是在京中跟他說的，祝伯昆還真要面色變上一變不可，但他們已經遠離京中了，跟誰撕破臉，也萬萬不可與這同行之列撕破臉。他側眼過去看魏瑾泓，笑而不語，嘴上也笑著，若無其事地答道：「你們總歸是一家人不是？多少是有些像的，賢媳就別太謙遜了。」

這話要是在京中說出，真落在了那心比肝小的任金寶耳朵裡，肯定少不了要找他麻煩；但現在遠離京中了，這賴氏背後的勢力頂多有著一個魏家，還與岑南王軍隊有著一點關係，但這能如何？他還是岑南王妃的親叔呢！

「是。」賴雲煙微笑。

「瑾泓……」祝伯昆這時清目朗朗地看向魏瑾泓。

「您請說。」

「魏大人，議事的話……」這時，祝伯昆身邊的二師爺站了出來。

「於我內人的面也可說的，內人向來與我同位。」魏瑾泓淡淡地道，這時朝得祝伯昆一揖。「伯昆叔請說。」

「叫你前來想跟你所說的是。」祝伯昆淡淡地笑了一下，掃了這對看似恩愛的夫妻一眼，繼續淡然地道：「今日趕路可能讓馬車快一些？我看依前兩日之勢，這馬車還可趕上一趕，能省不少時辰。」

「兵馬之事不可急。」魏瑾泓搖了下頭，道：「這些事我們先前已商量過了，這時再行更改，也於後面的行程有礙。」

「不過是到了水源之地再多歇一會兒就行。」祝伯昆慢慢地說。

「歇得久了，人就怠了，還是按計劃行事吧，您看如何？」魏瑾泓微微一笑，溫和地看著祝伯昆道。

祝伯昆啞然一笑，淺點了一下頭。「那就按起初的計劃吧。」

「啟程之時不早了，我們先且告退。」魏瑾泓這時笑著起身，左手朝身邊的賴雲煙伸去，托著她的手臂讓她站起。

「好。」
但他們只走了幾步，還沒出了帳門，祝伯昆突然又道——
「那後面的行路，也是按原定之意？」
魏瑾泓輕頷了下首。
他們出了門，等進了自家帳房後，賴雲煙回過頭去看魏瑾泓，見他面色從容，她也沒更多諷刺，閒話家常般與他道：「他心中的主張怕是多得很。」
魏瑾泓知道她口中的「他」意指何人，遂點點頭與她道：「這一路，妳小心著些，有事叫我。」
「不叫你，還能叫誰？」賴雲煙這時轉過身，讓冬雨給她繫束腰帶。
冬雨的手勁不大，她側過頭，看著她丫鬟的臉，很是冷靜地道：「束緊點。」不束緊點，這腰就直不起來。
這才是出京的頭幾天，誰知路中會發生什麼事？至於那些進了馬車就歇一路的話，說給別人聽聽就是，信不信都是他們的事，而她得時刻繃緊了身上的這身皮，才能活到最後。
「再緊您腰就斷了。」冬雨嘴上微有些冷地說道，但手上的力道還是加重了許多。
賴雲煙吸了一口氣，再吐氣，對一直看著她的腰不語的魏瑾泓道：「你去忙你的。」
魏瑾泓這才回過神，不置一辭地大步出了門。
他走後，冬雨淡淡地與主子說道：「我看男主子想抱您得緊。」
賴雲煙正抬著頭、閉著眼睛吸氣吐氣，聞言眉眼不動，頭也未低，笑笑道：「冬雨，妳今晚還是讓秋虹來伺候我吧，妳叫賴絕回來陪妳。」她不是個多好的主子，要讓冬雨伺候她的地方太多了，但丫鬟想漢子的事，她還是可以成全人的。

「這有什麼大不了？」冬雨狠狠地把腰帶一扯，再圍了一圈，嘴間淡淡地道：「都同床了，那個人也走了，以後一輩子都不可能見一面，您跟誰較那個勁？」何不敞開了過，貪得一晌歡就是一晌歡？

一路行至三行山，已經有過三三兩兩的人來刺探，路中也偶有行路者見到這麼大隊人馬，不知如何反應，遠遠躲著呆看著這一隊人走得遠了，都不知收回頭。

這一路行來，途中毒蟲、毒草甚多，也有人沾了些許毒氣，因此在行路多日後，祝家那邊有個丫鬟突然斷了氣，被挖了坑埋在了荒野。

這時天氣驟冷，尤其夜間寒冷無比，不易入睡，日復一日，這行路的辛勞就此露出了端倪。而賴雲煙從頭幾天的不輕易出面，到漸漸從馬車裡走了出來，因為再過得一段時日，到了渭河邊那段就是山路，馬車不能行路了，好日子算是到了頭了。她每日都會在眾目睽睽之下跑上一個時辰的馬，先前兩天，魏瑾泓會跟在她身邊，後來她坐在馬上的時間久了，他也就跑離了她身邊，辦事去了。

這天早膳過後，賴雲煙領著丫鬟們揚鞭往前跑，速度太快，已經跑出了魏家的隊伍，進入了領頭的軍隊；一路跑過岑南王軍時，賴雲煙突然扯繩喝住了馬，往後面那匹不動的馬上的人看去。

「羅將軍。」

「魏夫人。」那人朝厚紗嚴密遮住頭臉，只露出眼睛的賴雲煙拱手道。

賴雲煙朝他一頷首後，再一揚鞭，帶了她那票娘子軍騎馬呼嘯而去。

「將軍，這位夫人意欲如何？」羅英豪身邊的副將問他們將軍道。

「再行數百里就是渭河，渭河過後就是天山。」羅英豪淡淡地道。

「魏夫人騎技不錯。」

羅英豪看著前方消失的眾馬，略一揚嘴。「還算不錯。」

「到了山上就冷了。」副將冷靜地說：「到時，也不知道這幾位夫人捱不捱得住。」

「誤不了時辰就是。」羅英豪冷目注視著自己的軍隊走過大半，這才一拍馬，慢慢地跟在旁邊。

「將軍，她們到時會是拖累。」副將用非常不留情的態度說道：「山裡連馬都凍得死，何況女人。」

「這個，倒不一定。」羅英豪看著這幾年才當上自己副將的兄弟，與他道：「去問問師爺，當年的魏夫人一眾人等，是怎麼走過南昭的霧靄的。」說罷，雙眼一眯，兩腿一夾，正要揚鞭策馬，卻聽後面一陣馬蹄聲響起，他撇頭看去，看到黑色的厚氅在空中飛揚，那彎著腰、急速策馬的人看到他後，略一頷首，就在此間，那人已策馬從他身邊錯身而過。

「是魏大人。」正要走的副將側過頭看向他家將軍。

羅英豪止了手中的鞭，嘴角那點若有還無的笑容就此冷了下來。

這時止了馬的賴雲煙在一處懸崖往下看，她左右看著附近的地勢，與春光和小花扯開的地圖對比。

「再過四百餘里，翻過這座山和前面那座山，就到渭河了。」秋虹指著地圖與冬雨說。

「這天會越來越冷。」冬雨點頭，朝賴雲煙看去。「也不知舅老爺的人能不能到得了渭河鎮。」

「他們走水路，要晚兩天。」一路帶的棉襖雖已充足，但還是不夠多，賴雲煙前幾日才寫了信讓人再送過來什物，但於時間上，兩方人馬要對上也不是容易的事。

「那……」秋虹看著主子。

「留人等著。」等他們是等不得的。她話一落音，後面響起了馬蹄聲，她回頭望去，見魏瑾泓單馬而來；她正奇怪，就又聽到一陣馬蹄聲，遙遙望去，見大堆護衛而來，她不由得搖了搖頭。

一陣風過後，他下馬大步走向了她。

「今日跑得遠了點。」賴雲煙朝他點頭致意。

「以後多帶點人，不能光只是丫鬟。」魏瑾泓淡淡地道，沒說她。

賴雲煙輕頷了下首。

他看了懸崖下的深塹一眼，拉離了她到道上，把她臉上半扯開的紗布拉了下來，給了冬雨，問她。「再跑一段？」

「嗯？」

「去對面山上看看。」魏瑾泓指了指對面那座更高的山。「那裡應該能看到渭河。」

聽說渭河鎮是個富饒美麗的小鎮，那將是他們到達西海前遇到的第一個繁榮的小鎮，再往西，離京中越遠，情況就沒那麼好了。

他們要經過很多寸草不生的山脈，還有萬里無人、貧瘠至極的土地。

「好。」

魏瑾泓先上了馬，朝她伸手。

賴雲煙朝他一挑眉。

「烈焰能載得了我們。」魏瑾泓淡道。

賴雲煙笑，朝那蜿蜒的山路看去，知道要到達對面山頂，最好是一人一馬安全一些。路太窄了，可能行至半路，他們就得棄馬而行。

「會費不少時辰。」來回恐怕得三個時辰，到時得追著過了路的車隊。

「到時趕上就是。」

賴雲煙看了看那座最高的山，還是點了一下頭。這是他們遇過的最高山脈，不去看看，也是可惜了，她伸出了手，魏瑾泓大力一拉，她側坐在了前面，隨即一陣揚馬。

跑了一段路後，馬兒跑動的腳步慢了下來。

「你們在這兒等著。」魏瑾泓把轠繩往後一甩，對跟過來的僕從道，說著，看向了賴雲煙，確定她的意思。

賴雲煙也正想練練腳力，沒猶豫就抬步往通向最高處的一條小道走去。

「有些險。」魏瑾泓這時抽出了腰間的劍遞給了她。「妳扶著點。」說罷，他接過了後面侍從遞過來的劍自己用。

一路行走，因通往山上的路可能沒什麼人上來過，路都算不上什麼路，只能挑著不太險的地勢走，行走至半路時，賴雲煙的氣息就有些紊亂了，回頭見身後的魏瑾泓只額上有一點薄汗，她不由得笑著道：「沒承想，你的身體倒養好了。」她曾以為他活不了幾年，因此慶祝的鞭炮都囤了好幾箱，現在看來只能放在她那小苑發霉了。

「嗯。」魏瑾泓拿出水囊，拔掉了塞子，遞給了她。

賴雲煙喝了兩口尚有餘熱的溫水，還給他後，見他就著口子也喝了兩口，她稍愣了一下就轉過頭，不再看他，提起劍繼續往前走。

等走到山頭，已是一個多時辰後。山頂的風特別大，魏瑾泓把身上的披風解了下來包在了她身上，從身後抱著她。

賴雲煙沒動，她透過那層層疊疊的山脈，看著那深處在大山中的山脈，良久都沒有說話。

「那邊就是天山了。」魏瑾泓指著現在看去再小不過的河對面的山說道。

「聽說奇寒無比，我們進去之後得加快腳步，才能趕在雪季之前出山。」

「嗯。」

「難啊，這麼大隊人馬……」賴雲煙搖了搖頭。「有時人算不如天算。」

祝家的情況她大體也瞭解了一些，兩個姨娘帶的丫鬟也是武使丫頭，不比她找的差，但剛出京中幾日，還沒到險惡的地步，他們那邊就出了岔，已經死了一個人；而她帶的丫鬟裡也有兩個水土不服，一直都沒有緩過氣來，還有一個因先前沾了毒草而全身發腫，到現在也沒好。再過些日子，也不知道還會發生什麼情況，儘管他們做的準備已夠多，但也不可能是全面的。

「嗯。」魏瑾泓把頭埋在她溫暖的頸窩裡，只露出眼睛看著山下那蜿蜒不斷的山脈。「到時，得靠妳的腳走不少路。」

賴雲煙點了頭，這個她早想到了，魏瑾泓用不著擔心。

「丫鬟不好的，妳就留在渭河，到時讓任家選幾個人跟上，那也是妳的人。」是她舅父家的，跟是她的也無異，她用得也放心。

聽著他淡然的口氣，賴雲煙笑了起來，她微微撇頭，看著靠在她頸窩的男人，笑著輕聲問他。「現在不嫌我心眼小了？」

「嗯。」魏瑾泓笑了笑，溫熱的氣息噴在了她的膚間。

賴雲煙垂了垂眼，轉過了頭，繼而看著那顯得再渺小不過的一切。在春天來臨之前，她得跟這個人相依相偎，用體溫取暖，以前的堅持在形勢下蕩然無存，而她的心中沒有一點漣漪，在寒冷面前，所有的愛恨情仇都是虛妄的。

「快要下雨了，走吧。」在風把他的長髮吹得亂了她的眼後，她收回了視線，拍了拍他放在她腰間的手。

「慢點。」魏瑾泓收回了手，拉著她往下走。

賴雲煙回頭往山的那頭看去，看到絲縷白霧悄然升起，降溫了，不多時就要有雨下了。她的腳步快了幾步，轉頭間看到了那拖地的披風，她微愣了一下，抬頭解了他的披風。

「你披著。」

賴雲煙取下披風，雙手大力一揚，把披風揚在了他的身上，停住腳步給他繫著結帶，之後她抬起了頭，看到了魏瑾泓眼中倒映出的自己，這時他低下了頭，冰冷的雙唇落在了她的唇上。

「嫂子呢？」在開拔之前，魏瑾榮進了帳篷，隨口問了一句。

「在歇息。」魏瑾泓回了一句。

「呃……」魏瑾榮遲疑了一下，快要走的時候還在歇息，不像她一貫的處事風格。

「啟程的事讓弟媳與冬雨她們先行打點。」就且讓她多歇一會兒。

魏瑾榮略有點疑惑，但聽他這麼說，也就沒再多問下去，報起了他事。

賴雲煙起身著了衣後，披了黑狐衣上了馬車，靠著靠墊閉目養神，一直到大雨打在車篷上她才睜開眼。這時有人打開了前面的車門，冬雨探進身來，有些憂慮地道：「雨下得大了，大人說等一會兒找個地方躲雨。」

「要下多時？」賴雲煙抬了抬眼皮，懶懶地道。

「是這樣說的。」冬雨輕聲地答，緊了緊她膝蓋上蓋的厚被。

這時外面有一陣馬蹄聲靠近，一會兒後在馬車兩旁後面發出了規律的馬蹄聲。

賴雲煙偏了頭，冬雨見她好似要打開窗子，怕雨水飄進來，忙阻了她。

「路窄，讓他們跟在身後就是。」賴雲煙重新閉上眼睛，淡淡地道。

她身子不舒適，說話也沒多大力氣，神情顯得倦倦的。

「奴婢知道了。」冬雨答了一聲，又輕聲問：「您想吃點什麼嗎？」

賴雲煙先搖了一下頭，隨即像想起了什麼似的，摸了摸自己的肚子，模糊地笑了笑，再度搖了搖頭。「沒有了，下去吧。」

冬雨看了半斜躺著的主子一眼，這才退了出去，披上了簑衣。

「在睡？」她一坐到車簷，候在那兒的秋虹忙輕聲地問。

「沒有。」

「也不知什麼時候能找到地方生火，早上備的參湯凍得不能下口。」秋虹輕皺了下眉，嘆了口氣。天氣太冷，又不許她們用小炭爐捂口熱的，等主子醒來後，連口喝的也沒有。

「快了吧。」冬雨緊了緊身上的厚氅，看著前方陰沈下來的天幕淡道。

這時，雨幕中，前方有人大步地跑了過來，跑到她們身邊，跟著馬車一步一步地走著，道：「大人剛跟人商量過，說這雨今日停不了，等一會兒只能臨時找個地方避著，地方怕是寒酸，不便夫人下車，這天兒冷，讓妳們看著夫人一些。」

「知道了，煩勞您了。」秋虹忙朝男主子的二師爺道了一聲謝。

「煩勞您了。」冬雨這時也作了虛禮。

師爺雙手一揖，又在雨中如沾水的飛雁一般，輕快地回了前面的車輛。

冬雨這時又鑽進了馬車內跟主子報話，只是這次她們小姐似是睡著了，並沒有回話，眼睛一直沒有睜開。

第七十一章

「又在熬藥？」肖氏輕聲地回了報訊的丫鬟一聲，丫鬟點頭，又在她耳邊細語了幾聲，肖氏的臉因此古怪了起來；跟她們算的不同，不是避孕之藥，是止痛之藥。

等丫鬟走後，烤著火的肖氏站了起來，要去找祝伯昆，但一下了馬車，迎面而來的冷意激得她不由得縮了身子，在冷得骨頭都發疼的冷意中，她把手縮到了襲衣裡，這才再探出手去。這天兒太冷了，魏家那位夫人的身子也是近幾年才調養過來的，小日子這幾天難過點也正常。

這時肖氏在丫鬟的攙扶下下了馬車，沒有幾步就濕了裙角，腳底好像也被蛇吻了一般濕冷難受，她不由得搖了搖頭，甩了丫鬟的手，快步往前走去。

這種天氣，別說凍得魏家那位夫人下不了馬車，就是凍死了她，也不是什麼意外。

這突來的暴雨下了一個下午，所幸的是，一行人及早在山頂紮營，這處有前行之人留下的簡陋山廟，供奉的神明中，居然還有善悟的金身。

人還沒死透，金像倒是被供起來了，賴雲煙一聽賴絕的報，嘴角不由得翹起。她一直都沒下馬車，但外面的大小事都瞞不過她，現今躺了半天，少了顛簸，她也是睡不著了，讓冬雨在車內桌上點了燭燈，一直在看著桌上的地圖。

晚膳時分，打在車篷上的雨水靜了點，魏瑾泓在她用完膳後不久就回了馬車，披著一頭濕潤的長髮。

「淋濕了？」賴雲煙抬眉看他。

「剛跟幾位大人往前看了看。」

「如何？」

「如若不停雨，明日走不得，路上不安全，山上的石泥會滑下來。」魏瑾泓淡淡地道。

這時冬雨拿了乾帕子進來，第一眼就看向賴雲煙。

「妳幫大人擦吧。」賴雲煙微笑著道。她著了一點寒，肚疼得尤為厲害，動不了身。

「給我，忙妳的去。」魏瑾泓從冬雨手中拿過帕子，溫和地朝她說了一聲。

冬雨垂頭頷首，再朝賴雲煙看去，見主子點了頭，這才退了出去。

「要是多耽擱兩日，怕是不能及時過天山了。」錯過了時機，大雪封了天山，到時想翻過它就沒那麼容易了。

「再看。」魏瑾泓深深地皺著眉，只能到時再看了。

見魏瑾泓擦了兩把頭髮就扔了乾帕，盯著桌面上的地圖沈默不語，看著他消瘦的側臉，賴雲煙突然出了聲。「過來。」

魏瑾泓抬頭看她。

「把帕子給我。」

魏瑾泓坐到了她的旁邊。

賴雲煙靠在他身後，給他擦起了髮，魏瑾泓回頭看她一眼就不再言語，專心致志地盯著桌上的地圖翻來看去。

還沒等全擦乾，男僕就在外面出了聲，說祝大人有事，請魏瑾泓去一趟。

魏瑾泓「嗯」了一聲，回過頭對賴雲煙道：「替我束一下髮。」

賴雲煙好笑地翹起嘴角，但還是坐直了身，拿過了桌籠底下放著的髮帶替他束了，就當昨夜他用手捂了她一夜肚子的報酬吧，魏大人啊，向來都是算得很清楚的。

不一會，白氏過來求見。

賴雲煙應了聲，一陣瑟瑟之聲後，車門打開，白氏跪坐在了門邊。

他們的馬車是特意打造過的，族長夫婦的並不顯得比他們的大多少，不過地上鋪的毯子明顯要比他們的厚軟些，車內也溫暖一些。

白氏一進來就覺得身子明顯暖和了不少，在外面凍僵的臉也舒服了一些，她抬頭朝賴雲煙笑道：「給嫂子請安。」

「有事？」賴雲煙也朝她笑笑。

「是，剛剛下人來報，說前面的路被山上掉下的泥石擋了，明天我們怕是得在這個小山廟裡再待一天，見機行事，妾過來是想問問您，有什麼吩咐。」

「看明日情形吧，要是今夜不下雨，明早是要走的。」他們人多，只要不下雨，路是可以騰出來的；如果不能如時過天山，不管是勉強進天山也好，還是等待明年春天化雪再過天山也好，都是他們不能承擔的事。

「還要走啊？」白氏說這句時有點失神。

「要不然呢？」賴雲煙有趣地看著她。

白氏被她這麼一看，頗覺得有點小尷尬。「您身子不好……」

「我身子不好，族長也不會讓我耽誤大家的行程的。」賴雲煙面色溫柔，微笑著說道，顯得甚是賢良淑德。

「族長聖明。」白氏連忙說了一句。她抬頭略掃了賴雲煙一眼，總覺得現在面前的這個長嫂變得跟之前的那個長嫂不一樣了，不是變得好了，而是變得更加難以預測了。

她現在跟族長也是好得匪夷所思，就好像他們長達十幾年的相敬如賓從未發生過一樣，兩人在馬上相依偎的樣子就像長在一起的兩個人，他們變得太奇怪，也讓白氏覺得面前這個擅長用雲淡風輕口氣說話的女人太可怕，她每隔幾年都變一個模樣，太善變了。就像他們這幾日的表現明明讓人覺得他會為了她的身子多停駐一日，可她卻用近乎戲謔的口氣告訴自己，他們想多了，彷彿他們這幾日的恩愛都是假的，可現在她的身上裹著的卻是族長大人的衣物。

白氏在心裡輕搖了下頭，嘴裡還是淡然地道：「妾身心裡有數了，那就退下去了。」

「不管在哪兒，都要做好抬腳就走的準備。」賴雲煙也沒再與她多說，微笑著說完這句話後，目送她退了下去。

當夜，魏瑾泓未回。

果不其然，第二日沒了雨，早上用過粥後沒有一個時辰，前面帶隊的岑南王軍就差人來報，讓他們跟上。

前一個時辰尚好，馬車走得極慢，可路上還算安穩，但到了後面的路段就變得曲折了，山路被堵，前面的人騰出來的地方不多，不能供馬車走過。魏家女眷走在前面，賴雲煙就派人通知了身後的白氏，她自行先出了馬車，在春光的攙扶下站在了一邊，看著冬雨、秋虹指揮著丫鬟把馬車上的東西收好打包搬到馬上，還沒到渭河，這馬車就不能坐了。

後面過來探消息的祝家人看到此舉，忙回去報了。

肖姨娘聽下人說，賴雲煙站在乾淨的石頭上被丫鬟挽著，一言不發地看下人搬東西，口中有些同情地跟身邊的佟姨娘道：「也怪可憐的。」再尊貴又如何？便是對著她們家爺還敢不可一世又如何？這腳上還不是得沾上泥濘。

到達渭河小鎮時，魏家內眷中死了一個丫鬟，而祝家這次病亡數人。

賴雲煙這回還是著了寒，發了次燒，但捂了一夜汗之後就好了起來；於此同時，任家的三個奴僕來了，這次來了兩個中年漢子、一個中年老媽子。老媽子來了之後，候在了冬雨、秋虹身邊打雜，賴雲煙醒後留了她在身邊，差了春光、小花給她用，底下的武使丫鬟也交給她管。任家舅舅那邊，這次是給她又送了個保命符來了，這個老媽子是照顧任家一家大小的內總管，對她的能耐賴雲煙再明白不過，見到她來，老實說賴雲煙真是鬆了口氣，也知舅家在自己這裡一如既往地在下大本錢。說來，確也是這麼回事，總得保住了她的命，才能保得住她身後的這幾大家子。

祝家那邊雖死了幾個人，其中跟著的師爺也病了，但祝家的那兩位姨娘真不是吃素的，在渭河休息的第二天，就聽說她們在渭河找到了兩個願意跟著她們走的當地寡婦。
「奴婢看著她們，一人能扛起一頭活羊。」秋虹給賴雲煙捏著肩，輕聲在她耳邊稟道。
臉容中有點病態的賴雲煙笑了起來，與底下正在為她穿毛襪的任王婆道：「婆婆，您看看，咱們這邊的丫鬟有什麼要訓的，等一下您跟她們去說個話。」
「是，老奴知道了。」任王婆用布纏好了她的腳後，抬頭看了她一眼，見她眼中帶笑，知她沒什麼不舒適的，這才與她套上了鞋。萬病腳底起，這腳是萬萬不能凍著的。
下午天色快要暗時，賴雲煙差了人去問魏瑾泓的去處，魏瑾泓那邊的人連忙回了話，說過一會兒就回。下人陸續報了兩次，都說過一會兒就回，到第三次給了準話，說過一炷香就要回了，賴雲煙這時便囑了下人搬了膳食上來。
用膳之前，還是讓易高景把了脈，這才飲了新鮮的鹿血，這是任家的僕人帶來孝敬魏瑾泓的，現在誰都指著他活長點，無論如何也別死在這路中。
「漱漱口。」那血腥得很，見他喝下，賴雲煙示意丫鬟給他端了水。
魏瑾泓不作聲地漱完口，用膳時也很沈默，只是眉眼中的疲態無法掩飾。
用完膳後他又出去了，過了半個時辰回來，靠在賴雲煙的肩上就睡了過去。
賴雲煙還在挑燈看書，到了子時後，見無人來叫他，猜測今晚應該沒什麼大事了，就動了身子，輕拍了靠在懷裡的男人兩下。
隨著她躺下，那半躺的人也跟著躺了下去，一直都沒睜開眼，唯有沈睡的呼吸聲不變。

事。

次日天還黑著，天上又傾盆大雨，房中的兩人還沒醒來，就被冬雨敲門弄醒，說榮老爺來報事。

賴雲煙應了一聲，丫鬟就匆匆推門進來點燈，魏瑾泓一躍而起時撫了下額頭，似有些頭昏。

「端碗熱糖水。」賴雲煙朝進來的婆子道了一聲，就把他們身上蓋著的大氅下的厚袍拿了出來給他；外面不便，不能生火暖衣，就乾脆全蓋在了被子下暖著，一舉兩得。

魏瑾泓接過她手中的厚袍穿上，冬雨這時端來了鹽水讓他漱了口，他還未出聲說道什麼，門外的魏瑾榮又叫了一聲。

「兄長？」

「進來，門外站著說。」魏瑾泓道了一聲。

這時準備伺候賴雲煙的秋虹聞言，忙把小門那道掛起來的布簾掀下。

「兄長、嫂子。」魏瑾榮的聲音有一些暗沈，聽起來透著疲憊。

「把糖水端進來，妳們退下。」賴雲煙披了大氅起身，坐在了一邊的椅子上，手支著腦袋看著昏黃的燭燈，再看了眼沙漏，只是寅時，她睡了不到兩個時辰。

糖水送進來後，屋內伺候的人飛快地退了下去，魏瑾榮的聲音也沈著地響起——

「前方有人劫我方糧草，世宇殺亂三百。」

「三百？」魏瑾泓的嘴角翹了翹，這蠻荒之地，人煙稀少，從哪兒來的三百人馬？

「是。」

「來者何方之人？」
「尚未查清。」
「外面有沒有動靜？」
「尚在查。」
「瑾允呢？」
「在外面。」
「回來讓他見我。」
「是，知道了。」魏瑾榮這時才吐了口氣。兄長這些年來心一年比一年硬，這對他們來說是好事。
「還有事？」
「沒了。」
「你先去休息吧。」魏瑾泓的聲音柔和了一些，回過頭看支著下巴在打盹的婦人一眼，半掀了簾子出去見了堂弟，輕聲與他道：「我等等去前堂，你多歇息一會兒。」
對上長兄關懷的眼神，魏瑾榮微微一拱手，朝門內道了一聲。「大嫂，瑾榮告退。」
「嗯。」賴雲煙一點頭醒了過來，應道了一聲。
腳步聲遠去後，她站了起來，這時魏瑾泓進來了，她便把身上帶著體溫的大氅披在了他的身上，淡淡地道：「這鎮子不是我朝的，我們兩家的使官也沒那個能耐安撫得了這裡的人，能早走就早走。」

魏瑾泓抬手摸了摸她的額頭，漫不經心地點了下頭，言不及義地說道：「還難受嗎？」

「已經好了。」賴雲煙抓下他的手，嘴間繼續淡然道：「祝家姨娘找的那兩位，過兩天殺了吧。」非我族類，其心必異，祝家人當是撿了兩個好奴僕，她擔心的卻是多了兩匹害群之馬。

魏瑾泓已與祝伯昆談過這事，這時見她眉眼不動就說要殺人，不禁搖了一下頭。「伯昆叔自有主張。」

「他要自己動手？」賴雲煙不禁笑了。

魏瑾泓默然承認。

「兩位姨娘好本事，就是有時心粗了點。」賴雲煙坐回床上蓋了被，見他不離去，隨著她坐到了床的一邊，她說完話就等著魏瑾泓說話。

「就是有本事，所以瑕不掩瑜，再指教一番，假以時日也就出來了。」魏瑾泓看著她白淨的臉道。休息了兩日，她臉上的憔悴緩和了不少，氣色顯得好了點，就是沒什麼胃口。

「我去前面轉一圈，等一會兒回來與妳一道早膳？」魏瑾泓看著她的眼，輕聲地問道了一句。

面對他的徵詢，賴雲煙笑著點了下頭。

魏瑾泓走後，冬雨她們陸續進來，她剛一穿戴好，賴絕就進來報道——

「宇公子把擄獲的馬宰了，想製成馬肉，跟榮公子討了個伙夫過去了。」

「嗯？」賴雲煙笑著看他。

「今早這鎮子裡的人馬，十家有七家偷偷拿起了弓箭。」賴絕面無表情地道。

「這時候，就得靠男人的拳頭說話了。」賴雲煙轉頭笑著對冬雨道，聲音裡盡是調侃，剛喘上一口氣，就要殺過去了；所幸，一路碰上的對手都不足夠強大，還比不得天災對他們的影響來得大。

「您還是顧及著自個兒的身子吧。」見她還笑著說話，冬雨朝她欠了欠身。「榮夫人候在外面呢，您要不要見？」

白氏剛進院子，族母屋子裡的大丫鬟就搬來凳子，眼睛往她的袖籠瞄了兩眼，白氏便朝她笑了笑，道「帶了暖爐」。這長嫂院內的大丫鬟是個不愛言語的，但大丫鬟就是大丫鬟，無論誰來都伺候得很周到，就是脾氣不大好，祝家那邊的丫鬟都被她削了幾頓了，上次見祝家的人來瞄他們這邊的火爐，她就要叫人挖出她們的眼睛。誰都知她是個忠主的，也不敢得罪她，白氏自來對她客氣，這時見冬雨朝她彎腰道了一聲「勞您候一會兒」，她隨即就回了聲「不敢」。

裡面的人什麼時候見她，白氏也吃不準，有時一會兒就見了，有時半來個時辰也是見不著，都得碰運氣；還好裡面的人也不是苛刻的人，不見也搬來凳子讓她坐，沒為難過一次。

這次運氣好，她剛坐下沒多久，裡面的人就見她了。

白氏進去與賴氏請了安，見她臉色尚好，心中也暗鬆了一口氣，嘴裡輕柔道：「嫂嫂今日好些了？」

「好多了。」賴雲煙微笑。

「妾身昨日聽說這鎮中有一些易於行軍的乾糧，祝家那邊也傳了話，說今日會去採辦一番，您看……」白氏猶豫地看了賴雲煙一眼，又看了眼外面的大雨，這等天氣，想來她是不會出去的。

「要是用得著咱們說話，那就由妳出面，這事就交給妳了。」賴雲煙朝她笑道：「我就不管了。」

「是。」白氏低頭低應了一聲，眉頭卻不由自主地皺了起來。

聽長嫂這口氣，好像祝家姨娘不該管這事，而她更不應該管才是；可是，這不是內眷的分內之事嗎？難不成，全由瑾榮管了不成？他畢竟不是鐵打的，再這麼下去，他遲早要累病了！白氏低著頭，神色晦澀不定。

賴雲煙也沒再多說，讓她退了下去。

「小姐。」在給賴雲煙磨墨的秋虹看著自家主子，微有些不解。「這糧草之事，您不是全心中有數嗎？」

「有數，並不代表要管。」對著自家丫鬟，賴雲煙的話就多了，與秋虹解釋道：「補給之事自有專人在做，內眷這時少操分心就是少添分亂。」

「那……」為什麼不攔著榮夫人？

「這等事，自然有她的夫君教著她。」賴雲煙斂了臉上的笑。「得慢慢來。」這一路，所須磨合的事多了去了。

待手下人回報之前，祝伯昆身著青衣盤坐於簡單的案桌前，這案桌是從家中帶來的，上等的檀木，於他身處的簡陋居所有幾分突兀。

祝伯昆看著對面的魏瑾泓，見他淡然不語，不禁笑著搖頭道：「你家那位夫人啊……」

剛祝家人來報了祝家兩位姨娘的分憂之事，祝伯昆問了魏夫人可與一道？得了答覆後，就一直這樣笑嘆地看著他，不知是唏噓，還是旁的意思。

魏瑾泓望了眼門外的大雨，見祝家族長開了口，他便淡笑道：「她最不喜雨天出門。」

「喔？」祝伯昆挑眉。

「怕髒了她的裙襬。」

他說得淡然，祝伯昆聽後哈哈大笑兩聲，喝了一口酒，繼而閒聊道：「也最忌自己動手殺人，怕髒了她的手吧？」自己不出門，就派白氏與丫鬟過來打他家內眷的臉。

魏瑾泓聽後啞然，對上祝伯昆的視線。

這時，祝伯昆的手下急奔入內，在他耳邊急說了幾句，祝伯昆嘴角的笑就此褪了下來。

待下人退去，室內恢復了安靜，只剩大雨狂擊地面的磅礴聲。

一會兒後，祝伯昆打破了平靜，微笑著道：「我們走後，這富庶的小鎮怕是要變成死鎮了吧？」

魏瑾泓微笑地看向他。

這時翠柏進門，以不高不低的聲音道：「賴絕、賴三動手殺了當地族長。」

翠柏退下後，祝伯昆稀奇地道：「她未跟你商量？」

「殺人的事，她從不跟我商量。」魏瑾泓依舊淡然。

見他無所謂，祝伯昆笑了笑，端起酒杯一飲而盡。真是賴家女，手下從不養白吃飯的，一路來遇到對手，那手下得比屠夫還快，不知是殺雞給誰看。

「你就容她一介婦人如此放肆？」祝伯昆玩笑般地說道：「你不是一直把她當兔子？」這兔子一樣的女人都可以爬到他頭上撒野了。

魏瑾泓搖搖頭，容祝伯昆言語調笑，只沈靜地看著門外的大雨，心中想著前方隊伍的進程。還未進小鎮，她身邊可用之人就全散開了，她一向的習慣是在別人的地盤上還是玩陰的好，從不逞強，也不願冒風險；知道她擅長，也知道他要是插手她肯定不快，所以也就把這事交給了她。說來，賴絕、賴三帶的人中，有一半還是他為她尋來的。

等再西進一段時日，想來，她也不會再說些他嫌她心狠手辣之話了。

第七十二章

前方三方隊伍都帶來了好消息，前行之路安好，百里之內已掃清憂患，他們明日即可上路。

祝伯昆聞訊後面容一整，也不再與魏瑾泓廢話，朝他點頭後就在雨中急走而去。

這廂魏瑾泓的人才進了門。

大師爺是魏瑾泓後來請回來的，不大知賴氏的行事風格，這時就在魏瑾泓身邊問：「夫人為何要在此時殺人？」

魏瑾泓轉了轉手中的小酒杯，垂眼淡道：「此地富庶？」

師爺一愣。「富庶。」

「前後千里，找不到比這兒更富庶的地方吧？」

「是。」大師爺嘴上的鬍子一抖，彎著的腰更低了一點，頭卻更高了。

「賴家與任家後面還會有人過來……」魏瑾泓說到這兒，朝悄然而至的魏瑾榮道：「你也在族中選兩個人留下來。」

「大嫂是想把此地據為己有？」

「嗯。」魏瑾泓輕點了下頭。

「可是……」此處雖是長年游牧之族，但搶人家的生存之地，無異於搶奪一個小國家，這……後患無窮啊！魏瑾榮著實有些愣了，她哪來的這麼大膽子？

看著堂弟輕易不現於臉上的驚愣，魏瑾泓笑著輕搖了下頭，那女人總是讓人輕忽她的爪牙有多利、心有多狠。

「你忘了，她還有個兄長；如若我不想袖手旁觀，我族也是她的主力。」他淡道。

「所以這些時日她才與您這麼好？」魏瑾榮衝口而出。

魏瑾泓微笑地看他。不然呢？真當她認了命啊？可惜，她從不願把她的命交給別人，何況是他。

「嫂子……著實厲害。」看著兄長溫和的笑眼，礙於他的情面，魏瑾榮不敢說出過分的話，只能憋出了這句。他緩了一下，細想不對，不禁抬頭看著兄長道：「她在京中是不是已然有了謀劃？」

魏瑾泓彎嘴笑了。她日夜鑽研地造冊，不惜舉賴、任兩家財力，數十次地派人往西探查，她做這些，可不是為了好好地當一個魏家的族長夫人。

看著兄長嘴邊的笑，魏瑾榮心中一下子就了然了。賴、任兩家這幾年看著平靜，看來，底下動作不少，只是在皇帝與他們的眼皮底下，不再讓他們知情罷了。這嫂子，真是好膽氣，到現在才漸漸露出一點尾巴；可都這時候了，就算京中的皇帝知情，也不可能在這時把工於心計的這兩家子拿下。他家的那位夫人想著替他分憂，而兄長身邊的那位，卻是想把這地方全占了，手握肥沃之地做那長久打算，胳膊肘子全拐在了賴、任兩家身上。之前他就費解了，任家人上來的速度怎麼就那麼快？原來人家是一直等著啊！

魏夫人派了她那脾氣比主子還尤勝三分的丫鬟給肖姨娘送來了兩罈酒，那個冷丫鬟板著臉來、板著臉去；她走後，肖姨娘身邊的丫鬟恨恨地瞪了門口一眼，轉過頭對肖姨娘道：「姨娘，您看，一個丫鬟多了不起！」

她咬牙切齒，肖姨娘卻笑著慢悠悠地聞了聞酒罈口子，再道了一聲「好酒」。

這時，祝伯昆身邊的貼身老奴過來，請她去與主子一起用膳。

肖姨娘起身微笑了一下，朝他笑道：「佟妹妹也是在候著了吧？」

老奴笑著應了一聲「是」。

肖姨娘又看了老奴一眼，笑道：「寶叔去忙吧，我自行去就好。」

說罷，步步生蓮花地往前，不疾不徐地出了門，神情一派平靜無波，讓祝伯昆身邊的老奴暗道了一聲「好」；得喜卻又不驕不躁，肖姨娘還是跟以往的十來年一樣沈得住氣。

那廂祝家一行人等在用晚膳，這邊魏家的人正餓著肚子在商量事情，說到一半，蒼松急步去了賴雲煙帳中，請了她過去。

賴雲煙到了帳中，先是沒有發聲，後來聽得幾句就聽出來了：雖不是雪季，但天山的山頭已降了雪，昨日前行上去的馬已凍死了好幾十匹。

「要過天山怕是不易，要是馬兒出事，糧草也是運不動。」魏瑾榮看著桌上地圖，悶著頭道：「近兩千里沒有人煙，糧草不能棄。」現在魏家五百護衛、一千馬已是龐大，損耗一點就是損耗實力。

「用上耗牛。」魏瑾泓撫了撫皺得發疼的眉心，淡淡道：「就算跟不上腳力，過了天山，到了山腳下等等就是。」

「看來只能如此。」魏瑾榮頓了一下，長嘆了口氣。多費些時日就多費些時日吧，現在慶幸的是提前作了準備，不至於事到臨頭沒有解決之法。

「祝家……」

魏瑾泓說了這兩字便停話不說，引得在座之人都往他瞧去，他身邊的賴雲煙也偏頭看向了他，靜候他下話。

魏瑾泓緩了緩，接著說道：「他們所備牛兒不多，借他們五百，你們看如何？」問到此，他看向了賴雲煙。

魏家所備的兩千耗牛中，其中一千隻是她跟他清楚言明過另有他用的，當初她提起此事，一是拿牛運物過山，其二是就地宰割拿牠們當存糧，而買牛的銀子、人力全是她所出。

自進門就不聲不響的賴雲煙聞言，先是沒發聲，過了好長一會兒才點了下頭，言語淡漠地道：「所養牛群離這邊有些遠，發信過去，再趕過來還要幾日。」

她向來怕賊關心她的事，更怕賊惦記，就是因為知道她所做的那些準備一旦讓眼前之人一清二楚了，總是會利用上，哪怕她話已於他說得再明白不過了。

魏瑾泓點了點頭，看她嘴角冷冷地半翹著就知她心情不好得很，他頓了一下，沒再多看，就轉過頭朝堂弟吩咐起了等候任家趕牛過來的事。

這時魏瑾榮他們時不時往她看來，賴雲煙眨了下眼，沈默地伸出手拿過了魏瑾泓手邊的筆，扯過紙，一字一句地寫起了信，末了捺了手印，又從脖間把信印扯出蓋上章印，這才抬頭朝外道：「叫賴三過來。」

不到一會兒，賴三就跪在了門邊請安。賴雲煙走到門邊給了他信，看著他消失，之後，她轉過頭，對著一屋的魏家人道：「還有事？」

魏瑾榮忙笑道：「沒事了，嫂子有事請您自忙去。」

他說罷，魏瑾勇他們也全都起身向她作揖行禮送她。

只有魏瑾泓維持著不悲不喜的神情，靜靜地坐在那兒一直看著她，眼睛眨也未眨。

賴雲煙眼睛低垂，誰也沒看，對著帳中人輕福一禮就走出了門。

她剛回帳中坐定，魏瑾泓就回來了。

給他倒了茶，又吩咐了丫鬟把晚膳端上來後，魏瑾泓的神色柔和了一下。

「妳應早點用膳，莫要壞了胃。」

賴雲煙沒接話，食無語。

當丫鬟收拾好什物退下後，魏瑾泓見她起身拿過書冊，沒有開口的意思，又看了她一會兒，才道：「妳有沒有想問的？」

賴雲煙先是無聲，垂著頭在那兒不知在想什麼，一會兒後，她把手擱在了桌上，手支著頭看著他。

「此次不是險關，不到生死存亡的關鍵，若送信到京中，快馬回去只要半個月。」魏瑾泓說了幾句。他保全了魏家，但這次對祝家不伸手，皇上早晚會知曉，他們現在離京中離得還不夠遠，皇上的手還是搆得著他們的。

賴雲煙良久無聲，她知道魏瑾泓說的自有他的道理，可這麼多年來，她也是厭於魏大人經常拿她的東西作人情了，她這時也必須表明她的態度，沒有挾制，魏大人怕是很快就會為所欲為的。她有必要提醒他，時刻謹記他們之間的關係，他應該跟她一樣明白，他們這一路的恩愛纏綿，不過只是一路哄著人玩的，無事時騙人騙己而已，他有他要顧的，她也有她要顧全的。

「雲煙。」魏瑾泓叫了她一聲。

賴雲煙看著他，這次開了口，道：「魏大人，妾身歷來的行事手法，想來您也是清楚明白的。」她最討厭的就是被人看透手中的籌碼。賴、任兩家這幾年暗中嘔心瀝血、費盡兩家全部家財及人力所布下的保命之法，可不是為他人作嫁裳來的；魏大人要是不懂規矩，她也不吝提醒他兩句。「您怕皇上知道得太早，但您動我的東西也動得太早了。」

她說得甚是冷漠，眼睛冰冷無情，嘴角冷酷地抿著。這些時日從她身上透露出來的溫情，這時全部消失殆盡，只此一眼，魏瑾泓就別過了眼。他還是不大想看到這樣的她，哪怕他心中清楚，只要有必要，她手中的刀就可以轉手捅進他的心口，不會有任何遲疑，甚至連眼睛都不會眨一下。

「嗯。」他低頭，漫不經心地輕應了一聲。

他的弱勢並沒有讓賴雲煙的臉色和緩，但她也知最好見好就收，於是重拿起了書看了起來。

魏瑾泓靜坐了一會兒就出去了，走到門口時他回過頭，見她眉頭緊蹙，眉心憂慮不堪，他短促地挑了挑嘴角，腳步輕慢地出了門。

「耗牛？」乍聽魏瑾泓的話，祝伯昆有一點詫異，過後便朝魏瑾泓作揖肅容道：「魏大人好準備，昆翁在此多謝你了。」

魏瑾泓回以一禮，淡笑一聲，便扶桌起身。「如此，瑾泓就當伯昆叔收下了，就不打擾，先走一步。」

見他如以往那般說過事就走，祝伯昆也知留不住，起身送了他出門，當他一出門，祝伯昆回過頭就對身邊的心腹揮袖道：「叫三位師爺都過來！」

那廂祝家重新在商議事情，這邊賴雲煙正聽著賴絕打聽來的消息。她不信祝家對過山之路沒有成算，所以就差了人去祝家隱著的探子那兒收信，而得來的消息確實證明了祝家早就做好了打算的，只不過那打算有點過於凶殘——祝家已備好了兩百奴僕揹食物過山，祝家鐵衛會在山那頭接應，爾後，為了省糧食，不是護衛的兩百奴僕就地殺了扔棄。

祝家打的是人力的主意，但肯定沒想到，魏家送去了更可行的法子。

「這消息，是從我們的人嘴裡得的？」賴雲煙聽後轉了轉手中的茶杯，尋思著問道。

「奴才問過了，是突然得的，昨日大統領在帳內商議事情，讓他恰恰好聽到了此信。」賴絕也不相信他們早先打聽不出來的消息，怎麼等小姐一過問就打聽出來了，因此他也查問了他們的人，但沒有查出疑點。從祝家鐵衛大統領嘴裡聽到的事出不了假，而裡面誰人都可以是姑爺的人，但那位是祝家人的大統領卻絕對不會是；所以這事就算有蹊蹺，他們也查不出什麼來，只有幾個可疑人可查。

賴雲煙聽過那幾個可疑的人後，也沒追問下去了。

「不須查清，全當是魏大人的人看待就好。」

聽賴雲煙笑著說完此話，平日沒有什麼表情的賴絕臉上也閃過一絲笑意。自家的男主子也好，女主子也好，不愧是兄妹，弄不清哪個是敵人的時候，就當他們全是敵人看，一個也不放過；就這點，小公子還是沒像了小姐，他像魏大人多些，可惜了。

因上山之事須再行決策，一行人在原地多駐紮一天，不用行路，因留下的時間較多，伙夫聽從吩咐宰了羊。

高地羊有一股強烈的羊羶味，冬雨聞過伙夫做的羊肉湯後就另行拿了羊肉去弄，但用了各種佐料也還是沒有把那羶味蓋住，這時已快過了平日用膳的時辰，她不得已，只能端去給自家主子；但沒料自家主子竟面不改色地喝了三碗，撫住了肚才歇了嘴，等她用完後，冬雨有些不大信地拿過碗聞了聞，還是一股羶味，她不禁疑惑地朝突然變了一張嘴的小姐看去。

賴雲煙見冬雨看她，也笑咪咪地回看著丫鬟，笑了好一會兒後突然板了臉，道：「還不快去拿濃茶與我漱口！想要羶死我不成？」

冬雨見平日的主子回來了，臉色便恢復了平日的冷靜，福了一禮退了下去。

在整理筆墨的秋虹見此搖了下頭，弄好手中之事後過來與她捏肩，對主子道：「您就別逗冬雨了，為著您的起居，她可比我還心疼您。」

這時魏瑾泓進來了，賴雲煙拍拍她的手。「妳退下，也去用點，這是暖身之物，叫兒郎們多吃點，不夠再宰幾條，吃飽了再好好歇息，定要吃飽睡足了。」

「是。」見魏瑾泓進來，秋虹不敢多言，躬身退了下去。

魏瑾泓手中拿了一封信，走過來坐在她身邊，把信放在了她面前。

賴雲煙一看見信封是小兒的筆跡，不由得笑著伸手拿信，看過後帶笑地輕嘆了口氣，轉手把信給了魏瑾泓。「全是可喜之事。」

魏瑾泓掃了那三頁紙張，兒子所說的都是家平宅安之事，還說了一些與友人的趣事，另還有一些家事請教於她，確是一封可喜的家信。他看過信，見她接過信就收了起來，除了先前看到信時的笑，這時的她平靜得很。她待他們的小兒，已不像小時待他那般了；他從未想過讓他們生疏，但她還是默然地拉開了他們之間的距離，那心真不知是用什麼做的。以前她轉過頭就可不認他，現在她再轉過頭，卻是兒子認不認都無妨了，不得不讓他忌憚；多年的退步謙讓，也還是暖不了她的心，不過，確也怪不得她。

魏瑾泓自嘲地想著，心中一哂，展了笑顏與她閒談道：「回信何時寫？」

「等一會兒吧。」賴雲煙想，今日寫也好，利於送信。

夜間魏瑾榮帶白氏前來與他們請安，說到魏世朝的家信，魏瑾泓交予了他看。

「看樣子，司家那位小姐還是鬆口了。」魏瑾榮看過信，就知兄長把信交給他看的意圖了。他抬頭見長嫂神色淡淡，就知司家那位小姐的事，她是沒怎麼放在心上的；但世朝畢竟是魏家的繼承人、下一任族長，娶親之事不得不大辦，也必須由她張那個口。

「這下聘之事，不知嫂子是怎樣打算的？」魏瑾榮邊說邊提了茶壺與她的杯中添了一點茶，盡了討好之意。

賴雲煙瞄了未喝一口、眼看茶水就要溢滿出來的茶杯一眼，翹了翹嘴角，笑著溫言道：「這等大事，讓我與瑾勇堂弟商議一番再說。」

見她沒打算推拒，魏瑾榮暗鬆了一口氣。

等退下後，挽著他手臂的白氏看了似在沈思的夫君一眼，輕聲道：「我看你們都似是有點怕她？」哪怕是瑾瑜，族長的親弟弟，見了她也是遠遠地行禮，不敢靠近。

魏瑾榮看了自家夫人一眼，見她小心翼翼、試探地看著他，他一笑，道：「長嫂如母，她又是族母，有族母之威，我等敬畏些也是應該的。」

白氏想想也是如此，就點了頭，嘴裡也輕聲回道：「族母夫人一年變好幾個樣，當真好生讓人敬畏。」

魏瑾榮點頭，沒把那句「她跟妳們不一樣」說出口。婦人再不仁多少也有婦人之樣，不像兄長的這位夫人，那刀子下來，連他兄長的心頭肉都割，與兒子的血脈之線也敢斷，硬是比男人都狠，這等婦人，誰不心存忌憚？

魏瑾榮夫婦退下後，魏瑾泓還沒走，賴雲煙看書半晌後，見他叫了僕人把地圖擺上了大桌，一人在大桌那頭忙碌，她便叫冬雨多點幾根燭火抬過去，那邊明亮，她這邊就暗淡了不少。

「莫看壞了眼睛。」

他轉過了頭，嘴角微翹，神色溫柔地對她說了這話。

賴雲煙看著這麼多年了還能見清亮，就算深邃不見底、時常有疲憊出沒，但總不見滄桑的眼，這一下，她當真是感嘆了一下男人的心不易老；不像她，從骨頭老到了血液，就算他端著一張讓昔日的她心動的臉日日站於她眼前，她也想不起來往日愛他的滋味了。那時，他們最好的時光裡，他也是這般看她的……一眨眼，竟過去了這麼多年。

這夜賴雲煙寫了信，與魏瑾泓過了目，魏瑾泓看了兩遍，斟酌半晌，另寫了一頁，放在她的信之後，當作一封。當夜就寢，魏瑾泓伸手攬了她的腰，她轉頭把頭埋在了他的頸窩處，嘴角的笑止都止不住。

她沒有抬頭，也就沒看到魏瑾泓臉上無奈的笑和一閃而過的嘆息。

夜半魏瑾泓醒來過一次，他低頭看了看黑暗中懷裡的人，手不由得攬得緊了點，再偏頭往外看去；雖帳篷嚴密，但仍能感覺到那冷冽的寒風撲打在臉上的寒冷之感。

嚴冬快來了，越往西去越冷，而她也會變得比以往溫馴，越會面露得像個一般的婦人。

但願，莫再辜負……

他們往天山沿的是前人所走過的捷徑，而捷徑多險惡，很多地方不能騎馬過去，得步行甚遠，且常遇懸崖。一條小道通過去，一邊是山壁，一邊是深淵萬丈，嚇哭了不少丫鬟不說，就是護衛，也有怕高的幾人嚇得腿軟過不去。

這時，平時總是顯得雲淡風輕的魏瑾泓就有點用處了，過險境時往往會揹賴雲煙過去，讓賴雲煙又私下感嘆了好幾句，說自己總算是熬出頭了。

對她好也不行，壞更不行，言語之間什麼話都似是帶著譏諷，冬雨惱怒自己主子這模樣，往往賴雲煙過分言語，她臉就一板，引得賴雲煙拉著秋虹的手，拿著帕子拭著眼角那並不存在的淚。秋虹只得安慰主子，又回頭唸了冬雨沒大沒小，可她多說了幾句，賴雲煙又怪心疼的，就又拉住了她道「不說她了，她也是為我好」。秋虹就知結果會是這樣，笑著應了「是」，便又繼續為她捏肩捶背。

這日早間，行路不到一個時辰，風就大了起來，寒風透過厚厚的遮臉布吹在臉上都感覺到刺骨的寒冷。賴雲煙是與冬雨共坐一騎，這時也感覺到身前冬雨的身體都涼了。冬雨身子好，不似一般女子偏陰，熱氣足得很，這時穿得甚厚的她看樣子都有些畏冷了，因此當魏瑾泓過來朝她伸了手時，賴雲煙二話不說，腳一蹬、身子一起，穩穩地就落坐在了魏瑾泓的身前，把那本來就露出不多的臉全埋在了魏瑾泓懷中。

這時未騎馬的蒼松大步而來，遞過來一張狐披，魏瑾泓把它裹在了身前之人的身上，這時遠遠看來就像他身前掛了一個包袱似的。

魏瑾泓裹好後，低頭看了看懷裡那一聲不吭的女人，見她不吭氣，他猶豫了一下，還是輕聲問了一句。「憋氣？」這時見她在懷中輕搖了下頭，他便輕揚了下韁繩，往前縱馬。

不多時，他到了前頭，魏瑾榮見到他們時還多往他身前看了一眼，試探地喊了一聲——

「大嫂？」

賴雲煙只得從狐披中露出一點頭，朝他點了下頭，然後又迅速地縮了回去。

「兄長……」魏瑾榮還真是未見過這般樣子的賴雲煙，不由得朝魏瑾泓看去，卻見他兄長在寒風中顯得過於清冽的臉一點情緒都沒有。

見魏瑾泓朝他看來，眼中問他「何事」，魏瑾榮一時之間也無話可說。他總不能跟他族兄說，他們夫妻很多時候熟絡得好像認識了上百年了一樣，她做什麼他都不奇怪，她對於他幹什麼也好似了然於心；但偏偏他們的關係不是一般壞的壞，哪怕有世朝，他們之間也不像是夫妻啊！

這時聽見魏瑾榮說得兩句，魏瑾勇也往這邊看來，看到魏瑾泓面前的包袱時，他頓了一下，隨即若無其事地別開了眼。他這族嫂，家中老父早就告誡過——敬之，遠之，她做什麼都不要奇怪，多瞧一眼都無須。

氣量小之人最記仇了，尤其氣量小還位居上位者的婦人最不能得罪，她背後可不只是兩大家，還有著一個終會成大器的下任族長。在寒風中，魏瑾勇稍一瞇眼，魏瑾泓的馬就往前去了，魏瑾勇往後一看，見魏瑾榮打了個跟上的手勢，這才騎馬跟了上去。

魏瑾榮往後一看，看女眷遠在百丈之後，也未再多瞧，騎馬跟上前。

這天祝家走在前面，魏家居中，後為兵部兵馬，因天山路險，走在最前的是有經驗的岑南王府的兵馬；魏、祝兩家各行其路已有一段時日，行路前後次序都是一天一輪。

但在這日午時，祝家派了人過來說有事商議，商議的是讓兩家女眷走在中間，男丁還是按照之前一天一輪的次序；魏瑾泓派了翠柏過去告知了賴雲煙一聲，賴雲煙想了一下，讓翠柏回了話。

翠柏迅速回來，在魏瑾泓身邊耳語了一句。「夫人說，這事按您的意思即可。」

這時祝伯昆笑望了魏瑾泓一眼，臉上有調侃之意。「你夫人的意思是……」

「可行。」魏瑾泓淡然道。

「那就好。」祝伯昆笑著點頭。

兩人起身出了商議的帳篷，在分道之前，祝伯昆狀似不經意地道：「這等小事你都要過問你家夫人？」言語之間有三分魏瑾泓未免太不大丈夫之意。

「她是族母，內務之事向來於她管。」魏瑾泓的神色絲毫未變。

「喔。」祝伯昆挑眉。

兩人方向不同，魏瑾泓朝他作揖告別後，祝伯昆回了禮，微笑離去，臉上有些不以為然之意，等到了自家地方後，祝伯昆朝身邊的師爺道：「他過於忌憚女方娘家，多年都探不到底，他這邊看來是摸不清了，你再查查，那賴氏有何心喜的？」

魏瑾泓與賴、任兩家私底下的事一直虛虛實實，而魏瑾泓與他那大舅子傳言是面和心不和，與他嫡妻的關係也是如此，可實際上這三家的關係固若金湯，魏家行事背後往往都有那兩家的影子。

「這……」師爺遲疑了一下，那魏夫人根本不見任何人，身邊常伺候之人也就那兩個大丫鬟，還有後來的任家婆子，外人見她的次數，還真不如他家主子見她的多。他湊過頭去，在族長耳邊輕道：「恐怕還得姨娘們施力了，您看這時機正好。」

祝伯昆笑笑，點頭道：「叫她們過來。」

第七十三章

魏瑾泓進帳篷時正好看到賴絕準備退下，見到他，賴絕低頭請安，魏瑾泓頓下腳步，見賴絕不抬頭，輕「嗯」了一聲就進去了；她那邊的人見他從不抬頭，就好像一抬頭，什麼都會被他知道了一樣，防他防得甚緊，也不知是誰教的。

見他進來，她朝他招手，笑道：「回來了？這參湯正好還有些溫熱，你快來喝一盅。」

魏瑾泓心下微有一愣，腳步卻是未停，坐在了她身邊，接過了她端來的盅湯，小喝了一口。

她嘴邊笑意更甚，靠近他看著湯，嘴間玩笑般說道：「不怕有毒？」

魏瑾泓不動聲色地繼續喝湯，湯只有一點餘溫，也只一小盅，幾口就下了肚。

他放好碗後她又笑道了兩聲，也沒再說話，朝他遞過來一本書，手伸過來時眼卻未看他一眼。他不語，她也未多言，兩人萬事皆心知肚明。他不怕她這時下毒，因她這一路還得有他；她給他手寫書冊，因他在外替她建立聲勢，這時言語過多都是累贅。

魏瑾泓以為他們差不多就是這樣了，不會再好，可能更壞，因她從不願他真正有多好過，也不會真的依賴他。

這日他們過了一處陡峭至極、只容一人過的懸崖，路險容易出事，摔下萬丈深淵的馬兒發出了慘絕的淒厲聲，只不過幾聲就又聽不到了，只剩一片死寂，更是駭人心骨。

魏、祝兩家以夫人為首的女眷是被揹過來的，祝家的兩位姨娘這時也慘白著一張臉坐在背風的巨石下，看著那站在風口、不斷朝險路看去的魏夫人。

「魏夫人……」肖姨娘定了定神後，在丫鬟的挽扶下起了身，制止了丫鬟的繼續攙扶，獨自向魏夫人走去。

「肖姨娘。」魏夫人轉過了頭，還朝她笑了笑。

肖姨娘心驚於她臉色的平靜，見到她這時的淡笑，突然覺得她有點像一個人，像誰也不用多想，等她轉過頭繼續往路口那邊看時，肖姨娘覺得魏家的這對夫妻是真像；他們眉目之間的神情這時完全是一模一樣，現在魏夫人平靜的臉色就跟剛剛離去的魏大人的神情一樣。不待肖氏多想，這時不遠處又傳來了馬匹瀕臨死亡的嘶叫聲，那絕望的叫聲讓肖姨娘心口又猛跳了兩下。

等聲音消失好一會兒後，肖姨娘才緩過神來，勉強開口道：「今日這馬兒不知還能……」說到這兒，她不忍心再說下去，輕輕地嘆了口氣。

「嫂嫂。」一直在那喘氣的魏白氏這時走了過來，朝賴雲煙行了禮。

「榮夫人。」肖姨娘朝魏白氏淺福了一下。

魏白氏回了半禮，轉頭對賴雲煙道：「您去歇息一會兒吧，這裡風大。」

賴雲煙笑著點頭，身體卻未動一下，這時那懸崖口有丫鬟朝這邊奔來，是冬雨。

冬雨跑過來見她身邊有人就停下了步子，福禮不語，賴雲煙身邊的白氏與肖氏見狀，識趣地退了下去，冬雨就在賴雲煙身邊輕輕道：「有些馬過不來，允老爺說就地宰了當食，免得誤入了懸崖；而祝家老爺的意思是，那馬兒能過來一匹就是一匹，現兩家吵起來了。」

「大老爺呢？」

「大老爺過去路那頭了，沒人知道他的意思。」

「走之前有沒有說什麼？」

「沒有。」冬雨搖頭。

「嗯。」賴雲煙漫應了一聲，站在那兒沒動。

她的人為著等耗牛，現在大半全在後面，她還有事要等著他們去辦，他們趕急路而來的話，也就是今日下午到夜間的事了；現在人堵在路口，加之一時間這麼多人和馬也不能全過來，且又爭執不休，他們怕是會露出面來……

她這邊正在思忖時，巨石背後的那條路突然傳來了劇烈的馬蹄聲。

冬雨飛快跑到路口去看過，來報。「是岑南王軍，有二十多匹馬。」

岑南王軍這段時日每日都走在最前，與他們拉遠了不下百里的路，每日也只留下十個人等候他們，現在來二十多個人，這是為何？聽說岑南王軍那裡也摔下了不少馬。

在思忖之間，岑南王府的馬已經在巨石前停下，二十幾個人齊整地翻身下馬，飛快朝路口大步走去，這時守護女眷的護衛連忙過去拉住了轡繩，替他們拉住了馬。

「奴婢再去探？」冬雨道。

賴雲煙搖了頭，這時路口全是男人，女眷再行過去就不合於禮了。

見她沒發話，冬雨就退到了她身後。

過了一會兒，白氏見她們主僕沒再說話了，就走上了前，與賴雲煙問：「您看今日這人能不能全過來？」

賴雲煙還未說話，這時那邊又傳來了淒厲的叫聲，這道聲音聽著不像是馬聲，而像人聲。

白氏，連帶這時上前的肖氏，身子皆是一抖，都張著嘴往路口那邊看去。這時，她們完全沈默了下來，就算寒風撲打在身上，好像也沒有那麼冷了，因為這時的寒風比不過心中的寒冷與恐懼；她們不知道，下一條路是不是比這條更險。

賴雲煙沒出聲，眼睛一眨也不眨地看著前方，不得多時，見岑南王府的人在那邊喊話，說他們會過去牽馬帶人，她的眼睛這時連眨了幾下，總算緩和了心中之事。

不過就算岑南王府來了人幫忙，到天黑時，祝、魏兩家的人也只過來了大半，而兵部的兵馬還在最後，沒有過來。

到了半夜，賴雲煙被冬雨輕輕叫醒。她睜開眼，身邊的人也似睜開了眼，黑暗中賴雲煙看不清他，只聽他說——

「把大氅穿上。」說罷，就鬆開了放在她腰間的手。

賴雲煙迅速穿戴，思量著在他們目前所處的狹窄之處也找不到好說話的地方，就出聲讓冬雨把人帶到帳外，好歹他們現在住的地方全由魏瑾泓的人把守，不會被外人探出太多。

賴雲煙一出去，賴三兒已候在了外面，賴雲煙就著冬雨手中夜明珠那點輕微的光與賴三兒把事情吩咐完畢後，進屋時發現自己的手腳已經凍僵了。

「羅將軍看見了我家的人。」躺回床上後，被外面的天氣凍得毫無睡意的賴雲煙開了口，問聊道。

「打交道了？」

「說了兩句，還替我們牽了馬過來。」賴雲煙閉著眼睛道。「他們是我要派去走在羅將軍前面的，認識一下也不是壞事。」

「明日我帶三兒去見他。」魏瑾泓收了收放在她腰間的手。

「也不知道會不會給我們兩家面子？」賴雲煙笑了笑。

「會。」魏瑾泓碰了碰她冰冷的臉，拍了下她的腰。「睡吧。」

「唉。」賴雲煙無端地嘆了口氣，許是黑暗中誰也看不清誰，疲態盡露，走到最後，也不知道能剩多少人。

天山未過一半，不論死傷，光病倒的就已一半了。天氣又冷，人也喘不過氣來，賴雲煙的身體在這批人當中算不得好的，在這等劣境中，一天連開口說句話的力氣也沒有，這時行動自如的祝家兩姨娘忙上忙下，魏家這邊就全交給白氏和冬雨了。這天山要再過一月才能下去，到時下了高原，所到的平地也是大雪紛飛，也比現在好不到哪裡去。

這晚魏瑾泓坐在閉著眼睛的賴雲煙面前半晌後，開口淡道：「派幾個人先送妳過山，妳在前面等我們。」

賴雲煙睜開眼，想了一會兒，搖了頭。

「去吧。」魏瑾泓目光柔和。

賴雲煙笑了笑，還是搖了頭。「無礙。」她走，對魏瑾泓也好、自己也好，都是有弊無利。

「別想太多。」魏瑾泓探了一下她蒼白的臉，淡然道：「妳不過是替我先行一步。」

賴雲煙失笑，由他給她拭頭上的汗，等他餵她喝了口水後，她微笑道：「其實緩幾天就無礙了。」

連說幾次她都不走，魏瑾泓便止了話不再勸說。

再過幾日，她身體也是不好不壞，行路時要嘛是在魏瑾泓的馬上，要嘛就是由秋虹揹著。

這日天色暗沈，從早間太陽就未出來過，雖未下雨，但那天氣壓得疲於行路的眾人每邁一步都沈重異常。

這天祝家走在前面，還未到午時，便有人來報，說前頭的山莫名塌了，砸傷了不少人。魏瑾泓帶著人過去救援，哪料他剛過去不久，中間的一處路就斷了，山上滾下來的巨大石頭砸死了好幾個人。

魏瑾允所帶的護衛隊走在最前，折回來後只趕得上清路。

賴雲煙本在冬雨的馬上歇著，這時在眾人的護衛下站到了一邊，抬頭看著滾下石頭的山脈，看了一會兒後，便叫秋虹去給魏瑾允傳話。「現在上山去抓人，應還來得及。」

秋虹一走，冬雨看著主子道：「有敵人？」

賴雲煙點頭。多日的疲憊讓她沒有了說笑的心情，直接簡言道：「摔下來的石頭恰好能砸死人，還恰恰就能擋住路，若是再大點就直接往山下滾了，沒那麼巧的事。」

魏瑾允那邊得了話，飛快過來與賴雲煙道：「我已派人去稟報，世宇、世齊會上山搜索。」

賴雲煙看他一眼，卻見他招手讓護衛圍住了她前後。「多帶點烈酒。」賴雲煙淺笑了一下。

「是。」魏瑾允低頭，從頭至尾都沒怎麼看賴雲煙。

過了一會兒，山上又往下掉石頭，引起的驚呼一片接連一片，便是治軍嚴密的魏家護衛隊裡，也突然傳來了崩潰的一聲嚎啕聲；即使是精挑萬選的人，也有人因多日的疲乏與恐懼而挺不住了。

聽到那一聲男人的哭喊，賴雲煙與魏瑾允的臉齊齊往那邊看去，只不過眨眼，魏瑾允就飛奔過去，一刀抹了那人的脖子，熱呼呼的血濺到了身邊人的臉上，引得那人背僵直一挺，眼睛都快要鼓出來了。

賴雲煙也在身邊的武使丫鬟裡聽到了抽氣聲，她放下了一直遮著臉的厚布，眼睛慢慢地掃了一遍。「扶一下我。」賴雲煙朝冬雨伸出了手。

冬雨無聲地扶住了她，由主子帶她往前走。

賴雲煙爬上了路口的一塊巨石處，她的長袍當空，風一吹，就好像人能飛走一樣，而她站著之處，恰好是剛剛有落石滾下、砸了一個深坑的地方。

「往前走。」賴雲煙對跑到石頭前的魏瑾允道：「讓他們先走，我正好迎迎袁將軍，好多日未與他見禮了。」

魏瑾允早得了魏瑾泓的吩咐，讓他聽她說什麼就是什麼，他也是魏家族人中對魏瑾泓的話最說一不二的人，因此聽完此話，他便轉過身，臉一板，以肅殺的眼神盯著他的手下，嘴角殘酷地抿著。

只一眼，魏家的護衛小頭目就各自帶了人，領人前進，剛剛那讓人窒息崩潰的氣氛蕩然無存。

賴雲煙一直站在那塊明顯的巨石處，半個時辰後，魏家的數百人從她腳邊一一而過，就是有那步履蹣跚者，在經過她身邊的時候，就算沒有去看她的臉，後背也會下意識地繃緊挺直。

走在最後面的兵部統領也得了前面的情況，當他領著他的人走到路口處時，下馬朝賴雲煙作了一揖。

「袁將軍多禮了……」賴雲煙笑了一笑，她站得太高，風又大，這讓她的聲音在風中若隱若現，讓人聽得不甚清楚。

「夫人，請。」袁銘源朝賴雲煙再一揖，大聲道。

「將軍先帶人過去吧，容我再站一會兒。」賴雲煙低頭朝他微笑。

袁銘源與魏瑾允是一道的性子，生性嚴苛，治軍嚴密，平日更是吝嗇言語，聽了賴雲煙的話後略一思索，就轉身揚手讓他的兵馬過路。他的兵馬也因多日的疲憊與對惡劣環境的恐懼而有所潰散，但兵部最得力的兵力確也是宣國最強大的隊伍，他們經過的時候，在袁銘源那帶著殺氣的眼神中，無一人一馬錯步亂叫。

半個時辰後，五百兵力全程安靜走過，賴雲煙毫不猶豫地面露激賞，下了石頭之後就朝袁銘源一福。「婦人多心了。」皇帝跟兵部尚書可真是把最好的人都給出來了。

袁銘源在京中多聞手下探子道這婦人城府太深，這時見她一下來就朝他行禮，臉上的讚賞笑容也是由衷而發，一時之間竟啞了口，一會兒才作揖道：「夫人好思慮。」

但凡有點血性的男人，不會想連一介婦人都比不上，哪怕她身分高貴。說來，她送他的兵馬也是有相助之意，他雖向來不喜這等心思不純不善的婦人，但也不得不承認，魏大人的這位夫人這等時候也確實明理，知道怎麼激起士氣。

「多謝。」賴雲煙笑著朝他略一點頭，領了身後丫鬟與魏瑾允等人先行了一步，再無攀談之意。

一路上賴雲煙都挺直了腰坐在冬雨身後，再行路近百里後，隊伍才尋了一處擋風處駐紮。離下山之路不遠，而隊伍所帶食物已所剩無多，眾人每日只得兩頓乾糧，駐紮後最大的好處就是可燒熱水喝幾口，暖暖凍得不知知覺的身體。

賴雲煙聽過白氏的安排，等人走後，她鬆下了提著的那口氣，全身都僵了，連手腳都不能動；秋虹拿針扎她時，她也毫無知覺，不知疼痛，連眼皮都沒動一下。

扎針須撩衣，秋虹眼睛避了又避，還是不小心看到她的皮膚，看到平日雪白的皮膚泛著嚴重的青色，她垂著眼不敢再看一眼，咬著牙狠著心，把手頭的針狠狠地往下戳，主子還是沒吭一聲，連呼吸都沒加重。

「您要泡個熱水澡，活絡一下經脈才成了。」秋虹輕聲地道，知道她沒睡，也沒昏。

「洗不得，再過幾日就好了。」

「這話您說了好幾遍了。」

「嗯。」賴雲煙趴在毛皮中，她的長髮擋了她大半張臉，讓人看不清她是什麼表情。

「跟大人說一聲吧？」秋虹輕聲勸。

「別再說了。」賴雲煙見丫鬟說了又說，便再說道了一次。「把妳們這些話給收到肚子裡去，別再讓我聽到。」只能捱，她也捱得過去。

這路還沒走一半，不狠著點勁，但凡鬆一點氣，就走不到頭了。

第七十四章

魏瑾泓半夜才回，他進來的聲音輕得很，如果不是賴雲煙早熟知他的氣息，都不知這人進來了，見他坐在一角好久都沒發聲，賴雲煙閉著眼睛張了口。「過來吧。」一坐著的人好久沒動，等賴雲煙冷淡地再道了一聲「過來」，坐在一角的人這才靠近了毛皮處。

賴雲煙現在睡的地方鋪了三床棉被、兩層毛皮，身上蓋的也是兩床厚厚的毛被，雖說這空氣中瀰漫著地獄的氣息，讓人喘不過氣來，但躺在被窩裡，還是有幾絲身處宣京的天堂之感。

她僅伸出了下手，就覺得自己剛暖過來的手又成了冰柱，所幸外面的人沒讓她等，把她的手拉了過去之後，不多時就進了被窩。簡直就是拉了個人形冰柱進了被窩！一下子，賴雲煙就從身處宣京的天堂回到了地獄，腦海間所存的那點睡意蕩然無存。就該讓他在外面凍死的！說來不是她鐵石心腸，而是哪怕這男人在角落散一晚的寒氣，睡到她身邊來時，她也還得天堂地獄地輪一次；要是真貼心吶，就不該來跟她搶被窩，隨便在哪兒湊合一夜不是一夜？

說來她也是自找虐受，他湊過來，她沒怎麼掙扎就挨了過去。有人道他們不像夫妻，她卻覺得他們像得不能再像一對夫妻了——彼此仇恨，卻總有東西讓他們離不開。她吐了好幾口氣，才聽到身邊的人呼吸比她還重，她手不經意間碰上他的手，那手冰得她哆嗦了一下，緩了一會兒後，她伸出了手，把他的雙手抱到了胸前暖著。

一會兒後，黑暗中的魏瑾泓開了口，聲音一片疲憊的嗄啞。「死了二十三個護衛，抓了三個人，皆抹脖自盡了，世宇受了點輕傷。」
「是山民？」
「嗯。」說著，他把頭埋在了她的脖間，氣息間有點人氣了。
賴雲煙沒推開他，讓他暖著。「殺了他們那麼多人，總得讓他們報復，這是他們的地方，比我們懂得地勢，一時之間難免讓他們占據上風。」
她說得甚是淡然，魏瑾泓這時抬起了頭，聲音喑啞。「今日妳站在巨石之上？」
賴雲煙「嗯」了一聲。「這幾日你也把人都散出去，盯緊點，如我所料不差，他們受不了這侮辱，這幾日必有行動。」這裡的山民族系更是以男權為主，女人的地位與奴隸無異，比宣朝婦人的地位還低，她以女人的身分站於人之前，對這些人來說，不僅僅是挑釁，應還是巨大的侮辱。
「妳不怕？」魏瑾泓碰了碰她的嘴唇。她的唇很柔軟，溫熱無比，不像她的心。
「怕也讓我少不了幾個敵人。」來復仇的人中間，想來也有一些是她的人得罪過的。山民貪婪，先前買一條牛以米糧相換即可，後來人心不足，牛不給，糧食留下，還挾持了人要求換糧；而她派去辦事的賴絕也好，賴三兒也好，都是打小從刀眼裡出來的殺手，最擅以殺止殺，於是這仇滾仇，想來這些人與賴家也是不共戴天了。她沒想著置身事外不管，那就唯有解決這一途了。
「所以妳不走？」沈默了一會兒，魏瑾泓又開了口。
也許是緩過了勁，他的聲音顯得低沈，但不再沙啞了。「這不僅僅是你的事。」賴雲煙笑了笑。女人在這世道太難了，她不擔當，哪來的地位？哪來的底氣跟人叫板？哪能讓賴家的這些人對她唯命是從？

魏瑾泓也笑了笑。這何嘗不是他一直留下她的原因？這朝廷上下爭鬥不休，同室操戈有之，翻臉無情也是常舉，像前世她對其兄長那般同進退，還能以身擋在前面的女子很是少見。她從不退步，也一直都沒變，她不是最好的那個人，但她是他的妻子。在男女情愛之外、多年恩怨下來，她成了他心頭唯一的那個人；沒有上世，他們也走不到今天的這步路，但終還是讓他等來了。

魏瑾泓沒再出聲，賴雲煙過了一會兒側過頭，靜聽了一陣他的呼吸聲，也緩緩地入睡了。他們在一起的時間太久了，久到有些親昵，不去刻意迴避的話，它就自然而然地存在於那兒。

接下來的兩天裡，賴雲煙身邊的人多了起來，不管魏、祝兩家哪天前、哪天後，她一直都是在前面帶著魏家的人，只有白氏帶著丫鬟與祝家的內眷走在一起。

這兩日，魏瑾允都帶人跟在了其左右，這日走在前面的祝家隊伍裡，肖姨娘低頭朝佟姨娘若無其事地道：「真不愧為魏家的當家夫人。」說罷，眼睛往後瞥了瞥，示意這場面比她們家老爺帶的人還多。

佟姨娘思忖了一下，輕聲答了一句。「說是那些亂賊要殺她。」她家大哥是帶隊之人，知曉些內情，告知了她；為免肖氏多言，她出言提醒了一句。

「如此？」肖姨娘訝異。

佟姨娘點了下頭。

肖姨娘再回頭看了那躲在丫鬟身後的人一眼後，回過頭與身邊的丫鬟使了眼色，當丫鬟湊過頭來時，她吩咐了一聲「讓後邊的人走快點」。

「要不露聲色。」一見佟姨娘朝她看來，肖姨娘又快快地補了一句。

丫鬟領命而去，肖氏朝佟姨娘一笑，又若無其事地舉目四望。

過了幾日，魏夫人身邊的護衛撤走了一半，這日剛啟程，肖氏就把馬兒停在一邊，等著賴雲煙上馬，哪料她剛候一會兒，就見魏大人騎了馬、帶了人，縱馬而去，後面幾個丫鬟用躲躲閃閃的眼神看著他們的背影。

冬雨、秋虹都沒跟上去，不動聲色地掃了她們一眼後，翻身上馬。

魏瑾泓的馬跑了一陣後，賴雲煙從冽風中揚起頭，四下打量了四周山脈，就又縮回了頭。

魏瑾泓低頭瞥她一眼後，大力揚鞭，快速縱馬前去。

好一會兒後，賴雲煙覺得有些不對勁，再次抬頭，卻見前方已經沒有了人，後面跟著一隊護衛。

「去哪兒？」賴雲煙警覺道。

「前方有一處溫泉。」

再行百里後，賴雲煙再抬了頭，盯著前方半晌，然後面無表情地回頭。「前方在哪兒？」莫不是要把她賣了吧？她還以為是搞定了那些山民，才讓她離開護衛的視線。

「再行百里。」魏瑾泓淡然道。

賴雲煙撇頭往後，這次仔細看了隊伍一眼，確定了其中有賴家之人，這才悶不吭聲地回過了頭，重縮回了腦袋。

這再行百里到後面，路就比較險了，馬速慢了下來，到一處懸崖處時，魏瑾泓下了馬，往她嘴裡塞了粒藥後，朝後方隊伍道：「在這裡候著。」遂就揹了賴雲煙下去。

陡峭山路走了一陣，就有白煙冒出，賴雲煙聞到了硫磺的味道時，立即從被顛得半死中清醒過來，覺得進的氣總算比出的氣多了。

「真有？」她嗅了嗅，覺得哪怕呼吸困難，這空氣都可人。

「高景說不能久泡，只能在一炷香以內。」

賴雲煙抵了抵嘴裡含著的藥丸，看著越來越濃的煙霧點頭。她也不敢久泡，缺氧裸身死在水裡不是她的歸宿。

一會兒就到了那處溫泉，賴雲煙一下地，因缺氧而一陣暈眩，但還是沒忘心眼小的本性，嘴間唸道：「為何不提前告訴我？我未帶乾淨的衣裳。」

魏瑾泓沒說話，低身去試那底下的水溫，伸進一探收回了手，又轉身去了不遠處另外的小池了。三個小湖池都試過後，他回過頭，卻看到他放在池角石板一處的女人已經脫到只剩肚兜了，他怔忡了起來，看著她連靴子都脫下，就這麼走進了水裡……

「燙……」剛說一字，就見她抬了頭，牙齒咬著嘴唇，嘴角還微微翹起。

她看他一眼後，背過了身，讓黑瀑般的長髮擋住了她的背影。

見她不吭聲，魏瑾泓站在那兒一動不動了一會兒後，隨即脫了身上的衣裳，露出健壯的身軀，手中拿著一個手掌高的瓶子，走到了她身後。

「不燙？」他一手抱住了她的腰，覺得她的肌膚比水還能燙傷他的手掌。

他吻了吻她的耳朵，探過一點頭，看到了她死咬住嘴唇，臉上不知是水霧凝成的水滴，還是熱出來的汗流了滿臉，嘴唇卻是灰青色的。魏瑾泓把瓷瓶的木塞拔開，把先前讓易高景備好的藥水往她嘴裡倒，她喝完，吐了一口氣，回過頭把手掛在了他的脖子上，魏瑾泓忍不住吻了吻她的嘴。

「幫我把頭髮洗一下。」賴雲煙為了有幾天的乾淨頭髮，這時候把前仇舊恨全忘掉，支使起了面前的人。

魏瑾泓那總有著幾分冷然的眼睛這時冒著幾許紅血，但清醒還在，聽完她的話後，已經挪開了放在她腰間的手，兩手齊動地捧水與她搓髮了。

賴雲煙喝了那一瓶清涼的藥水，解了一些胸間的窒息感，但腦子到底是糊塗了，所以她攀附在了身前的人身上不算，還把頭靠在了露在水外面的肩頭，覺得那冷著的冷硬肩膀能讓她臊紅不已的臉冰冷一些。

到底還是身體不行，她出溫泉、穿衣，都由人擺布；不過在魏瑾泓替她擦乾髮後，她清醒了半分，投桃報李，也與魏瑾泓擦乾了髮。

再次把全身裹住上了馬，賴雲煙坐於人之前時，沒像先前那樣讓兩手空懸著，這次抱緊了人的腰。

魏瑾泓還是不動聲色，就似什麼也沒發生。

賴雲煙心中好笑，臉上卻也神情自然。

他們趕了一陣偏路，再回主隊之時，夜已落幕。賴雲煙進帳時，有不少眼睛朝她看來，這時她多少也知魏瑾泓沒事先告訴她，讓她備乾淨衣裳的意圖了。人是洗乾淨了，但衣裳散發的味道沒變，就算不少人心中猜測，但也不會有幾個人能猜得到她幹什麼去了。

如果說她是去沐浴了，估計不少人都覺得自己身上髒，多一事不如少一事，確也是顧慮得不錯；不過，當晚魏瑾泓深夜回來時，半夢半醒的賴雲煙還是嘀咕了一句。「下次要是有這等好事，提前說一句，裡面的衣裳好歹讓我換一換。」要不，洗了差不多跟白洗了一樣，說完，她就又睡了過去。

跟祝伯昆商討了半夜事情，此時尚還正在思慮後面路程的魏瑾泓聞言，看了她一眼，伸手拿布擋了她身邊夜明珠露出的那點光，「嗯」了一聲。

這夜靜謐，只餘冰砂子落在地上的微弱聲響。

第七十五章

這天早上起來又是白茫茫的一片，雪砂籠罩了人觸目所及之地。賴雲煙一早起來就被灌了藥湯與還生丹，出了帳門見祝家的那兩位姨娘正生龍活虎地嬌聲嚷嚷著安排事宜，大呼小叫的聲音聽在人的耳朵裡，甚有人氣。她頗有點感慨地用牙齒咬了咬嘴，把纏得厚厚的手搭在了冬雨的手上，讓丫鬟扶著她走；這天氣一天比一天惡劣，她的沒用也是一天比一天呈現出來了，這兩天都是靠藥在吊著命。

這時，眼睛很是有神的白氏走了過來。賴雲煙帶來的好藥材分了一些給她，她天天吃著，上下忙碌，那神采竟是越發光彩奪人，就像掃光了身上塵埃的珍珠一樣分外耀眼。賴雲煙真覺得白氏是替魏家掙臉面了，肖、佟兩位姨娘的美貌也好、地位也好，都是及不上白氏的。

她對白氏這幾日格外和藹，白氏也知會她的意，每天早晚來請安之餘，也會多跟賴雲煙說幾句，哪怕賴雲煙沒什麼氣力回答她。

「您今日好些了嗎？」白氏過來扶了她的另一手。

「好些了。」冬雨在一旁輕聲地替她答了話。

「後日下了山就是平地了，到時您歇息幾日，精神氣就會恢復過來的。」白氏微笑道。

可能知道自己的神采，白氏沒有遮臉，她笑起來就像冬日裡的暖陽般，看著就讓人心慰；畢竟是自家人，賴雲煙越看她越歡喜，轉過臉去，眼睛帶笑地朝她眨了眨眼。

白氏朝她走得更近，笑容端莊大方；轉過頭去看著丫鬟時，又有著幾許威嚴。

這日越過高山後就一直往下走了，走到半路一處半山腰時卻出了意外，巨石不斷地往下滾，又引起一片高昂的馬嘶聲和人喊的逃命聲。

賴雲煙坐在冬雨身後，兩人身下的坐騎因為變故也亂了腳步，在一塊石頭落在了她們的身側時，馬兒終是受了驚嚇，撒開了蹄子就往前衝，踩過了好幾人，冬雨怎麼收勢都收不住，性情最穩定的馬兒都瘋了。一邊是懸崖，一邊是山壁，這處道路雖寬，但只要馬兒一個錯步，她們就會隨著馬兒墜落懸崖！

「佑安！佑安，停！停，停住！」就在這生死之際，冬雨聲音啼血般地叫著愛馬的名字，大力地拉著韁繩，可惜那石頭還一直在紛紛往下墜，平日最聽話、通人性的馬，這時已經聽不到她的呼喊了。

坐在後面的賴雲煙這時已把手套脫掉，在那短短的時間內，她抽出了腰間的刀，一手攬住了冬雨的腰，還挽住了她的手，一手往馬兒的脖子處扎去，就在馬兒痛得頓住的那一刻，她帶著冬雨奮力往一邊倒去。

「鬆手！」

冬雨還緊拉著繩子，已經呆住，馬兒痛得四蹄在原地刨了一下後，尚有餘力的牠奮力往懸崖下衝去，就在千鈞一髮之時，剛鬆下刀的賴雲煙重重地摑了一下冬雨的臉，打得冬雨眼冒金星，拉著繩子的手微一鬆，馬兒就墜入了懸崖，而她們這時在半空中的身體摔在了山壁上，滾了兩下後，被拚命來救的護衛在懸崖邊上攔住了滾勢，沒隨著馬兒墜入那深淵之處。

不過片刻，馬兒墜下了懸崖，發出了淒慘無比的嘶叫聲，冬雨完全呆了，她睜著眼睛，看不清眼前的一切，只聽得到伴她多年的佑安的嘶叫聲。

「夫人、夫人——」

冬雨被急切的聲音叫得偏過了頭，發現從她這邊看去，烏黑的血從她家小姐的頭上冒了出來，而她家小姐躺在那兒一動也不動，就像死了一般。

厚厚的帳篷內有著松木炭火的餘味，氣味讓人感覺逼迫，但又奇異地透著幾許溫暖，賴雲煙閉著眼睛躺了一會兒後，睜開眼緩了緩，慢慢移過頭對著身邊的人道：「下雪了？」

冬雨的臉烏黑，兩邊的臉頰深陷了下來，聞言，臉色不復冷漠，突然伸手掩面痛哭了起來。

她一哭，門布立刻被掀開，秋虹跑了進來，看到睜著眼的賴雲煙時，突然腿一軟，踉蹌倒地。

「小姐——」秋虹大叫，已經啼哭出聲。

不多時，門外探進來一顆頭，隨即轉身朝外頭尖喊。「快，快去請老爺！夫人醒了——」

門外頓時一片腳步慌亂聲，間還夾帶著人的叫喊聲，隨即響起一片馬蹄聲，聽著這些雜亂的聲音，賴雲煙閉了閉眼，忍過腦袋的一片疼痛，問：「我睡多久了？」

她的聲音很輕，在一片嘈雜聲中顯得那般的弱小，如若不是冬雨就跪在她的跟前，都聽不到她的話。

「半個月。」冬雨抬頭看著篷頂，收著眼淚，說出來的話還帶著幾許抖音。

「不算太久。」賴雲煙動了動手，卻發現自己的手僵硬無力。

「小姐……」冬雨的頭趴在了跪著的膝蓋上。

賴雲煙沒理會她，抬眼往外面看去，再問：「下雪了嗎？」

「下了。」

又是一陣刺耳的馬蹄聲，外面來了不少人，渾厚的男聲此起彼伏，一會兒後，簾子打開，魏瑾泓走了進來。只幾步，他就到了眼前，盤腿坐在了她的身邊，他們雙眼接觸，賴雲煙看著相熟的眼睛，朝他那邊動了動手。

魏瑾泓緊緊握住。

賴雲煙感到手一陣疼痛，心中便鬆了一口氣，還知疼痛，那手就不會是廢的，她心情輕鬆了一些，嘴角也有了點淺笑。

「可疼？」魏瑾泓說著話，臉上的線條冷硬無比，那總是有著三分笑意的嘴角這時全無笑意。

「疼。」連點一下頭都刺骨地疼。

「易大夫在哪兒？」魏瑾泓的頭略往旁一偏，視線卻沒有移開賴雲煙的眼。

「就來了。」翠柏的眼角都是紅的，他看著悲切又可憐的冬雨，眼帶憐惜。

易高景在他話落之後就進了門來，賴雲煙往門邊看去，她沒有看易高景，而是透過他進來的縫隙看著外面的那點白光。冬雨跪地謝罪，秋虹似在哭，外面不知是誰的聲音在嘀嘀咕咕，易高景朝這邊走來；在這一片影影綽綽中，賴雲煙收回眼，對魏瑾泓微笑道：「我作了一個很長的夢……」

「嗯。」魏瑾泓緊握住她的手。

「夢見你從我們的房門前回來，我抱著你哭……」賴雲煙輕輕地說，然後她閉著眼睛，輕輕地吐了口氣，手也沒了力。

魏瑾泓緊緊抓住她的手，看著她緊閉的眼，完全弄不明白她此時的話意，他們從沒有心有靈犀過。

「老爺、夫人。」易高景跪在面前輕叫了一聲，把魏瑾泓叫回了神。

「你過來。」魏瑾泓把賴雲煙的手從被中拿出來一點。

易高景探上脈，過了一會兒後，問道：「夫人，頭可感刺痛？」

「有。」賴雲煙睜開了眼。

易高景在她眼前晃了晃手。「可看得清？」

「一會兒清楚，一會兒不清楚，我再歇兩天就好。」賴雲煙淡淡地道，又稍偏了下頭，對魏瑾泓道：「叫賴絕進來。」

跪趴著的冬雨輕輕地動了身體。

「去。」

「是。」

魏瑾泓吩咐完，摸了摸賴雲煙的額頭，朝易高景看去。

「還是要臥床歇息一段時日。」易高景說道：「容老奴想想，再開藥。」

魏瑾泓點頭應允。

賴絕迅速進來了。

賴雲煙對他道：「帶冬雨下去好好歇息，身子好了再來服侍我。」

賴絕道了「是」，連磕了三個頭後，把已經泣不成聲的冬雨帶了下去。

「妳過來。」賴雲煙招呼了秋虹過來，讓她餵自己喝了兩口水後，也打發了她下去。

易高景開完藥後也退下去了。

魏瑾泓沒走，帳篷裡只餘他們兩人，賴雲煙喘了好一會兒的氣後，睜開了眼。

「我曾經很恨你，後來不恨了，現在也不恨了。」賴雲煙伸手往外抓了抓，抓住了他的衣袖。「夢裡，我想起了西北的那幾年，還有你總在說我不放過你，也不放過自己，我總跟你回，你要的是賴家女的賴雲煙，跟我沒關係……」她說到這時，不停地喘著氣，聲音更是輕得就像淺吟，一不注意就會漏聽很多字。

魏瑾泓躺了下來，臉貼著她的臉，聽她停住說話，喘著氣。

他溫暖的臉孔、熟悉的氣息，讓賴雲煙很快地平靜了下來，又因貪戀過多，過了好一會兒才續道：「我坐在一條河邊想了很久，有一次我想，我其實就是那個賴家的賴雲煙，好的、壞的，都是姓賴，名雲煙；你對我好，或是不順我的意，皆因我是賴家的那個賴雲煙。前世太遠了，這一世，我又太執著於前情舊怨，因怨氣而不想重來，都忘了你對我的好了。」

「雲煙……」

「嗯？」

魏瑾泓的聲音低沈又乾啞無比，他舔了舔嘴唇，手撫上她的眼，與她道：「妳想要的，我日後給妳好不好？」

賴雲煙微笑，只淺淺一笑，她的頭都會劇烈地疼痛，但這也沒有抹掉她嘴角的笑，她就把這當情話聽吧。

「我們都活著，會有以後的……」魏瑾泓的聲音已經接近嘶啞。

「你不想要下世了？」只一會兒，賴雲煙那笑中帶著諷刺的口氣又重了。

「不了。」魏瑾泓看著眼前的女人，萬般確定她還是那個她，她從鬼門關那裡回來了。「下世太遠。」

「你不是個好夫君。」

魏瑾泓蹭了蹭她的臉。

賴雲煙用嘴唇貼了貼他的嘴角。「我也不是個好妻子。」所以，扯平了。

而他們還在一起，尚有幾分溫存，多年來哪怕私底下因利益分贓不均撕破了好幾次臉，但也沒明面鬥毆過，還不算是一對無藥可救的怨偶。

「呵……」賴雲煙的話讓魏瑾泓輕笑了一下，他看著她黑白分明的眼，覺得她這一刻分外美麗。其實沒什麼感情是不會褪色的，但她總是會讓他想起，他愛上的是個什麼樣的人。「閉上眼睛歇息一會兒。」見她面已有倦色，魏瑾泓遮了她的眼，只看得見她嘴角翹起的弧度。

她變得這般的溫和……魏瑾泓柔和了臉孔，這一世，他身邊會有她伴著的；他所求不多，只希望在他死的時候，她能在他的身邊，聽他交代後事，看著他閉眼，送他走。

賴雲煙沒有詳細告訴魏瑾泓的是，在那黑暗沒有盡頭的夢中，魏瑾泓出現的次數最多。她跌倒無數次，最後扶起她的也是他；夢中她殺死他過無數次，很奇怪的是，這個人沒有還手，他無數次地利用她，但在生死的那一刻，他從未還過手。

「妳只是不相信我。」夢中，魏瑾泓這樣清楚地對她說。

而當她再次醒過來，可能因為是死過好幾次的人了，那些前塵往事在眼前呼嘯而去，而魏瑾泓的臉變得清晰起來。她不再愛他，但他是那個無論活著還是在夢中，都是她最熟悉的人，她清楚他的每分算計、每處擔當；他也知她內心那些不容於世的想法，和那執拗自私的脾氣。

「很奇怪，現在覺得你比親人還親。」這天夜晚，賴雲煙對近在臉邊的男人這樣隨意地笑說了一句感慨。

她不知這隨意的一句有多大的威力，也就不知魏瑾泓隔日便把自己身邊的死士派了一半給她。

賴雲煙歇了幾日就想啟程，魏瑾泓應了好，但卻是讓魏瑾允帶了隊，與祝家一起走。賴雲煙到了夜間才從賴三兒那裡得了訊，當天入夜，她讓人請了魏瑾泓回來。

「因我已耽擱多時，這時我再耗時，於名聲有礙。」賴雲煙已能坐起來，覺得只要顧忌著點，她不會死在半路。現在是雪季，再不啟程就要等到來年開春雪化了才能上路，那麼到時耽擱的就是至少三個月的時間了。

「妳在乎這名聲？」魏瑾泓笑了笑，餵她喝了口溫水。

如若不是他這溫存的動作，賴雲煙都覺得他這是在諷刺她了，她甚有些哭笑不得，頗有點無奈地道：「要不，你先上路，我帶人在後面跟上就是。」他們是怎麼從仇人變成如今這般有點為對方著想的彆扭地步的？

「無須。」魏瑾泓摸了摸她有點血色的臉，淡道：「我跟妳一道，尚還有點別的事要處理。」

不是單只為陪她？「嗯？」賴雲煙確定了一下。

「我在等一批人。」

魏瑾泓此話確實不假，他在等一批人，這批人陸陸續續地到，他便陸陸續續地殺，一個也沒留，溫熱的人血流出來後，很快就浸入了冰冷的雪地，讓殘雪變得格外可怖。

宣朝周邊六國，已經行動了，魏瑾泓堵殺的就是第一道人馬，賴雲煙派了賴家的人，與魏家的人一道格殺。

宣國其實不是周邊六國中武力最強大的國家，與它相隔兩國的馬金才是，他們的體型偏大，力氣也大，身處富饒的山脈，也有遼闊的草原，以游獵、游牧為生。馬金人天生驍勇善戰，尤善騎術與箭術，而這些賴雲煙無論前世還是今生只在書上見過的人，此時就出現在了她的眼前，且他們的戰鬥力確實非同小可；所幸的是，宣朝這方勝在陰險。

魏瑾泓殺人還講究戰術，如他向來的習性一般，哪怕殺人也是有所為、有所不為；賴雲煙則不同，只要能最快地了結對手，什麼辦法都用。夫妻倆行事手法完全不同，但這麼多年的磨合已經不會讓一個指著另一個的鼻子罵窩囊廢，另一人則大罵對方毒婦，相互拆臺了。

第七十六章

「夫人，羊肉煲來了。」

「叫魏大人過來。」賴雲煙丟了一塊柴到火爐裡，把銅酒壺放了上去。

「是。」冬雨答了一聲。

賴雲煙瞥了她一眼，頓了一下後，道：「叫外面的丫頭去，妳別去灌風了。」說著就拉了冬雨的手過來，給她把了下脈，脈象平穩，比前幾天又好了些，她放下手道：「再好好養養。」

「是。」冬雨笑了一下，跪下來給她收拾她腳邊的東西。

她們晚上睡在山洞，白天主子就會住到外面的帳篷裡來，嫌山洞沒光，看不清東西。帳篷的毛皮鋪得厚實，也燒柴火，但甚是簡陋，連張椅子也沒有，只能席地而坐。

外面的丫鬟很快就回來報信了，說老爺還沒回來。

「您先用吧，一會兒老爺回來了再給做新的。」彎腰進門的秋虹說道。

賴雲煙想了一會兒，搖了下頭。「再等等。」

「您先喝碗湯。」冬雨已動手舀湯。

賴雲煙沒拒絕，喝完一碗湯，就聽賴三兒在外面報。

「進來。」

賴三兒進來請了安後，賴雲煙讓他喘了口氣，先喝了碗湯，再讓他報話。

賴三兒在外面凍得連手都是僵的，喝完湯之後在火爐上搓著手烤手，與近在眼前的主子小聲地報著話。「剛剛允老爺那邊的人攔著了一小夥人，五個，全滅了，在他們身上搜了幾袋肉乾，還有幾塊金子。」

賴雲煙笑道：「分了？」

「老爺家的不要。」賴三兒笑了。

「那你們分。」賴雲煙笑著搖搖頭。魏家就是不大習慣他們賴家的這些做派——連死人身上的那點東西都不放過；但人都殺了，再大的惡都作了，還怕這點做甚？

「他們又挖了洞，把人給埋了。」賴三兒補了一句。

「欸。」賴雲煙搖頭。「你們學著點，別把人都剝乾淨了，記得要毀屍滅跡。」

魏瑾泓帶著魏瑾允進來時正好就聽到這句話，魏瑾泓已然習慣，置若罔聞；魏瑾允則腳步頓了一下，隨後迎上了族嫂那笑意盈盈的笑臉，頓時便垂下了臉，不去看人。

「大老爺、允老爺。」賴三兒忙磕頭請安。

「起。」魏瑾泓溫和地發了話。

「退下吧。」賴雲煙頷首，示意自己的人退下。「酒剛燙好。」她拿來了大碗倒酒，米酒的香味頓時就瀰漫了整個屋子，連魏瑾允半垂著的頭也抬了起來。

魏瑾泓拿出筷子點了點酒水伸到她嘴邊，讓她舔點嚐嚐味。

「吃吧。」賴雲煙朝魏瑾允道了一句，語氣親切，顯得比以前還要可親。

這次狙殺，本是兵部的事，但族兄就此接了過來，也是為著陪她養病，魏瑾允也順勢留了下來。少了平時隔著的那些距離，一旦真面對面看著他這位族嫂的待人處事，魏瑾允也不得不有些佩服起她三分；先別論她那心計，單是她那臉皮的厚度也已堪稱銅牆鐵壁。

白雪皚皚的早上總是寂靜得很，天空中沒有飛翔的鳥兒，地上也跑不了什麼活物，到雪越下越大的那幾天，魏、賴兩家的人最期待的就是南邊來人了，不管什麼人都好，總歸是有事做。天氣太冷，他們在天山的山腳下都異常寒冷，這時能翻越天山過來的人也不多了，能翻過來的那可真都是絕頂高手了；但這時候他們要啟程也還不行，雪還沒化，還一天下得比一天大。

營區冷清了幾天，護衛都凍得哆哆嗦嗦，在帳篷裡避寒，賴雲煙就吩咐了賴絕他們，去賴家的地方拿些活羊和酒回來。賴家的護衛這次也不遮遮掩掩了，羊在雪地上走不動路，他們就一人扛了兩隻回來，個個都是精壯的大力士。

魏家人也是第一次見到毫無掩飾的賴家護衛，在喝了幾天酒、吃了幾天羊肉、打了幾天架後，兩家的護衛算是相識了；魏瑾允也是抓緊時機要摸清那二十個賴家護衛的底細，都不來魏瑾泓的帳篷吃飯了。有了酒和羊，外面護衛們的喝酒聲跟搏鬥聲把營區弄得有了幾許人氣，每每快要到午時，外面就會有動靜，這時主帳篷裡的主子不發話，大家也就沒有了顧忌，鬧騰得很。

算算時間，再過幾天就要過年，吃喝又是少不了。這日早上賴雲煙起來算了算後，覺得賴家在天山山腳下養的那些可憐兮兮的羊，就要在這個漫長的冬季裡被他們消耗殆盡了，恐怕一隻都留不下。可省什麼也不能省肚子，這時又不能說包養魏家人的費用太昂貴，只好憋住，裝雲淡風輕。

為著她養病，賴家的護衛留了一大半下來，前路暫時一籌莫展，賴雲煙便把地圖翻爛了，也常叫賴絕他們過來議事，先把打算跟他們合計好了，後面也好辦事。

等新的羊到的時候，相隔數里，就有魏家人大步跑去幫著賴家人抬羊、抬酒回來，這時也有與賴家相處得不錯的魏家人笑道：「你們賴家沿路到底藏了多少好東西？」

「都是銀子。」賴家的護衛都是賴、任兩家所養，那心眼和嘴都不是笨的，對著人正經八百地回道：「你們要是捨得花，也藏得起。」

這魏家護衛乾笑了兩聲，不敢再接話。

賴家的這些護衛常年隱藏在賴雲煙身後辦事，魏家人對他們的印象都以為是不擅言語、沈默寡言，可現在面對面一接觸，他們一開口，句句都要戳在他們心頭上，不是嫌魏家窮，就是嫌魏家假清高，那說話的樣子和神情，有八分像足了魏家的大舅父賴震嚴……

過年這天，外面鬧哄哄地在殺羊，過了一會兒，就傳來了打架聲。

冬雨進了帳篷道：「又打起來了。」

魏瑾泓在書案前看書，賴雲煙在他身後的暖榻上閉目養神，聞言也沒細問一聲，眼皮都沒動一下，道：「讓他們玩。」大冷天的，活動筋骨是好事。

魏瑾泓身為家主，便多問了一句。「為何事？」

冬雨聞言笑，低頭不語。

魏瑾泓猜，怕是賴家人說話又惹火了自家的哪個人，遂即輕搖了下頭，沒再問下去。這事交給瑾允處置就好，他不能管，他一管，身後的女人就會似笑非笑地盯著他，大有他要是不公，她就肯定會跟他對上之勢，才好了幾日，他著實也是有些不敢惹她。

冬雨送了熱茶出去後，外面的罵罵嚷嚷聲就更大了，魏、賴兩家的護衛大都是大嗓門，一罵起架來，七嘴八舌一多，簡直就像是兩軍對壘，連擊鼓聲都比不上他們澎湃。

但論嘴舌，被賴震嚴一手訓練出來的賴家人確實要技高一籌，句句都要捅魏家人的痛處，連魏家人喝酒一碗要分作兩次喝都是錯，像個娘兒們。

魏家人罵不過，手一摔，兩腿一跨，登時怒氣沖天。「大男人動手不動口，有本事，來——」

賴家人更不怕了，打架就打架！不等魏家人多廢話，人就撲上去了，言行一致得很。

以往打到半途，賴雲煙常常都要出去偷瞄兩眼，但怕自己被人看見，壞了人的興致，往往也只是偷偷摸摸的；這次她聽著熱鬧聲，也有些忍耐不住了，扶著魏瑾泓的肩膀起了身，就要往外去。

魏瑾泓抬頭看她一眼，那有著三分笑意的嘴角這時有些無奈。「今天過年……」

「大人還不嫌熱鬧？」賴雲煙驚訝道。

魏瑾泓乾脆拉住了她，拉著她在身邊坐下。「讓他們鬧鬧就算了。」大過年的，還是和氣點好，她就別出去火上添油了。

「可惜沒炮竹。」賴雲煙有些可惜地道。往年都有的東西，有的時候不以為然，一旦沒有了，怪不自在的。

「嗯。」魏瑾泓虛應了一聲，算是回答。

賴雲煙把手上的毛套取了下來，在炭爐上烤了烤手後，拿起茶杯喝了口茶，頭還是不斷地往窗外瞧。外面白雪紛飛，只是帳篷裡用來傳光線的窗被紙糊住了，看也看不大清晰。魏瑾泓在處理公務，賴雲煙也不擾他，漸漸地，一杯茶喝完了，她攏了攏身上的裘衣，漫不經心地打了個哈欠。

「去躺一會兒。」魏瑾泓轉過了臉。

賴雲煙搖了一下頭。「睡得太多了。」越睡，腦子越不活絡，那一摔，還是把腦子摔遲鈍了。「我來整理吧？」賴雲煙看著案桌上的書冊道。

「好。」

賴雲煙抬頭朝他一笑，翻開了手邊的冊子一看，只看前面一頁，後面也就不看了，如此一一根據內容歸類，心中也算是對魏家收到的情報有個片面的瞭解，但又不算全面。她其實也只是隨口一說，但真把案桌上的東西全整理完後，整個人都精神了；魏瑾泓所知道的，比她以為的還要多一點。

「開春後，就真熱鬧了。」賴雲煙摸著最後一本書冊的紙角笑道。

魏瑾泓剛寫完信，用鎮紙壓著等著晾乾，聞言點了下頭。紙包不住火，善悟要盡善心，把消息一傳出去，來的人就多了。天下大亂，皇上手上的兵力要守住皇城不成問題，但要守全天下，那是不可能的事；皇上勢必會有抉擇，不過那選擇對平民百姓可不會是什麼好事。

「你們要是料錯了，這天下要想再收復，可不是什麼易事。」賴雲煙壓好書角，笑道。

「不是易事，也不是難事。」魏瑾泓淡然道。「皇上有兵權，諸王也聽他的令。」

「呵。」賴雲煙笑。也是，這天下歸根究柢，誰的拳頭硬就得聽誰的話。

「妳不喜歡京城？」魏瑾泓不經意地觸到她冰冷的手，回過神來便拿上了毛手套與她套上。

「喜歡。」

「妳以前想走。」

「不是想走，只是不想待在一個不喜歡我的地方。」賴雲煙誠實道。「我喜歡宣京的繁榮，我生長於宣京，房屋、樹木都是我喜歡的，哪怕是以前我在魏家住的園子，我都曾很捨不得離開；沒有幾個人想離開自己熟悉的地方，皆道落葉都要歸根，何況是人？一個人要是在自己生長的地方都待不下去，那只有一個原因，就是他在那裡無法再生存下去了，他不能在那個地方得到自己想要的。」

「妳想回去嗎？」魏瑾泓怔忡了半晌，問道。

「如若有能回去的地方……」賴雲煙笑著看他。

「活得久一點，就能。」魏瑾泓吻了吻她的額頭。

賴雲煙失笑，就勢靠在了他的肩頭，心平氣和地道：「誰知道呢？走到哪一步就算哪兒吧，大人，誰都不知道以後的事。」

「妳想世朝了嗎？」

「想。」

「多久未收到震嚴兄的信了？」

「兩月有餘了。」

他一樁一樁地問，她一樁一樁地答，後來她的聲音越來越輕，睡在了他的肩頭。魏瑾泓側過頭，看著她安靜的睡臉，輕吻了一下她的額角，他知道她害怕，半夜常睡不著。

開春融雪的那幾天比下雪還冷，殘雪化開，路上也危險，但他們還是正式啟程了，為此賴雲煙也是暗鬆了口氣，她雖不喜主動出擊，但也不喜原地守候。

再往西去，雪全化了之後，路就好走了，馬也能騎得快一些，他們一路快速趕路，用十天就趕出了一個月的行程。

與祝、魏兩家的人會合那天，賴雲煙在丫鬟們的簇擁下進了一處小屋，爾後在屋中等著魏瑾泓那邊的消息。

他們早前在書信中已知祝伯昆遇險，他出外時陷入了沼澤之地，吸了不少泥水進肚，現在四肢無力且高燒不止，尚有生命之危；而他們所在的小村莊的當地人在混亂之時居然搶起了祝家的女人，但被祝家的兩位姨娘全殺了，現在小村莊的人跟他們陷入了敵對狀態。

「夫人，賴三兒來了。」冬雨進來匆匆一福，就站在了門邊，賴三兒隨即進了門。

「怎樣了？」賴雲煙指著對面的蒲墊讓他坐。

「祝家老爺命在旦夕。」賴三兒作揖謝過，沈聲道：「易大夫說，今晚要是過不去的話，祝老爺恐怕就不行了。」

「如此凶險？」賴雲煙訝異。

「是。」

「唉……」

賴三兒走後，在祝家那兒陪著兩位姨娘的白氏回來了，兩人一打照面，都相互愣了一下。

賴雲煙哪怕行路，一路上也沒有斷了滋補的藥，所以氣色不錯，加之穿了件任家繡娘精心縫製的紫藍棉襖，外披黑色貂皮，身上完全不見趕路的憔悴疲憊；而白氏這段時日日夜操勞，身上那剛散發不久的光彩因多時未休息而大打了折扣，眼睛下面還有著濃重的眼袋，足損了五分美貌。

白氏是個對於容貌講究不下於她的人，在白氏行禮後，賴雲煙摸了摸她有些冰冷的手，對冬雨道：「把我那件未用過的狐裘找出來給榮夫人。」

「這怎可使得？」白氏忙道。

賴雲煙拉她坐下就鬆了她的手，道：「這些日子沒睡好？」

「欸……」白氏苦笑，低頭搓了搓冰冷的手。

賴雲煙取下了手套給她套了上去。

「說說。」賴雲煙說完，又朝門邊叫道：「秋虹……」

「來了。」秋虹正在門外給丫鬟們安排事宜，聽到叫聲，連忙進了門。

「茶涼了，拿壺熱的來。」

「是。」秋虹見是小事，鬆了口氣，出門帶著丫鬟去廚房，邊走邊安排，一趟上人，事情就多了起來。

「多謝嫂子。」魏瑾榮帶著魏家的另幾位老爺在外面不知忙於什麼事，把內務全交給了她，白氏帶著賴雲煙給她的那幾個丫鬟操勞過久，腦子都有些麻木了。

剛剛安撫祝家的兩位姨娘時，聽她們說，她這嫂夫人是個真心狠的，不許她多帶丫鬟，又把最沒用的、對老爺心有暗想的幾個丫鬟給了她來照顧這一大家子，她當下聽了並沒吭聲；沒想，說是幾日後才到的人，今日就到了，她心下一驚，趕忙回來，看族嫂對她這番作態，又見族嫂神采奕奕，心下也頗有點為他人作嫁裳的冤屈了。

白氏笑得有些勉強，賴雲煙當她操勞過久，就讓她下去好生歇息，府中的事讓她來操管就是。當晚聽冬雨說白氏回去哭了後，她也當這是累的，畢竟一路確實太辛勞；只是，當魏瑾榮回來後，白氏哭個不休，魏瑾榮二話不說前來見她，硬邦邦地行過禮就瞪著她後，賴雲煙的臉也冷了下來。

「怎麼回事？」

「嫂嫂回來後，跟我妻說了什麼？」魏瑾榮眉頭深鎖，盡了全力才沒讓自己開口質問。白氏哭個不休，一想前段時候她累得肚中孩子都沒了，他心中也是疼痛不已。

「怎麼回事？」這話出自剛進門的魏瑾泓之口。他看了看臉色不善的堂弟，再轉頭看向了面無表情的賴氏，掀袍在她身邊坐下，臉色淡然地看著魏瑾榮。

「冬雨。」賴雲煙也不知太多，乾脆叫了耳聽八方的丫鬟。

「是。」冬雨前走兩步，跪下稟道：「奴婢所知的是，夫人回來叫榮夫人說了幾句話，說的是累著她了，讓她回去好好歇息，還給了她一件沒穿過的狐裘。榮夫人回去後哭了一回，等榮老爺回去後又哭了一回，後頭榮老爺就來這兒了。」

冬雨刻板地說完後，賴雲煙挑眉問魏瑾榮。「你當我欺負她了？」

她瞥了失去往日冷靜的魏瑾榮一眼，轉頭看向魏瑾泓，出了什麼事了，竟讓平日素來胸有定見的魏瑾榮這樣失態？

「你們退下。」魏瑾泓對屋中的下人道。

「是。」

冬雨領著護衛退了下去。

「嫂嫂……」魏瑾榮這時朝賴雲煙揖禮。

賴雲煙朝他揮了衣袖。「坐。」魏瑾榮質疑她很正常，畢竟她向來對魏家人也不是多好；她用的人、辦的事，都是賴家人、賴家事，魏瑾榮能把她當魏家人才怪，所以她沒什麼可氣的。

「兄長。」魏瑾榮苦笑了一聲，道：「瑾榮愧然。」說罷，就把這兩日不便說的事都說了出來。

原來一路在管著糧草的魏瑾瑜在前兩日他們準備啟程趕路時，不小心把剛到不久的半數糧草墜入了沼澤之地，找也找不回來，魏瑾瑜自斬了兩指，說無顏面對兄長，愧對嫂子，留下書信就走了。魏瑾榮知道魏瑾瑜面對賴雲煙有心結，而這糧草大半皆來自賴家，他覺得對不起兄長，又讓他在賴雲煙面前丟臉了，遂就一走了之。而賴雲煙對魏瑾瑜向來也很冷漠生疏，看在別人眼裡也是苛刻無比，怕她也是必然。他找人未果，回來一聽白氏是見過她之後才啼哭不休，找了幾日也找不到魏瑾瑜的他頓時心中怒火翻湧，如此便有了前頭冷面與她說話的一齣。

賴雲煙受了無妄之災，糧草少了一半她頭疼，魏瑾瑜不能承擔責任一走了之還是她的錯了，她真是拿這些就她看來有些神奇的魏家人沒什麼辦法。

「冬雨……」她揉著疼痛不堪的額頭，叫了丫鬟進來。「三兒在外面嗎？」

「在。」

「瑜老爺出去了幾天，現在還沒回來，讓他帶人出去找找。帶馬了嗎？」最後一句，賴雲煙問向了魏瑾榮。

魏瑾榮搖了搖頭。

「未騎馬，去吧。」

「是。」

賴雲煙支著頭，不斷揉著，一時之間根本不想再說話了。

一旁聽著就冷了笑容的魏瑾泓這時還是一言不發，魏瑾榮見他不語，苦笑道：「是我統管不當，兄長就怪我吧。」

「現在誰在外面找？」

「世宇。」

「世齊呢？」

「在原地守衛。」

魏瑾泓深沈的黑眼盯著他，轉了轉手中的玉圈。「你想過沒有，要是有悍兵突襲，你們帶走這麼多人去找人，世齊一人能擋住？」

「這……」這地方哪來的悍兵？魏瑾榮遲疑了下。

「祝族長出事，這個當口，你不應出去。」魏瑾泓的口氣、神色都沒變，但空氣中的壓力這時陡然加深了。

見他要教訓人，賴雲煙想都沒想就起了身。

「去哪兒？」魏瑾泓迅速問道。

「到外面喘口氣。」賴雲煙毫不客氣地說。

她嫌養病的日子乏味，現在看來，那可真是稱得上美妙無比了；問題從不會因為兩個人和好而減少。

第七十七章

當夜因祝伯昆的事而徹夜無眠，祝伯昆醒來後，不只祝家人欣喜若狂，魏家也是鬆了口氣，畢竟祝家族長死在半途不是什麼好事。隔日，前面的岑南王軍來了消息，說找到了魏家的二老爺。這時他們與當地人已經水火不容，祝伯昆醒來後自己提議上路，魏家這邊魏瑾泓說了幾句客氣話也就應了下來；不走不行，總不能一路走一路殺，一個活口也不留。

這次行路因祝伯昆的傷，速度有所減緩，賴雲煙想想，前路還有近數萬里，也想過他們或許還沒到終點就可全死光。想來，準備得再充分，這糧草和兵力還是不足，人心更是不好把控的；且不說底下人的，就說魏家的那幾個人，經過這段時日，誰也不知他們心中在想什麼。

「你二弟之事你必須跟他談清楚，是走是留你要有一個決斷，這是戰場，不是讓他用來意氣用事的地方。」這晚賴雲煙跟魏瑾泓說事，很是直接地與他道：「要是他跟我有嫌隙，我來跟他談。」

魏瑾泓看向她。

賴雲煙知道魏瑾泓不可能放棄魏瑾瑜，他談不好，那就是得她這個受魏瑾瑜厭惡的嫂子出面了。

「我不指望他喜歡我，談開了，能不誤事就好；糧草之事也怪不了他，祝族長也不是自願摔到沼澤裡九死一生的。」

賴雲煙說得面無表情，魏瑾泓的嘴角卻毫無聲息地翹起。

「知道了。」

「你知道什麼！」賴雲煙沒好氣地道。

魏瑾泓笑著把她抱入了懷，手心按著她頭上受過傷的傷口，輕柔地撫弄著她的頭髮，他沈吟了一下，問道：「妳知不知羅將軍心悅於妳？」

賴雲煙沒吭聲。

魏瑾泓當她心知肚明，接著道：「他明天送瑾瑜過來。」

賴雲煙抬頭看他。

「到時會設酒宴招呼。」

賴雲煙眨了下眼。

「妳要是身體不妥，就在屋內歇著吧。」

賴雲煙好笑。「所以你每次都要抱著我從羅將軍面前騎馬而過？」

魏瑾泓沒否認。羅英豪暗中相助她多次，雖從沒有明說，但這是人情；想必她心中清楚得很，他也頂多容忍他們這樣的距離，再近，他就必加干涉了。路途太遠，中間不知會出些什麼事讓他們距離更近，他只能防患於未然。

「要是他沒提起我，我不出，他要是提起，我會待客。」賴雲煙傾身吻了吻他溫熱的嘴，笑著道：「大人，羅將軍的兵馬可不比你我的差，我可不想讓羅將軍認為我寡恩薄義。」喜歡她？這可是好事，喜歡她的人不多，難得有一個，她可不想得罪。

「妳是我的妻子。」魏瑾泓聲音嘎啞。

「我還姓賴。」賴雲煙嘆然，雙手抱上他的脖子，嘆氣聲止於他的嘴間。

他們都清楚，他們再相濡以沫，肢體再如何纏綿交纏，她都不會再為他忘其所以。

西去之路的四月褪去了最後一絲寒氣，天氣乍熱，空氣聞起來有幾許蠢蠢欲動的意味，一行人前行的隊伍中也雜事不斷。

四月中，魏家出了件不大不小的事，賴雲煙帶的一個武使丫鬟血崩在了路上，那落出的血胎看樣子是有三個月出頭了，隊伍未停，但引來祝家人不少目光，祝伯昆也派了人過來問了話。

夜晚紮營時，易高景查看之後也與賴雲煙稟道，應是三到四個月的樣子。

統管丫鬟的冬雨再次犯事，在搖搖欲墜的油燈中，跪在賴雲煙面前不起。

賴雲煙翻了丫鬟上稟的月事記冊，這丫鬟上報的日子每月都有。

「以後注意點。」冬雨在帳篷中長跪不起，賴雲煙手支著頭，淡然道，口氣中無責怪之意。

「奴婢罪該當罰。」

冬雨猛地磕了一下頭，磕得賴雲煙的眼皮猛跳了一下。

「罰了妳，誰來伺候我？」賴雲煙把冊子扔到她面前，口氣溫和地道：「去查清楚，該怎麼做，先想好了，再來稟我。」

冬雨又猛地磕了個頭，道了一聲。「是。」她抬頭起身，那牙已把嘴咬破溢出了血。

冬雨躬身往門邊退，賴雲煙平靜地看著她，當冬雨退到門口之時，賴雲煙開口道：「我身子不好，妳們要比我活得久點才好。」

冬雨僵住了身體，她低頭站了一會兒，面前有水滴從空中掉落到了地上，隨後她低低再道了聲「是」，安靜地退了下去。

跪坐在賴雲煙身邊的秋虹這時擦乾了臉頰兩側無聲落下的淚，若無其事地笑著與賴雲煙道：「您晚膳用得不多，一會兒老爺回來了，您再陪他用點吧。」

「嗯。」賴雲煙點頭，側頭看她，見秋虹神態還算不錯，臉孔沒有操勞過度的疲態，她伸出手去摸了摸這個陪了她小半輩子的丫鬟的頭髮，淺笑道：「妳們是我的丫鬟，也是我的妹子，做什麼都不要怕，知道嗎？」

「知道呢。」秋虹笑，見主子笑得開心，她把頭依了過去，靠在了她的肩頭。「您放心，我們定會陪著您。」

賴雲煙拍拍她的肩，笑而不語。她拖著她們，把她們的命運與她的綁在一起，這二十來年間，她們為她勞心勞力，她怎可能捨得怪她們什麼？

魏瑾泓回來得晚，賴雲煙依在枕頭間半睡半醒，他進帳後坐在了床榻邊，她才多清醒了兩分。

「還未睡？」

「爐上有湯，去喝了吧。」

魏瑾泓見她起身，把枕頭豎起，讓她靠得舒適點。

賴雲煙扶著他的手靠好，再行催促了一聲。「去吧。」秋虹讓她遣去休息了，她也懶於起身，魏瑾泓只能自己動手。

魏瑾泓待她躺好就起身去舀了湯，在爐火前站著喝了一碗，又舀了一碗吹涼，過來餵賴雲煙。

賴雲煙本欲要接過，但魏大人不鬆手，她也就沒推辭魏瑾泓這刻意維持的親密了。魏瑾泓上床榻後，她靠進了他懷裡。他們現已行至有水源的草原，今夜紮營的地方不遠處還有一處湖泊，賴雲煙在他身上聞到了水氣，一直沒有全睜開眼睛的她這時伸手在空中一揚，摸了下他的頭髮，見還濕潤著，就把髮帶扯了開來，讓他的長髮散著。其中一縷揚在了她的臉上，她有些發癢，還沒來得及撥開，就被魏瑾泓伸手幫她拿開了，他溫熱的手碰到了她有些冰涼的臉，賴雲煙這時才完全睜開了眼。

「去沐浴了？」她問。

「和瑾允他們一起去的。」

賴雲煙翹起嘴角看他。

魏瑾泓的嘴角也微微翹起。「伯昆叔也去了。」

「談什麼了？」賴雲煙笑意盈盈。

「祝家也未必少得了這些事。」魏瑾泓笑笑道。

賴雲煙輕笑了起來，笑到最後，她完全趴在了魏瑾泓的懷裡，還忍不住親了親他在燭光中更能蠱惑人心的眼，親了幾下，又覺得這人對女人的心思實在鈍得太稀奇了，因此又樂不可支地親了好幾下才罷口。

「怎麼了？」魏瑾泓微微有點錯愕。

賴雲煙忍不住摸了摸他的臉，又笑了一會兒才道：「祝家不會有。」

魏瑾泓臉帶疑惑地看她。

「我看她們都是懷不上了。」賴雲煙在他耳邊輕笑著道。都是陰寒之身，來之前就被餵了藥，傷了根底，能懷得上的機率不高。

魏大人對朝廷多數之事知之甚詳，可婦人的那點小心思、小計算，他料來料去總是缺根猜對的弦。祝家那邊兩位姨娘對丫鬟與護衛之間的曖昧事是睜一隻眼閉一隻眼，甚至用此來拿捏護衛；她這邊是管得嚴，可抵不住丫鬟的春心萌動、欺上瞞上。

她的貼身武使丫鬟在路上滑胎至死，而她事先根本毫不知情，可能祝家的人還比她更清楚，她這人可是丟大了；祝家兩位姨娘今晚沒前來見她，怕都是忍了又忍了吧？

魏瑾泓半晌無語，等想好要低頭說話時，懷中人已睡，嘴角還帶著笑，似是作了什麼美夢一般。

第七十八章

第二日啟程前的早膳，祝家兩位姨娘帶了丫鬟過來拜見，往常賴雲煙都把這事推託給白氏，這日就讓她們進了帳篷。

兩位姨娘一進帳篷，見到魏瑾泓也在內，著實愣了一下，她們沒想到魏大人在帳內，魏夫人還讓她們進來。

「我跟祝家的兩位姨娘說說體己話，您先出去吧，一會兒我來找您。」賴雲煙扶著魏瑾泓起了身，給魏瑾泓打理了一下衣裳，溫柔地道。

魏瑾泓應了一聲，沒有去看那躬身往邊上退的兩位祝家姨娘，目不斜視地出了門。

「魏夫人身子可好一些了？」這時肖姨娘忙不迭地說話道。「可是擾著大人和您了？」

「坐吧。」賴雲煙搖頭，含笑看她們。

「是。」兩人齊應了一聲，坐在了賴雲煙半丈之外。

她們等了一下，見魏賴氏只含笑看著她們，似是在等她們說話，剛看到了魏瑾泓的祝家兩位姨娘在簡陋的凳上有點侷促地挪了挪腳，早先在心中琢磨好了的那些挑不出什麼錯的話，此刻就說不出口了；誰知道那位魏大人此時是不是站在帳外？

「奴婢們就是來問問，您的身子今日感覺如何？眼看這天氣漸漸熱了起來……」很快地，肖姨娘笑道。

「是。」佟姨娘輕聲附和。

賴雲煙見兩位姨娘識趣，重要時刻總算記起她是誰、她們自己是誰了，便微笑地回了話。「尚好，有勞兩位姨娘記掛了。」

「這就好……」肖姨娘狀似鬆了一口氣。面對著笑意盈盈的魏賴氏，她心下的不安之感越來越重，盡力不讓眼睛往帳門邊瞥去。

這時冬雨掀了帳門進來，手上端著一碗藥，祝家兩位姨娘便就勢起身，福身告辭。

賴雲煙點頭。「那就不留妳們了。」

祝家兩位姨娘走到門邊時，腳步微不可察地頓了一下，只一下就如常地往外走。

這時賴雲煙喝著藥，眼睛盯著她們的背影。

冬雨也一直順著主子的眼睛盯著，等她們消失後，她問賴雲煙道：「她們存的什麼心思？」

「熱鬧嘛，是個人都想看，長路漫漫啊！」賴雲煙嚥了口中的苦藥。

「那什麼時候臨到看她們的？」冬雨順著她的語意往下說。

「看她們的不容易。」賴雲煙把最後一口苦藥喝完，拿起茶杯清了下口。「她們可比我能幹多了。」見冬雨的臉色立馬拉了下來，賴雲煙不禁失笑。「急什麼？妳想要你們家主子跟個姨娘去爭一時之氣？」

「聽說他們家抬夫人就這幾日了。」賴雲煙起身準備出門，冬雨站在她身後替她編著還未梳好的長髮。冬雨說完，見賴雲煙不語，眼睛便往跪在地上替主子整理裙角的秋虹看去。

秋虹便抬頭看著沒打算說話的她家小姐，好奇道：「小姐，她們這段時日老往您身邊靠，是不是誰拿捏得住您，誰就是祝家族母？」

賴雲煙笑出聲來，拍了拍她的頭。這時掀開的帳門撩開沒有蓋上，不遠處，離賴家護衛站著的三丈之處，白氏朝這邊盈盈福禮，頭上紮的白玉蓮花在晨光中閃閃發光；因隔著距離，賴雲煙揚了揚下巴，朝那亭亭而立的榮夫人微笑點頭。

那神情，看在白氏的眼裡，卻有著高高在上的倨傲之態。

「您的打算是？」魏瑾泓在前方與子姪們說話，魏瑾榮帶著魏瑾允跟在了賴雲煙的半步之後，與她在湖邊慢慢走著靠近他們。

祝伯昆剛與他們說，待到下個肥沃之地，待休整的那幾日，祝家會有樁喜事要辦，什麼喜事，大家都了然於心。

湖對岸的祝家人往這邊看來，賴雲煙的眼睛看了過去，家眷、護衛、牛馬，她皆看得仔細無比。祝家子弟中，有一、兩人敢與她對視；女眷中，有一個丫鬟敢對上她的眼；牛馬不知她的眼光，只管低頭吃草。

「嫂嫂？」魏瑾榮掃了對面一眼，又叫道了一聲。

「船到橋頭自然直。」祝家的兩位姨娘正要上牛，看到她，兩人一前一後地朝她福禮，賴雲煙翹起了嘴角，笑容看似溫和，又透著幾許冰冷。「這一路，誰死都不過是眨眼之事，你們煩那麼多身外之事做甚？」

魏瑾榮與魏瑾允對視了一眼，魏瑾榮剛已與賴雲煙說了不少祝家之事，動了不少嘴舌，這時魏瑾允便接話沈聲道：「大嫂言下之意是？」

這時魏瑾泓朝他們走來，賴雲煙掃了眼那以松柏之姿飄然而來的人，回過頭與他們輕言道：「活到最後的才是勝者，你們只管想著以後之事就是。」說罷，回了頭，嘴邊笑容溫柔可人，與前刻之態完全截然不同。

那廂，帶著祝家人準備出發的祝伯昆朝這邊遙遙揖禮，正好正對著賴雲煙，賴雲煙腳往後退了半步，微微一福還了禮，抬起頭來，正看到走到她身邊的魏瑾泓朝對面還禮，笑容清朗，衣角長髮在晨風中輕飄，那仙人之姿不知羞煞了誰的臉。

下個地方是一個名叫扶達的小縣城，雖說是肥沃之地，但這次這個地方已不是未成國的民族，它歸屬一個叫夷薩的小國。

他們接下來一年，就是要穿過這個叫夷薩的小國，再往西進。陌生的地方，連人都長得不一樣，語言、吃食已與宣朝有著天壤之別，魏、祝兩家隨身帶的譯官說來是百事通，但也只聽得懂兩句夷薩語：吃飯、睡覺。而扶達只是夷薩的一個小縣城，並不說夷薩語，當地的扶達人所說的是扶達語，於是連「吃飯、睡覺」那兩句都派不上用場了。

祝家要操辦婚事，首先這置辦什物便是個大問題，但祝家確也是能人居多，一個白天出去，晚上居然就買回了大紅的錦布。

秋虹與冬雨跟著白氏前去祝家那邊打招呼，回來後，秋虹笑得連眼都找不著。「那錦布說是花了五十兩金呢！祝家可有銀子了，不愧為大富大貴之家啊！」

賴雲煙看她笑得找不著北，便問冬雨道：「怎麼回事？」

「那錦布，看樣兒似是出自咱們宣朝的南方。」冬雨淡淡道。

這時正在案桌上寫信的魏瑾泓停了筆，抬頭道：「舅父的生意做到這兒來了？」扶達也埋了他們的暗樁？

「好似是有那麼一、兩個掌櫃來過這兒。」賴雲煙不大確定地道。

看她嘴角微翹，就知她又在裝神弄鬼，魏瑾泓低頭，重提頓住的筆尖。

「那婢子退下了。」秋虹、冬雨見賴雲煙無事吩咐她們，老爺又在屋內，就先告退了。

「去吧。」

丫鬟走後，賴雲煙坐回了魏瑾泓的身邊，看他寫信。

世朝已成婚，新來的信中說是嬌妻已懷胎三月，賴雲煙拿信看了又看，都沒找到一點當祖母的喜悅。

宣朝現已開始小亂，民心不定，京都也不是很安全了，這個時候司氏有孕，要專心照顧；還有司家是寒士之家出身，司家鄉下也來了不少家人投靠，魏家得挪去一些護衛給他們用，這樣一來，魏家的就不夠用。

見魏瑾泓給族中大長老的信中寫到派遣的人馬，賴雲煙開了口。「你準備派多少？」

「兩隊。」魏瑾泓停了筆，回頭看她。

賴雲煙想了一下。「三隊吧。」

魏瑾泓未語，候著她的下話。

「兩隊給司家，一隊給司氏。」賴雲煙笑笑道。

「無須，世朝身邊有人。」

「他是個看重妻子的，現下司氏有孕，怕到時候有事也是顧不上自己了，多給他點人吧。」賴雲煙淡淡道。兒子顧及妻小是應該的，而做母親的，只得替他多想點。「世朝身邊的那隊人馬，我讓兄長派。」賴雲煙對上魏瑾泓的眼。「你看可行？」

魏瑾泓點了點頭。

「世朝身邊的兩隊人馬讓他打亂用。」賴雲煙又趴在了魏瑾泓的肩頭，看他寫信。「你跟他說說。」

「妳不寫？」魏瑾泓又重提了筆。

「一會兒你寫完了我再補兩句。」賴雲煙並不想與兒子長篇大論。

「好。」

魏瑾泓縱筆寫完給長老的信放到一旁，賴雲煙拿過又細看了一遍，回頭再看魏瑾泓寫給世朝的信，這時已是寫滿一頁了，她笑了笑，拿過一看，魏瑾泓那拳拳愛子之心真是躍然紙上，每處叮囑都甚是細緻。

自從接了世朝的信，魏瑾泓如賴雲煙一樣，也是隔一會兒就會拿信出來看看，只是賴雲煙拿出來看是試圖找點當祖母的喜悅，而魏大人則是每看一遍，嘴角就要翹得更高一點，看得出來，他是真心喜悅的；對比之下，賴雲煙都覺得自己是冷酷心腸。這時她又想，無論是自己兒子也好，還是司笑也好，都是擔當得起責任的人，哪怕是在亂世，應也是對好父母，護得住孩子；多想想，憂慮退半，也就有些釋然了，兒孫自有兒孫福，他們有他們的過法，她過多的憂慮並不是什麼好事。

「妳要說何話？」就在賴雲煙神遊還未回來之時，魏瑾泓開了口。

賴雲煙見他已寫好五張紙了，眼睛大略掃過內容後，與他道：「你替我寫吧，就說我盼他們安好。」

「就這樣？」魏瑾泓一愣。雖說她寫給世朝的信越來越短，但也不致……

「少了？」賴雲煙掃著魏瑾泓寫的，漫不經心地道：「那多添幾句吧，就說我替我孫兒打的長命鎖還鎖在箱子裡，讓他過幾年帶著我孫兒來拿。」

魏瑾泓再愣，頓了一會兒才提筆把話加了上去。

賴雲煙則放下手中信紙，抬頭往隨身攜帶的箱籠看去，喃喃自語道：「也不知扶達人的手藝如何？」要是好，就在此地打一條吧。

她並不掩飾她的冷淡之意，魏瑾泓也並不多語，只是在魏瑾榮他們進來談事之前，與她道：「多笑笑。」

賴雲煙臉上的笑意因此深了起來，等魏家人進來，說到司氏有孕之事時，她真真是眉開眼笑，任誰也猜不出她每拿出那封報喜之信看時，眉頭便一次比一次皺得深。

夜間，魏瑾泓從祝伯昆那兒回來後，說到了白日買錦帛之事，祝家已有人看出扶達的一些東西是出自宣朝了，祝伯昆想從她這裡討個能跟當地人說得上話的人去用。

「我舅父的人又未在此開店鋪，早走了吧。」賴雲煙揣著明白裝糊塗。

「如此，我明日就去回覆伯昆叔。」魏瑾泓點頭道。他知她不可能就這麼把人拿出來，祝伯昆要是逼迫，他也好回答，因她對他都如此。

第七十九章

夷薩國一路平坦，大半是草原、河流，地勢很是好走，只是這是他國，且這國的國君對遠道而來的客人看來也並不友善，他們再度啟程半月就遇到了當地人的不少刁難。他們所路過的水源，必有當地人會放牛羊過來蹚水；夜晚紮營，也會有人過來偷偷摸摸，如若抓賊，改天必會有夷薩的武官帶隊過來訊問。

因為誰也聽不懂誰說話，其中自然是拳腳無數。夷薩人少，雖說身形高大威猛，但也不是宣朝這邊的對手，但這地方畢竟是他們的，打敗了回去，改天就能帶更多的人來，宣朝這邊的人又不好老殺人，因此對這種不間斷的騷擾很是煩不勝煩。

賴雲煙這邊重病，成天昏迷不醒，每日都睡在馬車上，跟著隊伍慢慢行過，那邊整個隊伍與夷薩人的衝突則越來越激烈，當這天祝家的武將傷了夷薩的一個武將後，這衝突就破了頂。夷薩人再來的時候，帶了數百人，他們拔出了他們腰間最鋒利的尖刀，向祝家的人發起了他們最猛烈的進攻。

因魏家的護衛大半都守在了賴雲煙的身邊，一小半在前面與羅英豪探路，因此與夷薩人武鬥時，魏家那幾個剩下的護衛全守在了魏瑾泓的身邊。祝家護衛首當其衝，對敵時全是他們的人，最後死傷的也是他們的人，夷薩人最後死了近百人才撤退，而祝家這邊死了一百三十個護衛。

「少了。」在馬車內安靜地自己跟自己下棋打發時間的賴雲煙聽後，眉眼不眨，淡淡地說了這麼一句，平靜的臉色讓人看不清她的悲喜，只能從字面上聽出她的不滿意。

祝家那邊回過神來，得知死的全是他們的人後，祝伯昆掀了帳內的案桌。

已被抬為祝夫人的肖氏再去探魏夫人，魏夫人依舊在昏迷不醒中，不便見客。

祝伯昆見了魏瑾泓，魏瑾泓指著身邊的那幾個護衛，依然用他不緊不慢的語調與祝伯昆道：「我身邊就是這些人，昨日也不比伯昆叔當時身邊的人多。」說罷，他幽深的眼睛直視祝伯昆。

「若是夷薩人再來，就派我魏家護衛迎戰，伯昆叔您看如何？」

「呵呵……」祝伯昆聽了，當下氣得笑出了聲音。

第二日，在後方尋糧草的兵部收到消息趕了過來，分了一半的人走在了隊伍的最前頭，當日晚上紮營，岑南王軍也派了人趕了過來，自然也就沒有了魏家護衛的用武之地。

祝伯昆知道不對勁，但夷薩人與他們的衝突卻是實實在在存在的，前幾日剛剛與夷薩有衝突的時候，魏家也是有人混在其中，只是在真正出事那日，多半全護在了昏迷不醒的主母身邊，這時要指責魏家不擔事，也指責不了多少。他狐疑這事情跟賴氏有關，但這懷疑根本說不出口，因賴氏一路都在病著，想要說她通敵叛國更是不可能。她是魏家的族母，別說是要說她通敵了，僅只透露出這麼個意思，魏家就會與祝家決裂，而宣京那邊不會對魏家如何，倒是只會指責他祝伯昆的處事不當。

「我看她要昏迷多久！」祝伯昆當夜與師爺議過事後，冷笑出聲，直覺讓他根本不相信此事與賴氏無關。

祝伯昆深疑賴雲煙，但這種懷疑在夷薩的大軍圍攻他們後蕩然無存，他已無暇把禍因猜到賴雲煙身上，因為事情鬧大了！岑南王的人也掉頭回程，迎對戰事。岑南王軍中有通夷薩語的譯官，經過幾天的談判後，宣朝派了人與夷薩人回宣京，而他們一行人則被禁錮在了當地。

三個月後，宣朝來了傳旨之人，皇帝在聖旨中把祝伯昆與魏瑾泓罵了個狗血淋頭，宣京答應給夷薩的金銀物什，也陸續抵達夷薩，夷薩國大勝一筆。

為此，一行人在夷薩多耽誤了七個月，從初夏耽擱到了初冬，才得令可以前行；而在這七個月中，昏迷不醒的魏夫人身體調養得當，百日咳也養好了，紅光滿面。宣京則繼續來旨罵祝、魏兩家的族長，哪怕他們開拔大營那日，傳旨的人還讓他們跪了一夜。

次日大隊拔營，夷薩國那長得像熊的相爺帶著他們夷薩國最器宇不凡的將軍，笑咪咪地看著肥羊們走遠，目送他們離去。

魏家馬車內，魏家主母與魏家當家的下著棋，嘴邊笑意不停，哪怕急於趕路的馬車顛簸不已，也沒沖淡她的笑意。

一行人奉旨日夜不停地離開夷薩，在這年深冬，他們到達了夷薩的邊陲小鎮——山月。

離開山月，他們就要進入連綿不斷的深山森林，而日夜兼程的趕路讓隊伍元氣大傷，個個疲憊不堪，恐難進入那野獸密布的叢林；因此，魏、祝、兵部、岑南王四家齊齊商議過，在原地休整一月，過完年再走。

夷薩這個叫山月的地方，吃食以肉類為主，當地山民不多，都是獵戶，且分散居住，沒有在夷薩國內被多人盯上的可能，而且山林野獸居多，覓食方便。

在山月駐紮後，半生都在叢林中帶兵的羅英豪那邊傳話到賴雲煙這兒，讓賴家的護衛準備，過幾天跟著他的隊伍進山。

山月過去的烏山是最凶險的地方，賴雲煙也顧不得被人覷破實力，讓賴家三百的護衛全部現形，讓他們與岑南王軍進山勘察山勢。

兵部、祝家、魏家也派了人跟在羅英豪的後面，祝伯昆為了占據優勢，拿岑南王妃的名號去跟羅英豪談事，想多派人跟隨羅英豪進山打頭陣，但被羅英豪派了個小兵請了出去。

當夜，知道羅英豪那點小心思的祝伯昆跟師爺們議事時，拿賴氏說了幾句，底下師爺會意，就此說了不少齷齪話。

羅英豪隔日聽了探子的報信，磨了一天他的大刀。

進山祭禮這天，在禮師拜過天地、眾先帝後，羅英豪回手一刀，當場宰了祝伯昆身邊那個那夜笑得最大聲、話說得最多的師爺，然後對剎那就鐵青了臉的祝伯昆道：「我看他面相好，拿他祭一下山神，祭一下我的神刀，祝大人可有話要說？」

祝伯昆死死地盯住羅英豪，羅英豪則事不關己地看著他，兩人對視良久後，祝伯昆突然笑了起來。「將軍高興就好。」

「那就好。」羅英豪一昂首，一抱拳，翻身上馬。

祝伯昆面無表情地看著羅英豪帶著他的人、賴家的數百人，及他們幾家的幾十人進山，剛要開口，就聽到耳邊魏瑾泓的聲音響起——

「伯昆叔有話要說？」

祝伯昆皮笑肉不笑地笑了一下，轉頭正要開口，見魏瑾泓低頭與兵部留守的副將在耳語，突然想起，兵部裡與自己交情好的主事現已跟羅英豪進了山，他的笑容頓時止了，正對上賴雲煙看過來的眼。「賢媳……」祝伯昆和善地叫了她一聲。

站在後面，與女眷待在一塊的賴雲煙福了個半禮，微笑著轉過了眼。

這些時日久不見賴氏的祝伯昆在那一刻感覺背後一陣惡寒，他盯了賴氏一會兒，看她與魏白氏交頭接耳、笑語盈盈，從她安然的臉色中完全看不出在大半年前，她是一個將死之人。

「賢媳意欲如何？」在她走向魏瑾泓，錯過他之時，祝伯昆張了口。

賴雲煙像是沒聽清楚，帶笑地看了他一眼，朝他淺福半禮後，走到了魏瑾泓身邊。

意欲如何？且看就是。

第八十章

烏山是裡面不住人的深山老林，無論蟲蛇草木，帶毒性的居多，沒有幾天，進山獵獸的護衛已有人中了毒。宣京所帶來的解毒丸也不是什麼毒都解得了，昨日進山的一人被毒蛇咬了一口，說是剛把瓶子掏出來，人就斷了氣，有藥都救不活。

一路來經歷什麼地勢，有什麼凶險，魏瑾泓都是要去的，因他要詳細記錄，留給後來者，也要把記誌送至京都。這日他進山回來後渾身的血，後面還拖了兩隻野豬。翠柏跟賴雲煙說，是老爺殺的，身上還有些小傷口。溫文爾雅的魏大人難得開了殺戒，身上還帶了傷，賴雲煙一時興起，便親手替他上藥。

正上著藥，魏瑾榮就來了，魏瑾泓看看快要日落的天色，撇頭看賴雲煙。

「請榮老爺進來。」賴雲煙把白藥小心地抹到他受傷的肩頭，嘴裡漫不經心地道：「晚膳遲些再擺。」

「是。」

魏瑾榮進來時，看到魏瑾泓半個肩膀都露了出來，先是微訝了一下，走近一看，見傷口不大，這才笑了笑。「還好沒傷太重。」

替魏瑾泓綁上白布後，賴雲煙眼皮一抬，看著魏瑾榮，直接道：「替你媳婦說話來了？」

「嫂子……」魏瑾榮苦笑了一聲。

「她現在怨氣大著，先前肚子裡那孩子沒生下，她這是怨上我來了？」

賴雲煙說得甚是淡然，魏瑾榮聽得卻是錯愕。「這……是何說法？」

「好好看著你媳婦。」賴雲煙給魏瑾泓穿好衣，語氣未變。「她要是再給我不懂規矩，我也就管不了她那麼多了。」要作死，她也不攔著。

「大嫂……」魏瑾榮啞然。「您這話從何說起？」

賴雲煙從魏瑾泓身上鬆下手，笑著與他道：「你們家的人最愛跟我裝傻，什麼都是我不對，您看我這族母當的……」

魏瑾榮從未見她語氣這般不客氣過，臉立馬冷了下來，見魏瑾泓皺眉看向他，他心下一凝，一揖就退了下去，一到門邊，他就對自己的心腹道：「把夫人這陣子所做的事給我查清了。」

魏瑾榮走後，賴雲煙看著斂眉的魏瑾泓道：「你們家這動不動就向我興師問罪的習慣，什麼時候改上一改？」她不是個好欺的，都擋不住他們的得寸進尺了；走到如今看來，魏瑾泓也只能找她這樣的了，要是換個另外的女人來，魏瑾泓不知要娶多少次親？娶一個得死一個。

「妳……」魏瑾泓本想說「妳教著點白氏」，但對上她似笑非笑的臉，話就噤了下來。她是教了的，一路上她都讓冬雨幫著在教，而白氏還是不與她親近，確也不能全怪她，這種事情一個巴掌拍不響。「妳做妳的。」魏瑾泓笑了笑，提筆沾墨，打算把今日在山中所見的東西記下來。

賴雲煙笑了笑，靜坐在他身邊，看著他額頭上的汗一滴一滴地冒出；在他伸手去拭過後，她探進他的衣服內，摸了下他的背，那兒也濕透了，還挺能捱得住疼的。

「藥有些猛，怕是要疼上半來個時辰。」賴雲煙拿了她的帕，與他拭汗。他前幾日中的蛇毒看來還是沒排乾淨，要不然怎會剛剛進門喝下那杯藥茶還沒多久，就疼得這麼厲害。

「無事。」魏瑾泓的臉色倒是沒變，在宣紙上寫下了第一個字。

賴雲煙摸摸他的額頭，見不怎麼燙，不會有大礙，就起身出了門。

賴雲煙帶了護衛在一座小山頭看著餘暉落盡才回，剛到帳營前，天上就已是滿天星光，蟲鳴聲響破了天。

「老爺在候著您用膳。」秋虹守在帳外，這時忙過來說。

帳門外的空地上這時燒起了篝火，丫鬟們圍作一圈，還在縫衣。賴雲煙看過去時，有個護衛正假裝不經意地路過，往一個丫鬟背後扔了一個東西；賴雲煙一瞥，看樣子是一塊用樹葉包著的烤肉，她不由得笑了起來，臉孔也柔和了不少，帶笑進了主帳。先前因她整治過那個讓丫鬟有孕的護衛，現在這些人也總算是含蓄了些，沒再有不顧腦子地私通致有孕的事情發生了。

「怎還未用膳？」賴雲煙進去就笑著道。「丫鬟沒告知你先用？」

「沒等多久。」她也晚回不了多久。

賴雲煙見他身上的青袍不是她出門前的那身，知道他換了衣裳，坐到他身邊時她又伸手探了探。「明天得再喝一次，斷一下根。」

「嗯。」

這廂他們剛用完膳，魏瑾榮就過來了，一進帳門就道：「祝家下人來報，祝族長家初生的小公子發高熱了。」

魏瑾泓朝賴雲煙看去。
賴雲煙喝了口茶，漱了口，看向魏瑾榮。「讓易大夫過去看看。」說到這兒，她頓了一下，雙眼笑得甚是深邃。「要是缺什麼藥材，不用來稟了，送給祝家就是，就說是我說的。」
魏瑾榮再次啞然。
「瑾榮，你媳婦愛替祝家的人傳話，你今日也替嫂嫂傳個話吧。」賴雲煙微笑著客氣問道：「可行？」她說得甚是慢條斯理，眼睛裡藏帶著笑意。
魏瑾榮尷尬地別過了臉，捏拳清咳了兩聲，才作揖道了聲「是」，退了下去。
「妳要管事了？」魏瑾榮走後，賴雲煙懶懶地靠在背後的榻上，這時魏瑾泓回過頭朝她問道。
「嗯。」
「大印放在哪兒，妳是知道的吧？」魏瑾泓先是無聲，過了一會兒才說了這麼一句。
賴雲煙放下手中的紙冊，朝背著油燈的光看著她的男人笑笑道：「知道。」
「那就好。」魏瑾泓點了下頭。到子時他吹熄了燈，睡到了她身邊，摸了她的長髮好一會兒，最終鬆了一口長氣才睡著；如今只要她管事就好，哪怕她的強勢會引來風波。
「伯昆叔。」
「賢媳。」
見過禮，請魏瑾泓而來的祝伯昆道：「泓賢姪……」

「進山去了。」賴雲煙拿帕抵了下鼻，神色淡然地道：「我怕伯昆叔有什麼事不能耽誤，就過來走一趟。」

前幾日叫她，她不過來，今日他請魏瑾泓，她倒是過來了？祝伯昆冷冷地勾起嘴角。「賢媳平日不是素不喜出門的嗎？今日怎地來了？」

賴雲煙訝異地看向祝伯昆。「這……」她頓住，沒一會兒就站直身，歉意道：「是我魯莽了，還道……」說到這兒，她又隱去了下半截沒說，再道：「容妾身先告退。」

祝伯昆冷冷地看著她惺惺作態，待她走到門邊，他突然笑道：「賢媳來了，就不用走這麼快，喝杯茶再走吧！」

「這……」賴雲煙轉身，猶豫著。

「來都來了。」祝伯昆爽朗一笑。

「那妾身就不推拒了，多謝伯昆叔。」賴雲煙帶著兩個丫鬟、兩個護衛，重走了回來。

祝伯昆仔細看了她帶來的人，見她身邊之人都是賴家之人，也不管他的打量有多冒失，嘴邊掛起了一抹嘲諷的笑；賴家走了這麼多人，沒想到，還能有賴家人在她身邊。

祝伯昆掃兩眼、一勾嘴，賴雲煙就知他什麼意思；但他們這些人，裝糊塗已是本能，明白都當不明白，何況是不懷好意的嘲諷，那就更會裝作什麼都不懂了，臉上掛著笑，不是傻子都要當自己是傻子。

「不知伯昆叔叫我夫君來有何事？」下人奉上茶，賴雲煙拿在手上笑問道。

「不是什麼大事，」祝伯昆笑笑道：「只是朝中之事。」不是妳一個女人能管的。

「原來如此。」賴雲煙了然。

「老爺，夫人來了。」這時門邊的祝家丫鬟來報。

「進。」

「賢媳，妳來了？怎地來了不叫下人叫我一聲，讓我來迎妳一下——」祝肖氏一進來，就熱切地走到了賴雲煙身邊，眼看就要握上她的手了，突然被冬雨上前擋住了身體。「啊？這……」祝肖氏看看面前的丫鬟，無措地往祝伯昆看去。「老爺……」

「祝夫人見諒。」被人叫賢媳的賴雲煙在冬雨身後笑道：「我今日有點風寒，怕傳給了您。」她話罷，冬雨就退開了身，露出了賴雲煙笑靨如花的臉。

「賢媳身體有恙，還是不要出來走動得好。」祝肖氏微笑著回道，眼神尖銳。

「我以為是伯昆叔叫我夫君有事，耽誤不得，所以才過來看一眼。」賴雲煙輕描淡寫，眼神柔和，表現得表裡如一。祝家抬了個夫人又如何？就算是個夫人，想壓住她也得看她願不願意？其實被叫賢媳也無妨，只是別叫得這麼話中帶刺，惹人生厭。

她一路都想跟這些女人井水不犯河水，甚至還想過讓她們學著用自己的能力去保護自己，可到頭來的事實還是證明著她與這個年代的格格不入。肖氏她們所想的、所做的，都說明著她們不是同道中人。說來也是，她們的安危富貴，哪怕是感情，都是寄託在男人身上的，依靠是她們的本能；或者說，她們有她們的盤算，她們有她們的生存方式，人各有志，不能井水不犯河水，那麼，就只能各自用自己的方式解決了。

「肖氏……」祝伯昆出了聲。

「老爺？」肖氏回頭。

「坐，陪魏夫人聊聊。」祝伯昆斂了笑，淡然道。

「是，老爺。」肖氏在賴雲煙的對面坐了下來。

「小公子的身子可好些了？」這茶不能乾坐著喝，賴雲煙便開口問道。

「還好。」說到小公子，肖氏勉強笑了笑，朝祝伯昆看去。

「瑾泓什麼時候能回來？」提起剛出生的小兒，祝伯昆的臉色也沈重了下來，他本是想跟魏瑾泓討要還生丹，哪料竟是這婦人來了。

「看這天色，如若再過半炷香還沒回來，應是要到深夜去了，或是明天也說不定。」賴雲煙看看外面快要落山的太陽道。

她話畢，屋子裡安靜了下來。

肖氏看了看沈著臉的祝伯昆一眼後，朝賴雲煙吞吞吐吐地道：「說來，有件事想求一下妳……」

「何事？」

「那、那個……我們想要一顆還生丹。」肖氏不好意思地道，見賴雲煙笑看向她，肖氏小心地對上她的眼。「不知可行？」

魏大人的好東西可真是不知多少人覬覦啊……「這個，我作不了主。」賴雲煙笑著道。

祝伯昆看她一眼，還揚了下眉。這個時候她就作不了主了？這兩面三刀的婦人！還好他自一開始就沒想從她手裡要還生丹！

「是啊，這等大事，看來只能等魏大人回來了。」肖氏聽到賴雲煙的話，慢慢地直起了腰，看著賴雲煙的臉笑意全無，沒有了剛才刻意裝的弱勢。賴氏這種不賢不德的人，只會狐假虎威，如若沒有她背後的娘家還有那任家，怕是早被休了浸豬籠。

賴雲煙攪了一趟渾水回來時，魏瑾泓剛好也回來了。

「妳去了伯昆叔那兒？」魏瑾泓與她對上面，見她不語，他先開了口。

不遠處，祝家的師爺隔著魏家的人往他們這邊看著。

「喝了杯茶，聊了幾句。」賴雲煙沒多說就進了主帳。

她在帳內坐了半晌後，翠柏回來了，跟賴雲煙討要還生丹，賴雲煙笑著搖頭，把先前就備好了放在桌上的瓷瓶扔給了翠柏。

翠柏紅著耳尖，退下去了。

不多時，高風亮節的魏瑾泓回來了，在他坐定後，賴雲煙在他耳邊輕聲細語。「藥總有用完的一天，要是只剩一顆藥，別人要，我也要，你給誰？伯昆叔要，我要，你給伯昆叔；瑾榮要，我要，你給瑾榮；白氏要，我要，你給白氏……」她帶笑輕語完，在魏瑾泓臉邊一吻，無限感慨道：「怎麼就有那麼多比我重要的人呢？夫君，你許我的對我好，它長在哪裡、生在哪裡？我還得走多少里路才能碰得到？」

「這不是一事。」魏瑾泓的臉是白的，過了好一會兒才道：「伯昆叔知我手中有藥。」

「你的藥還是我配的呢。」賴雲煙好笑。「為何他在我手裡要不到，能在你手裡要得到？」

她伸手去摸住他的心臟，感受著它劇烈的跳動聲，怦、怦怦、怦怦怦，一聲比一聲跳得快。「他還說了我不少難聽話吧？」賴雲煙親暱地將臉貼住他的臉，感慨道：「你說你重生來這一世是幹麼來的？為天為地為家族？多感天動地啊！可惜了，你的妻子卻需要一個完全不相干的人替她出氣，而你還能活得好好的，任由別人侮辱她、算計她，你還是不是個男人啊？」

魏瑾泓全身僵了，嘴唇抿得死死的。

賴雲煙探過頭去，看到他滿是血絲的眼在那刻飛快地閉上了，她微笑了起來，繼續在他耳邊親暱地耳語。「你難受嗎？夫君，你可千萬別難受，要知道，你的難受一個銅板都值不了呢。」她知道誰是他心中的刺，也知道怎麼讓他難受，但她一直都沒有做，只是今天這口惡氣實在是忍不下了，她必須要狠狠地捅他幾刀，才覺得自己扔給他的肉包子不是給狗吃了。「你一直讓我對你很失望。」賴雲煙輕輕地說完這句，還輕笑了幾聲。

其實那孩子是活不下去的，那個半路從丫鬟被抬為小姨娘的女子身體本就有寒毒，勉強懷的孩子、勉強生的孩子，用還生丹也不過是拖命，他們心知肚明，可他還是給了。「你是不是想起了上輩子你的那個癡子？」賴雲煙繼續往他心中扎刀。

「別說了。」一直不語的魏瑾泓疲憊至極地出了聲。

「一顆不行，還有兩顆，要不要我等一會兒把那一盒子都送過去？」不愛他了，認命當他的同伴，在她還想著可以把這個人當親人的時候，不料他卻還是跟他們魏家的人一個德行。

「雲煙，別說了。」

賴雲煙置若罔聞。「你吃的藥、用的藥都是最好的，天天煨補湯給你喝，我都喝你剩下的，說了無數次讓你死，可現在活得好好的是誰？瑾泓，你的心就是塊石頭，也該被我捂熟了啊，可它怎麼還是生的呢？」

「別說了，雲煙……」魏瑾泓的聲音啞了。

賴雲煙蓋住了他的眼，任由手心潮濕一片，這一刻，她的心也如被刀割般疼。她這時候也不明白了，怎麼就有這樣的人，無論怎麼比別人對他好，他就是養不熟。

一連兩天，魏瑾泓都沒有出去。祝家也不出意外，再來討了還生丹，魏瑾泓帶了易高景去了祝家那邊一趟，算是把這事了結了。隨後，他叫魏瑾榮、魏瑾允與魏瑾勇過來議了一晚的事。

魏家的人走後，幾夜未睡的魏瑾泓靠著正在假寐的賴雲煙閉目養神，等一會兒他還要進山，這次要比前幾次久。

「夫人。」依賴雲煙的吩咐收拾包袱的秋虹叫了她一聲。

賴雲煙睜開眼。「什麼事？」

「這天看著要下雨，是帶簑衣還是雨披？」

「把縫好的那件簑衣帶上……」賴雲煙頓了一下，問身邊的人。「你要帶誰走？」

「瑾允、世宇留下，其餘人我帶走。」

「要走的有多少人？」她沒細問是誰，魏瑾允留下也好，賴家這邊這次走了太多人，沒留下多少。

「三十。」

「有三十張雨披嗎？」賴雲煙問她的丫鬟。

「有。」秋虹福禮。

「都帶上。」

「是。」

「我走五天，不出意外，應是太陽落山之前回來。烏拉金暴斃，夷薩人這幾天會過來，妳待在帳篷內，我回來之前就不要出去了。」魏瑾泓閉著眼睛淡然道。

烏拉金是夷薩的大將軍，對付敵人，他倒是向來心狠手辣得很。

「夷薩人來了，不管祝家人怎麼說，妳都不要張口，夷薩那邊認為此前推波助瀾的人是我。」魏瑾泓繼續交代事情。

「他們找上你了？」賴雲煙想了一會兒，問。此前夷薩人與祝家的風波，夷薩人猜是魏瑾泓做的？不猜她也是合理的，她一個婦道人家，在宣朝人眼裡的能耐也不過是背後有娘家在撐著罷了，何況是對宣朝不知多少的夷薩人。

「嗯。」

「你承認了？」

「呵……」怎麼可能，魏瑾泓笑了笑。

第八十一章

魏瑾泓走了沒兩天，祝家那剛出生不久的小兒子就死了，賴雲煙派了冬雨去過問了兩聲。

這天下午，白氏來求見，隔著點距離，賴雲煙吩咐丫鬟道：「讓榮夫人忙她的去。」說著，繼續看著丫鬟縫衣、曬藥草。白氏那邊原本給她用的丫鬟也回來了，只留了一個伺候她，算是給魏瑾榮留了點面子。她這幾日求見，賴雲煙沒工夫跟她敷衍，連近身都不讓近了；白氏要是有所怨言，那就怨去，只要別到她面前發作，那就與她無干。

「夫人說現下有事，讓您忙自己的去。」冬雨得了令，到白氏面前低著頭唸著話，言語木然。

白氏笑笑，道：「我候候，等嫂嫂有空。」她這幾日連著遭拒，身邊冷清了下來，人也冷靜了下來。

族母畢竟是族母，一朝令下，她誰人也使喚不動了。丫鬟、護衛還叫她一聲榮夫人，但賴氏連冷著她幾天，於是那聲榮夫人也沒多少尊貴了；倒是祝家那邊，這幾日格外親熱，自家族母冷淡，外氏與她親熱，白氏心下一冷。這幾日在腦中徘徊的全是自家夫君臨走前在她耳邊所說的那句「好自為之」，於是，再多的不甘也蕩然無存；真事到臨頭了，才發現其實只要人一句話，她就可從雲端跌到泥裡。

這時，易高景帶著藥奴、揹著藥簍，匆匆從白氏身邊走過，一行人好像沒看到白氏一樣，急步穿過護衛，到了臨時擴好的大曬場。

「夫人。」易高景吩咐好藥奴依地方把剛扯好的藥草曬上後，這才轉頭走到盡頭的一角，與賴雲煙請安。

「今日如何？」賴雲煙本是靠著秋虹在看秋虹繡衣，這時坐直了身，又朝易高景道：「坐著吧。」賴三兒忙裡偷空，這些日子拿木頭做了好些個木凳子，大小都有，所以丫鬟們都有得坐，易大夫來了，賴雲煙也不擺夫人的譜，與待自家人一樣，沒什麼區別。

「今日運氣好，挖到了兩根七、八十年的老參。」

「倒好拿來進補。」

「是。」易高景點頭道。

易高景這剛跟賴雲煙說上話，魏瑾允就匆匆穿過護衛進來，急走到賴雲煙面前一揖。「夷薩來了一位使者，祝大人請您過去一趟。」

「你兄長不在，要我別出魏家營地，我不便見外客，替我與祝大人道個歉，讓他多擔待點。」賴雲煙溫聲道。

「是。」魏瑾允應了聲，轉頭就走。

賴雲煙微笑了起來，連眼睛都有些彎。

她甚是高興，只是笑得有些像這些天在山中常看到的狐狸，看得易大夫都摸了摸鼻子，強止了嘴邊的笑。這位夫人，現在是完全不掩飾順她者昌，逆她者亡的意圖了。

「那藥酒這幾日快喝得了吧？」賴雲煙問秋虹。

「有六十個日子了，可以喝了。」秋虹停下繡針算了算日子後，答道。

「那給允老爺送兩罈去。」對於識時務的人，賴雲煙從不吝嗇。魏瑾允是魏家難得的她說什麼就應什麼的人，哪怕允老爺一板一眼，看到她也是那張萬年古板臉，但抵不住她看他看得順眼得很。

「欸，曉得了。」秋虹應了聲，拿繡花針在頭髮上別了別後，又抓緊時間繡起了襖子；她家小姐進山的冬衣全在她和冬雨手上，冬雨到處都忙，只剩她孤軍奮戰，實在不敢大意。

「你也拿一罈去。」賴雲煙轉頭朝易高景說道，臉色相當柔和。

「是。」易高景有樣學樣。

賴雲煙看他答得甚快，自己也有些啞然，過後又道：「快要進山了，等老爺回來，你要是願意，你與紫蘭的婚事就辦了吧，日後讓她照顧你，幫把手。」

紫蘭是冬雨的遠房表妹，跟著賴絕還學了幾年武藝才來她身邊的。這種知根知底還有能耐的丫鬟，賴雲煙身邊是少了一個就是少了一個；但這一路來，易高景對她也算是盡心盡力，紫蘭也願意，她就盡盡成人之美之能了。

易高景對紫蘭有心思近五年，但府中有「賴家奴不嫁魏家奴」的不成文規矩，而紫蘭也因府中的前車之鑑擺在那兒，一直都咬牙不鬆嘴，不肯答應；現今賴雲煙一提起，還說得甚是輕易，易高景著實有些愣然，但天大的好事就擱在眼前，易高景還沒回過神來，嘴上就已道：「多謝夫人！」

「你願意就好。」賴雲煙見他一臉錯愕，嘴卻回得比神情快，也還是有點滿意的。

當晚賴雲煙正在清點她那些救命的藥，點得甚是專心。

冬雨進來幫她擺弄半晌後，假裝不經意地道：「外面都道您要收攏老爺的心腹呢。」

賴雲煙知道冬雨一直不走定是有話要說，聽了她這話也是有些好笑。「都道？是誰在道？」

冬雨見她不在意，抿住了嘴巴。

她一臉漠然，顯得比她這主子脾氣還大。賴雲煙嘆了口氣，摸摸她的頭髮，口氣軟和了一些。「是誰又在背後嚼我的舌根了？」這前路難走得很，可這些細小的瑣事是一樁連著一樁，讓人不得安寧。都吃不好、住不舒服了，可人的嘴舌還是斷不了，而她這傻丫頭也偏偏還是在意得很；說來，她一直都是活在別人的嘴皮子上的，算來一生都不算寂寞。

「您說還有誰？」冬雨嘴巴上不饒人，手卻飛快地把賴雲煙整好的藥瓶子收到長匣中，又拿了帕子輕柔地與她拭手，替她揉白膏。

賴雲煙看著自己保養得與在宣京無甚區別的手指，笑著與刀子嘴的丫鬟道：「我這確也算是收攏吧，紫蘭也是幫著我的，嫁過去了，定是會偏著我的，這怎麼不算是收攏了？」

冬雨的臉更冷了。「又不是嫁不到更好的。」賴家的人裡，論能力、論樣子，比易大夫好的不是沒有。

「這時候了，妳還與外人置氣？」賴雲煙搖搖頭。「祝家恨不得我們四分五裂呢，妳還上當？再說了，我又不是沒私心，事情都做了，讓別人說道幾聲又何妨？」她這時候提出要嫁紫蘭，確也是有一半私心的。

後面的路程她是要管事了，魏瑾泓雖也把族印給了她，但人心可不是她蓋個大印就會聽她的；她現在要的，是當魏瑾泓不在時，她想用的那些魏家人就得真聽她的，不要來陽奉陰違那一套，要不然，礙她的事得很。現在的魏家裡，魏瑾允這一支大概是沒什麼問題的，易高景現在也沒有什麼問題了，魏家現在大概就是榮老爺和魏瑾泓帶來的師爺這兩支不會聽她的調令。一半一半，賴雲煙有人可用，心中也安，因她的人裡有內奸，現在很多事她都不便差使他們，只得從魏家的人這裡找補，也實乃無奈之舉。

說來，祝家親近白氏，確也是離間。白氏這幾日主動找上門來，賴雲煙沒理會，一來確是懶於應付白氏在她面前耍的那點自作聰明的小心思；二來確也是劍走偏鋒，要讓祝家知道她在魏家不是人心所歸，她也不是個什麼大度的族母。魏家亂，祝家高興，皇帝也是高興的。

十娘子要來了，她也打算把白氏留給十娘子當盟友。魏家有一半還在皇帝手裡，皇帝要是沒要了她的命，一想魏家跟賴家也不是那般心心相印，大概在魏瑾泓非要力保她之下，還能留她點活路。

這些掐著人心算的小算計，賴雲煙自然不便什麼都細說給丫鬟聽，提點幾句，也是讓冬雨多一點分寸罷了。

她也沒想讓冬雨改性子，這丫鬟脾氣大，但進退得宜，於禮沒有什麼差池；再說，脾氣大也有大的好處，要是事事讓人挑不出什麼錯了，那就才真是錯了，可能會讓人原本十分的防心，都要升到十二分。別人道她是非，護主的丫鬟到處擺臉色，這總比是非不道出來、無臉色可擺得好，明的總比暗的來得讓人放心。

「有什麼是您在意的？」冬雨說到這兒，眼睛都有些紅了。

「妳知道我在意什麼。」賴雲煙拍拍她的頭。「好了，忙去吧。」

「您也早點歇息。老爺囑了我，讓我看著您準時就寢。」冬雨說到這兒，臉色稍好看了點。還好他們和好了，大老爺半生只她一人，小姐對他好一點，他便也能成倍地對她好，如今看來，這也是不幸中的萬幸。

賴雲煙也知道丫鬟是怎麼想的，見丫鬟這時提起魏瑾泓，臉上還有點輕鬆，她不禁哈哈笑出聲來，讓丫鬟退下去。真正鐵石心腸、不為感情所動的女人真是很少，一點好就可收買她的心，便是向來知道他們之間從不單純的冬雨，現在也願意相信起了魏瑾泓對她的深情。

貪得一晌算一晌，這話說來輕鬆，只是到頭來，說這話的人往往比誰都貪得多啊……

第八十二章

隔日，祝家又來人請賴雲煙見夷薩來使，勢必要拖賴雲煙下水。

當日清早正值魏瑾允值令，魏瑾允帶了祝家丫鬟回去，見了祝伯昆，對著祝家族長行禮過後就問道：「我兄長走前下令我大嫂不得出魏家營地，祝族長這請了又請，是要置我等於何地？」

魏瑾允素來刻板冷硬，只有見著了魏瑾泓這個族長，才不擺別人欠他三百萬兩的臉色；就連見著賴氏這個族母，他都不喜多看一眼、多說一字，現下祝伯昆再三犯了魏瑾泓臨走前的吩咐，因此他那說話的口氣簡直就像是前來打架的。

便是見著賴氏，祝伯昆也能拿話把賴氏治得死死的，可碰到魏瑾允這一言不合就要動刀動劍的人，祝伯昆反倒沒什麼話了，腦中飛快地尋思了半晌，最後也冷了臉，臉色難看地讓人請了魏瑾允出去。

魏瑾允走前還極不痛快地皺眉看了祝伯昆一眼。

他走後，祝伯昆與啞口無言的師爺相視半晌，師爺也想不出什麼更好的主意把賴氏那隻縮頭烏龜激出來了，只得乾笑道：「魏大人可真會用人。」說來，都是魏瑾泓的錯。

怪到魏瑾泓身上，祝伯昆也就有了與魏瑾泓遊刃的理由，臉色也就稍好了一點。他心中想著等人回來要討什麼好處，還有信中與皇帝委婉透出魏瑾泓縱容賴氏的說辭，想了半晌，也就不覺得夷薩人有什麼難對付的了。畢竟兵部的人在，那是以一敵百的精兵，夷薩太小，非要與宣國打仗的話，那先前討去的好處也就煙消雲散了。打仗誰都打不起，那就只能一直耍嘴皮子，他們在山月也待不了太長時間，到時一進烏山，就與夷薩沒什麼干係了。

還不如就此拿捏魏瑾泓，賴氏背後的任家這些年不知派了多少人深入前方，便是西海都進去了人，一路無人比她更知避凶趨吉，就連一路接應之人也要比朝廷中人多，偏偏她不歸順，為他們所用，在有人取代她之前，他現在只能透過魏瑾泓利用她。

夷薩來使與祝家那邊吵了起來，夷薩人吵不過心思頗多的宣國人，打也打不過，但仗著是本土作戰，便就地住下，說是要等魏瑾泓回來再行算帳。

這日，魏瑾泓帶著人九死一生地回來，還沒把氣喘順，就被人請出去了。

走之前，賴雲煙給他換了一身暖身的襖衣，外披了一襲紫金長袍，還灌了他一碗薑湯，怕他半路被氣得發抖有失君子之風，還塞了個暖爐在他衣袖中。所以，魏大人就頂著一張因寒氣入身而有些發青的臉，穿著一身彰顯泱泱大國富貴大氣的衣裳，手抱著精緻的暖爐，臉上掛著溫文爾雅、讓人倍感舒心的笑，以垂死中人迴光返照的風姿，被魏瑾允領著去見客了。

賴雲煙送他出門，對著他的背影看了又看，人走得看不見影了，才對著身邊人真心感慨道：

「帶出去見客，還是挺長臉的。」

魏瑾榮病得更重，他在雨林中的頭天泡了一天的雨水後就病了，後又在荊叢中滾來滾去，算是強撐著一口氣才回來的，此時聽到長嫂的話，一口氣差點沒提上來，緩了好一陣才勉強回道：

「兄長怕妳出事，日夜兼程才趕回來的。」結果一回來，就被她打扮好了推了出去，而她還要說風涼話。兄長也是在林中就病了，有病在身，以她的口舌，幫兄長找個說法推遲個一、兩天不是什麼難事。

魏瑾榮話說得勉強，這時丫鬟端藥過來與他喝，賴雲煙看他喝下，見他臉色烏黑卻還勉強對她維持好臉色，口氣也就好了，嘆了口氣與他道：「你懂什麼？就是得讓人看看你兄長要死不活的樣子，才能讓人知道他的難處，要不，什麼事都他做了，還得不了好。」

他回來就算寫記冊寫得吐血獻給皇上，但皇上回頭一看他活得好好的，他那點功勞也就不是功勞了，反倒只會記著他護著她的那點過，繼續心安理得地用著他。

「你等一會兒也去。」賴雲煙也沒打算放過魏瑾榮。「到了時辰就說要找他回來寫信入京，要不耽誤了時辰，信就不能及時送給皇上了。」說罷，看著魏瑾榮那病得只剩一口氣的難看臉色，點頭深深感慨道：「你們也真真是忠臣。」

祝家老爺在營地吃好喝好還找茬，他們出生入死只剩一口氣了還記掛著要寫信上京，在營中的欽差大人與兵部再偏心，想來也是定會為他們美言半句的。

「嫂嫂……」魏瑾榮被她感慨得腳都軟了，被下人扶著坐在了凳子上。

賴雲煙上下掃視他，看著他剛換好的乾淨衣袍，又道：「等一會兒換上你的髒袍去，有人要是問起，就實話實說，說你兄長一回來就被我換了衣送去見客了。」

魏瑾榮連勉強笑的情緒都沒有了，只能無奈地看著他這位長嫂。

「接下來知道怎麼說吧？」賴雲煙循循善誘。

「您說。」魏瑾榮本來腦袋還有點清醒的，現在是完全不清醒了，被她轉暈了頭，還怕會錯了意。

「就說，祝大人日日來催，我怕極了祝大人，所以便讓你兄長一回來就送死去了。」

「嫂嫂！」

「嗯，就是這麼個意思，你斟酌著說就是。」賴雲煙不惜詆毀自己，要潑髒祝伯昆。

「這會於您名聲有礙。」魏瑾榮有些喘不過氣來，掏出了養生丸往嘴裡塞。他覺得這管事的長嫂比不管事的長嫂更讓人目瞪口呆，這世上怎會有這樣的女人？

「我在你們這兒，哪還有什麼名聲啊？」賴雲煙笑著看他。「就是你們兄弟幾個，有誰認為我賢良淑德了？」

魏瑾榮接過奴僕端過來的茶水低頭就喝，沒去看她那似笑非笑的臉。

「嫂嫂這樣敗壞自己的名聲，那人來了，豈不是更……」回來的路上，魏瑾榮與魏瑾泓竊竊私語道。

「咳。」魏瑾泓喉嚨已啞，咳了一聲當是應了聲。

見他說不出話來，魏瑾榮苦笑著搖了搖頭，在快到自己帳門前就止了步，目送魏瑾泓遠去。

翠柏跟在大老爺的身邊一聲不吭，送老爺進了帳門後，也靜站在角落沈默不語，等候吩咐。

魏瑾泓進了帳門就大咳不止，咳出來的痰中帶血，易高景跪在他們面前替他把脈，寫好方子，讓人去熬藥了後道：「恐得靜養半月。」

「知道了，下去吧。」

「是。」

「翠柏。」賴雲煙叫了一聲。

「是。」

「候在門外吧。」

「是。」

「妳們也退下。」

「是。」

秋虹領著丫鬟們也退了下去，帳內只剩兩人。

人走後，賴雲煙褪去了溫婉的面具，拿頭抵了抵魏瑾泓發燙的額頭，靠在了他身邊。

魏瑾泓偏了偏頭，把臉擱在了她有些冰冷的臉上，不一會兒，她的臉也有些熱了，他睜眼看她，啞著嗓子跟她說：「烏山不好過，羅將軍的人死了近百。」

「哪有那麼好過的？不說裡頭的毒蛇猛獸。」賴雲煙把往下滑了一點的被子拉了上來。「單是過路，只要多下幾天雨，想找處不潮濕的地方紮營都難；在裡面過上三、四個月，能有幾個能人不得病？」

「妳能過去？」魏瑾泓笑了笑。

「能。你別說話了。」他聲音啞得不成音了，賴雲煙用嘴碰了碰他火燙的臉。「我已備妥了還生丹，你再跟瑾允說說，他們在林中應暗殺不了我。」

「應？」魏瑾泓還是開了口。

「世事無絕對，有時生死有命。」賴雲煙吐了口氣。「身後之事我也安排好了，我要是死了，會有人把信給你，不能說我留了多少給魏家，但總歸還是能幫上你一點。」

這時魏瑾泓悶笑了數聲，臉因此脹得更燙。

賴雲煙心中隱隱有些難受起來，她知道她要是死了，魏瑾泓也是有些孤單的，以後的路也不會比她在時更易。她雖是個私心甚重的人，但往往就是因著這分私心，也能保不少人的命；可惜對手太強大，容不得她藏私，要是真活不下去了，她死確也是件好事，能斷了任家與官家的牽扯，任家也就能被分離出去了。

「就幾日，妳就想好了？」魏瑾泓此時有了些力氣，坐了起來，靠在了床頭，說話的聲音也清朗了不少。

「總得做得萬無一失。」

「妳從不信我。」魏瑾泓捏拳，劇烈地咳嗽了幾聲，仰頭睜開的眼暗淡無比。

「不是不信你，有些事你也沒辦法。」賴雲煙說完，都有些不信自己把話說得這麼坦白，繼而有些好笑起來。跟魏瑾泓廝纏了這麼多年，到頭來她都不得不承認，有些事，這個人也沒有辦法；他遇上她，娶了她，這兩世於他也是不幸多於幸。「我們都一起過了這麼多年了，算算兩世，都相識了六十來載，一甲子的光陰……」可能知道怎麼鬥都只有一線生機，死的可能性太大，人將要死，其言也善，賴雲煙碰了碰魏瑾泓滾燙的臉，眼裡也多了幾許柔光。「你負過我，我也對你不好過，你再不好，也成了與我最親的人。」說完，她也算是把這一輩子的軟話說到頭了，把頭埋在了面無表情、眼神空洞的魏瑾泓頸間，都無淚可掉。

夷薩來使從宣國這方得到了些東西，他們大將軍的死也就變得不那麼悲戚了，沒幾天就告辭離開。

因要做進烏山的準備，上下都忙得很。而魏瑾榮回來後，白氏似有了點底氣，從以前的站著請安變成了哭著站著請安，就好像受了什麼天大的委屈般，引得來往僕從都偷偷拿餘光打量。賴雲煙滿心滿眼都是過烏山的事，實在對這時候還有閒心哭的白氏煩了，便讓冬雨帶了兩個強壯的丫頭，把住白氏，扔到了魏瑾榮面前。

「我家夫人說了，她沒空，榮夫人要是喜歡哭，就到您面前哭個夠。」冬雨淡淡地複述了自家主子的話後，帶了丫鬟再施了一禮，就這麼走了。

白氏驚呆了，瞪著雙眼都忘了哭。

魏瑾榮看著夫人，隱了嘴角的嘆息。「妳何苦去惹她？」

白氏萬萬沒有想到賴氏敢這麼不留一點情面，而看自家夫君好像都不生氣，她那些本是告狀的話一時就說不出口了。白氏覺得自己勞苦功高，憐惜自己失去孩兒，很是不容易；可主母還敢不喜她，權力說要走就要走，已然憤恨不已，這下賴氏連臉面都不給她留了，就是應憐惜她的夫君好似也無話可說。

「妳還記得妳是怎麼來的嗎？」畢竟是自家娘子，魏瑾榮嘆著氣也只能與她說明白。「妳跟著來，有看到這上下誰是閒著的？」她要跟著來，當然不能用一個廢人的身分來，只幫著做了些事，便覺好的都是她的了，壞的全是主母的。魏瑾榮這時也覺得應把夫人放到府裡，管著府中的那點方寸之地就可以了，何苦要把她帶來？「我再是魏家的榮老爺，也不能與族母相提並論，也不是妳對抗族母的底氣；更何況，她連族長都不怕，妳還想爬到她頭上去？」

「連您都說我！」白氏沒料連魏瑾榮都說她，這次哭得真心實意，絕望悲苦。

魏瑾榮目視她一會兒後，疲憊地揮手。「帶夫人下去。」

他日夜操勞，體力、精力都在維持不住的臨界點了，實在沒有力氣再跟白氏好好說了，聽不明白，那就只能拘著；想來，他那嫂子打的也是這個主意。

聽聞白氏被拘了起來，不能出帳，賴雲煙這日在帳中時，身邊有個伺候的丫鬟便幸災樂禍地道了聲「活該」；她本以為這話能得夫人的歡心，哪料夫人眼皮都沒抬，站不得半會，就隨著冬雨的一聲「退」，與另一個丫鬟退了下去。

「您不高興？」硯臺裡的墨快用完了，秋虹在研墨時問了一聲。

「哪不高興了？」賴雲煙抬頭，微訝。她是哪兒表現得不高興，讓丫鬟發話了？

秋虹語塞，習慣性地轉臉看向冬雨。

冬雨正要出去辦事，見秋虹看她，在臨走之前替秋虹說了她的意思。「榮夫人被拘了。」

「我應該高興？」賴雲煙恍悟。

冬雨再敢回自家小姐的嘴，這次也沒回了。

「是不想拘她的。」賴雲煙想了想，心平氣和地回。「她確也勞累，失了孩子後心氣一直都不平，一路又險難，別說她心中日夜難安了，就連妳們也何嘗不是？妳們半夜就寢，也會因一路的艱辛而心驚膽顫，她也逃脫不了。她以前一直沒離過宣京，沒吃過苦，我對她也沒耐性哄勸，身邊眾人都疲於奔命，就是她的貼心丫鬟，也沒那個心把她當宣京裡的那個榮夫人畢恭畢敬，萬事加起來，想得開的也未必能心平，想不開的自然也就覺得什麼都對不起她了。她這是心裡犯了病，要換個地方，也就隨她去了；可這時候，就是我死了都礙不著大家往西走，不是我不講情面，而是就是我，也講不起。」

她確也是鐵石心腸，但事出必有因，前因後果能講的她都得跟她的丫鬟講明白了，她不是什麼事都真敢混帳透頂，而她身邊的人也無須去當那個落井下石的人。

冬雨、秋虹齊齊沈默，一會兒後冬雨因有事，福禮道了聲「知道了」，就退了下去。

留下的秋虹在靜默半晌後，拍了賴雲煙一記馬屁。「是您肚量大。」

賴雲煙搖搖頭，笑看了丫頭一眼。什麼肚量大？不過是她活著有不易處，別人也有就是；而她就算能瞭解別人的不易，但真對上她的利益了，她也不會心慈手軟。

說到底，怕是只有菩薩才有能力去慈悲，去有大肚量，像她這種滾滾塵世中的庸碌之輩，早已被七情六慾玩弄於股掌，掙脫不得。

白氏被拘，祝夫人過來關心，賴雲煙已不把自己的名聲太當回事，但那也只是「太」，有些要顧忌的還是要顧忌，她畢竟還是一族的主母，不能像往常一樣老是推拒，就見了祝家夫人。

祝肖氏過來時，賴雲煙正坐於底下工匠精雕的木椅上。烏山裡有不少好樹，再加工匠手藝，那椅子看起來跟魏家的家主一個氣質，貴氣又大方，穿得富貴講究的賴雲煙坐在上面，貴夫人的氣派顯露無遺……就是眼睛不能看往她身邊別處，左邊曬著獸皮，右邊全是草藥，大前方還有正在等著風乾的藥，鹽漬抹在血肉上被太陽光一照，就像個剛收盡血氣的屠宰場般，一點風雅也無。

更何況，她後面還有幾個丫鬟正在捉雞、捉兔，割喉放血在做膳食，個個手中拿著長刀，一刀抹下去，手中雞兔僅動幾下就無聲了，死得乾淨得很；而那割喉的刀在陽光下閃閃發光，其燦爛的程度能與丫鬟們對自己手藝滿意而露出的笑容相比。

「坐。」祝肖氏一進來就四下打量不止，賴雲煙正關注跪坐在她腳邊的秋虹正在繡的衣裳，看了祝肖氏一眼就隨意道了一聲。

她一聲後，她身後站著的丫鬟就小跑了幾步，搬了把椅子過來，剛好蹭到賴雲煙腳邊鋪著的羊皮毯邊。祝肖氏低頭，看了眼腳下旁邊的羊皮毯，毯子不是新毯子，有些泛黃，但鋪在這種骯髒的荒郊野外還是奢侈了，尤其魏夫人那繡有金花的裙角放在上面，更是令人啞然。這周遭模樣格格不入的排場，祝肖氏看了又看，想認為這魏夫人腦子有毛病，但奇異地，心中卻有幾分羨慕；她知道如果能，她也想，哪怕會被人詬病有毛病。

這時一陣風吹來，賴雲煙攏了攏身上的披風，偏頭與祝肖氏道：「這幾日風大了些，怕是過不了幾天就要真冷下來了，外頭也待不得了，這陽光再好也曬不著了。」

賴雲煙的閒話家常讓祝肖氏抿緊的嘴鬆懈了一些，也笑著回道：「妳一直是個會享受的。」

「唉，也沒幾天了。」賴雲煙笑笑道。

祝肖氏不知道她所指的沒幾天是要進山，還是暗指別的事，僅就笑了笑，沒接話。秋虹繡完手上的線後，又換了金絲在繡袖邊的小花。袖邊打的是幾朵長葉與幾朵小花接連的樣子，拉開的金絲在陽光下耀眼無比，祝肖氏不由得多看了幾眼。

「這樣式真好看。」女人都對繁衣錦花有興趣，祝肖氏笑著道，心中也少了些要與賴雲煙嘴舌相爭的心思。

「也就裡裳能穿得好一些了，這外裳等進了山，也只能穿暗色的了。」賴雲煙不無遺憾地道。

「多備幾套就是。」祝肖氏心思剛歇一點，但一有機會，嘴就不由自主地不饒人。「妳衣裳多的是，髒了一天換幾身都夠。」

賴雲煙眼波流轉，笑著點頭，不忘自貶。「沒別的能耐，心思全放在這些上面了。」

祝肖氏在心裡大翻白眼，但因賴氏口氣太好，本要針鋒相對的心思真是淡了不少，這時也就笑笑，沒接著唇槍舌劍。

「我這金絲還有點，您要不要？」見祝肖氏連連看了秋虹手中的線好幾回，賴雲煙直接道。

「啊？」沒見過她大方的祝肖氏因她的直接而愣了一下。

「要不要？」賴雲煙再問了一次。

祝肖氏靜了下來，賴雲煙也沒看她，又側彎了點腰，手撐在椅臂的軟墊上，繼續看著秋虹繡衣。

「魏夫人如若有多餘的，那就多謝妳了。」相比賴雲煙的直接，祝肖氏的回答顯得有禮多了，還透著幾分他們這些人說話應該有的虛偽。

「去拿一捆。」賴雲煙沒回她的話，朝秋虹就說。
「是。」秋虹放下了手中的針線起身。
一捆？祝肖氏猶豫了一下。她是來跟賴雲煙鬥嘴的，現下這情況有點要拿人手短了；但到底還是抵不住金絲的誘惑，她沒出言拒絕，對著回過頭看她的賴氏還笑了笑。賴氏手中的金絲確實是個稀罕物，先是賴氏有了，後來岑南王妃有，然後宮中的皇后才有；普天之下，也就這幾個人有的東西，祝肖氏是姨娘出身，不得不稀罕。
「一路來曬黑了不少，我看魏夫人還很是白淨，不知平日搽的是什麼？」得了金絲，祝肖氏心中安定得很，頭一次有點真跟魏夫人說話的心思了。
「塗些雪膏，常用些蜂蜜。」賴雲煙看了看風韻猶存的祝肖氏，不由得笑了。「我就這些日子才常曬些太陽，比不得您曬得多，白一些也不是奇怪之事。我看您現在也不用白了，頭次看您時，還道一陣風都能把您吹走，現在您這模樣，我看能撐得過烏山。」
宣朝以孱弱為美，賴雲煙這話實在算不上誇讚，因為她自己現在就像是一道風就能颳走，臉孔蒼白削瘦，因氣勢過利，眉眼間雖沒引人憐愛的孱弱之氣，但到底還是有一張不會讓男人多為難的臉。現在身上多了些肉，臉上也豐腴了些的祝肖氏看了賴雲煙好幾眼，心中暗道，這時候活著的肯定要比死了的強，才把賴雲煙的話聽成了恭維話。
「妳多養養，也就好了。」賴雲煙字裡行間的意思都藏著她不是個長命的，祝肖氏裝傻地回了一句。
「可不是？」賴雲煙笑。這時秋虹拿了金絲過來，見肖氏拿好後，她開了口，問：「今日來是為著什麼事？」

「就是過來跟妳嘮幾句家常。」祝肖氏拿到了金絲，嘴間有點笑。

賴雲煙笑著看她，見祝肖氏不說實話，為了省事，她就直言了，語氣溫軟地道：「榮夫人不懂事，被我家堂弟挽在帳中出不來，我知妳們平日交情好，算得上閨中姊妹，但家中當家的發話了，祝夫人還是等她能出來時再去探望她吧。」

「要哪時才出得來？」祝肖氏就勢問了一句。

「我哪知道，這個得看我家榮老爺了。」賴雲煙笑著道。

見她把話推到了魏瑾榮身上，祝肖氏也不便把話扯到他身上去，便岔過了此話，提起了別的無關緊要的事。

祝肖氏也不是個平白得別人好的，當日晚上，她便送了根價值千金的白玉簪過來，玉面潔白溫潤，絲毫瑕疵也無，算是罕物。

祝肖氏送東西過來時魏瑾泓正在，聽了這一來一往，過後便問賴雲煙道：「這是何意？」雖說面上兩家夫人有往來是正常之事，但這般稀罕貴重，就超出面子之情了。

「我就那麼一送，她就這麼一回了。」賴雲煙也沒想祝肖氏會回這麼大的禮，也好笑得很。「這祝夫人也是個大氣的。」且也是個有點傲氣的，不盡占便宜。

她口氣好不好，魏瑾泓聽得出來，聽她語氣中像有點喜歡祝肖氏，不由得多看了她一眼。

見魏瑾泓多看，賴雲煙笑著給他空了的茶杯中添茶。「我現在這會兒是喜歡她的，她未必也時時看我不順眼，也會覺得有一會兒看我不錯；但要到見真章時，我們出手誰也不會比誰慢，別說是見真章了，就是我暗中多說祝族長幾句不是，她也必定要想法子討回來。」女人間那點相互欣賞，比男人的情愛還更能見風就散。

「她說我幾句，妳也會討回來？」賴雲煙話中的最後兩句讓魏瑾泓停了手中的筆一會兒，忍了一下，還是把腦海中接著而起的話道了出來。

賴雲煙忍俊不禁地笑出聲來，見魏瑾泓乾脆擱了筆坦然看她，難得見他坦率，賴雲煙一時也有了坦率之心。「那時要是看著你高興，肯定是要討回來的。」不引她不悅，她就能當他是心肝。

「要是不高興？」魏瑾泓問。

「管別人怎麼說你。」賴雲煙從善如流，眉眼間全是笑。

喜歡時是寶，不喜歡時連草都不如，還要幫著埋汰，驅散心中惡氣。見她不藏著掖著，雖然話聽來不舒服，但魏瑾泓還是盡力瞭解了一下她的話，然後點了下頭，重新提了筆。

相處了這麼多年，用了許多年才瞭解她的行事作風，花了更多年去接受，現在日夜相對，試著接受的是她更細微的想法。她惱怒時的睚眥必報，無時無刻的算計，偶爾軟弱後立馬翻臉就不認人；但也有溫情，疲累回來時爐上的熱湯，相擁時的體溫，他思索事情時的靜靜相伴，大多時候再惱他，知他痛苦，也會退步，不火上澆油。

不再去責怪她之後，她也不再句句帶刺，哪怕一路艱難，也無一句抱怨；他再犯錯，她雖也會往他心中捅刀報復，但不再去選一刀兩斷，老死不相往來。

這就是他們的兩世，用了漫長的時間才學會相處。歸根究柢，他們骨子裡誰都沒有變，但已拔了身上針對對方的刺，再怎麼立場不同，也有個時間能依靠在一起，相擁入眠，也會找到方法讓這點寧靜維持下去。他還記得那世她嫁他時的笑，也但願在這世結尾，她有那麼一刻能覺得他那麼努力向她靠近過，而不是一味地責怪他意圖改變她。

「沒什麼要說的了？」見他提了筆，賴雲煙笑問了一聲。

看到他點頭，眼睛不離紙面，賴雲煙覺得油燈下的魏大人有那麼一點像她天真時，兩人誰都不知誰真面目時愛過的那個男人，心中不禁柔情萬千，在他身邊靜坐了一會兒，才離開去了另一張案桌做自己的事。

魏瑾泓已全神貫注於手中之事，沒有抬頭，也就沒看到那一刻賴雲煙的眼中一閃而過的一點溫柔。

第八十三章

就在休整一月即要拔營時，後方來了京中的信，信中皇上憐他的臣民一路辛勞，烏山險惡，讓他們在山月過了年，等開春天氣好了再走，夷薩之事也盡可不必憂煩，已有宣朝使臣趕往夷薩國都。

皇帝在信中大展一國之君憐臣惜下之心，接旨之人大呼萬歲萬歲萬萬歲，震飛了兩側林子裡不少飛鳥，脆聲叫著一飛沖天。山月冬鳥羽毛豐翼，色彩鮮豔，拖著長長尾巴往上空中展翅高飛時，就如同神跡現世，如同皇帝親臨一般，於是大叫萬歲的聲音就更激動了，一聲高過一聲；而兵部士兵全是精壯之士，身體好、喉嚨大，他們一激動，聲音大得都要喊破天了，震耳欲聾。

所有人都激動不已。宣京與山月相隔數萬里，君威也不可撼動。賴雲煙跪伏在地，耳朵嗡嗡作響，也還是聽清了身後她的丫鬟們那虔誠的大呼萬歲聲。她們是她最忠心的丫鬟，但在她之上，她們心中還有君王，那是比她更高、更威嚴的存在，她就是能主管她們的生死，但也不可能與他相比；哪天她死了，君王說她有罪，她們就會認為她有罪，死得一點都不冤枉。君王是主宰他們一切的神，君威不可撼動……高呼萬歲的聲音慢慢歇了下去，賴雲煙的眼卻越來越冷。

送旨的人一到就斷了氣，不知跑死了多少馬，日夜趕了多少路才到山月，及時送到了這封旨意，留下了他們。等到開春，足夠等到賴十娘的到來了。呼聲止了，賴雲煙搭著丫鬟的手站了起來，這時在她前面的魏瑾泓回頭，朝她說道——

「風大，回去歇著吧。」

祝伯昆也回了頭，朝天揖手，語氣鏗鏘。「皇上天威！」

他這一發聲，手下人全都朝天揖手，齊齊道：「皇上天威！」

下面也紛紛學著大呼皇上天威，剛落下的萬歲聲，就被「皇上天威」取代，賴雲煙在祝伯昆盯視她的眼神中彎下了腰、低下了頭，對著那聲「皇上天威」施了全禮；這時風又大了起來，把她長長的裙角吹得在空中飛起，就似要把她吞噬。

沒有多久，後方來報，京中太子一行人與賴十娘等這些人，不出十天就要來了。這是賴雲煙第一次聽到太子也來了，而魏瑾泓和祝伯昆、兵部、岑南王軍那邊，也全都是頭一次聽說，弄清情況後，幾方都知，皇上是把誰都瞞住了。

就在各方都在猜測皇帝之意時，下面的人知道太子來了，猶如皇帝親臨，剛因時間驅散一點的天威就又全聚攏了起來，言語相談之間全是太子前來之事。

營中前些日子來的監察史對此滿意不已，摸斷了下巴處不少長鬚。

下面的人因此訊激動不已，魏家主帳內，賴雲煙躺在皮襖製成的軟榻上咳嗽不止。這次她是真病了，邪火入了心肺，易高景讓她少憂少慮，吃藥睡覺，這樣才能好得起來，賴雲煙笑著答了「好」，等他一退下，眼睛就緊盯著剛進帳門的魏瑾泓。

魏瑾泓一在她面前坐下，她呼吸都忘了，啞著嗓子問：「查清楚了沒有？煦陽也來了？」

「來了。」魏瑾泓摟住了她才說，看著她在他懷中一下子就僵掉。

「皇上……這是什麼都想要啊！」回過神來，賴雲煙大咳不止。

眼看著她好像要把心都要咳出來，魏瑾泓不斷拍著她的背，等丫鬟端來藥餵她喝下後，他輕聲道：「把妳的書冊都燒了吧。」這次，不管如何，他都得保她的命。

賴雲煙將那幾本她寫的秘冊燒掉之前，把魏瑾泓沒看過的讓他過了目，這些都是些有用的且用得上的東西，她記性沒那麼好，有些自己寫的，隔得久了也記不得，留下提醒也是後患，還不如到時問問過目不忘的魏大人。這時，她倒是挺相信魏瑾泓了，不過不信也沒辦法。

不多久，太子、賴煦陽、賴十娘到了，見過禮後，賴雲煙一直乾咳不止，太子見她病入膏肓的樣子，提前讓她退了下去。當夜魏瑾泓回來時，外面還熱鬧得很，魏瑾泓餵她喝了次藥後，輕聲跟她講道：「妳那幾個信得過的，讓他們跟著世宇走。」

賴雲煙沒想到不過只兩月，她最得力的那幾個人，都須別人保了，她笑著點了頭。

第二日辰時，賴煦陽過來請安，還帶來了魏世朝寫給她的信。

在賴煦陽與她把脈之際，賴雲煙拆開了信看，看完與姪子笑道：「一眨眼，姑姑都是當祖母的人了。」

賴煦陽把完脈後，微笑地看著姑母點頭，從袖中拿出一個布袋，掏出三個黑瓶、三個青瓶，瓶子很小，六個小瓶也只堪單手一握，賴雲煙見了也笑了起來。

「姑姑知道怎麼樣用？」黑瓶是毒藥，青瓶是救命的。

賴雲煙點頭，伸手摸了摸他的頭髮。
「姑姑。」賴煦陽溫和地叫了一聲。「您放心，世朝無事。」
賴雲煙指了指身邊的冬雨，讓她去把瓶子收起來，等冬雨走到一邊後，她開口笑道：「你爹身子怎麼樣了？」
「很好，依舊每日晨晚揮刀舞劍。」賴煦陽看著髮中有銀絲的姑母。「不比您辛苦。」
「你來了，誰在宮中？」
「弟弟。」賴煦陽臉上的笑容淡了一點。
「這次就要全給他們了。」賴雲煙說了一句，又笑著道：「你寫信去勸勸你爹，讓他別生氣。」
「姑母作了決定了？」
賴雲煙靜靜聽著外面的人聲鼎沸，太子一來，士氣十足，走了半途而失了一半銳氣的隊伍很久沒有這麼熱鬧過了。
賴煦陽也跟著靜聽著，不出聲。
兩人靜聽半晌後，賴雲煙看著姪兒那黯淡下來了的臉孔，淡淡道：「給吧，只要你們好就行，姑姑已別無所求了。」
「知道了。」賴煦陽起身，跪下朝她磕了頭。
「賴絕、賴三。」賴雲煙叫了立在黑暗角落的兩人。
兩人往前踏出兩步，跪在了賴雲煙的視線裡。

絕、賴三往外走。

「跟大公子去。」賴雲煙說完這句，嘴都有些哆嗦。

「姑姑……」賴煦陽抬頭看她，滿眼悲哀。

「去吧。」賴雲煙閉上了眼，把抖著的手放進了被中，為了這一個個的人，她不得不認輸。

「姪兒走了。」賴煦陽磕頭，不忍再看她，掩了眼中的濕意後，帶了跟了賴雲煙半輩子的賴絕、賴三往外走。

昨天晚上太子令人送了藥過來，賴雲煙就讓賴煦陽過來了一趟。上午見了賴家的人後，太子表示滿意，便送了藥過來，因此晚上賴雲煙就讓賴煦陽把任、賴兩家的秘冊給送了過去，太子接到冊子後，帳篷內的燈光一夜未歇。

今天早上起來，太子容光煥發，還召見了魏瑾泓，對其誇讚了一番，又聽聞魏夫人昨夜咳了血，一直沒醒，很是關心了幾句；說不得幾句，就有魏家的人來叫魏瑾泓，說夫人醒了。

魏瑾泓苦笑告退，等回了帳中，看到醒過來的賴雲煙，明知她病情有一大半全是裝的，但看到她灰白的臉，還是忍不住道：「莫要入了魔。」裝得太像，就成真病了。

「太子那兒怎麼樣？」還想要她的命嗎？賴雲煙只問這個。

「應是沒什麼大礙了。」

賴雲煙笑了笑，她聽到的可不僅如此。聽說一大早，太子合了他們任、賴兩家的暗冊後，道了一聲「早知如此，何必當初」；皇家真真是最會得了便宜還賣乖了！

「任他們吧。」線路上的佈置都交給了皇家，也不知道他們怎麼處置，但賴雲煙也是無事一身輕了，現在她的問題是怎麼拖著病體過烏山。

「別想太多。」見冬雨端來了藥湯，魏瑾泓便扶了她起來。

「呵。」賴雲煙坐起身來。

魏瑾泓在帳內與賴雲煙用了午膳後，去了議帳，叫了賴十娘過來。人到後，他僅抬了下眼看了一眼，手中寫字的毛筆未停，道：「大夫人身體有礙，未得我吩咐，妳不得拜見。」

「家姊——」

「聽到了？」魏瑾泓打斷了賴十娘的話，抬眼道。

「十娘知道了。」賴十娘在他冷漠的神色中垂下了頭。

「下去吧。」魏瑾泓這才緩和了語調。

他語畢，翠柏就請了賴十娘出去。

不多時，魏瑾允掀簾入帳。

「坐。」無視堂弟的行禮，魏瑾泓指了案桌邊上的凳子讓他坐下。

「是。」魏瑾允開了口。賴十娘雖嫁給了他小弟，但因一開始就得了魏瑾泓的話，所以自她嫁進，魏瑾允也沒把她真當弟妹看，一開口就道：「她身邊只有一個老婆子是我魏家人，小弟身邊伺候之人也是她的丫鬟。」

「嗯。」魏瑾泓頷首。

「剛才賴家人去了太子帳。」魏瑾允又稟。

魏瑾泓聽了這話，沈吟了起來。她的人全交給了太子，現在她身邊無人可用，連帳外的人也是他的，這時候，也只有他的人能保她了。

「蒼松。」魏瑾泓朝暗角的僕從叫了一聲。

「老爺。」

「你帶著你的人過去。」

「是。」

「話不用我多說了吧？」魏瑾泓看著他。

「老奴知曉。」蒼松知道，誰闖夫人的帳，哪怕是太子，也得從他們這些死士的身上踏過去。

「你的人收過來。」蒼松走後，魏瑾泓對魏瑾允道：「你嫂嫂那邊，你暫且不用費心了。」

魏瑾允點頭。「那我跟隨兄長。」

魏瑾泓微微一笑，頓了一下又道：「叫瑾榮、瑾勇過來。」

待魏瑾榮、魏瑾勇過來後，魏瑾泓對他們說道：「你們大嫂這身子只能靜養，內務之事，就交給賴家十娘，你們看如何？」

魏瑾榮與魏瑾勇相視一眼，又看向兄長，見他神色淡淡，也沒先開口；他不說話，魏瑾勇也就更不會說了，帳內一時之間就靜默了下來。一會兒後，魏瑾榮長嘆了口氣，說：「也好，您不先說，太子那邊也會暗中作梗。」結果都一樣，還不如他們族長這邊先提。

「這是你大嫂讓我交給你的。」魏瑾泓把一本冊子給了魏瑾榮。

魏瑾榮翻開一看，全是這些日子以來備好的冬衣、糧肉，數量不少，看樣子，她把賴家的那一份也歸到了魏家人的下面。

「這些是外帳，你把這些東西先搬過去，現在就分發給人。」

「嫂子是怕……」魏瑾榮猶豫了下。就算他們已經查出來賴十娘已被皇上收買，是皇上的人，但怎麼說也還是魏家媳，讓她管事，不可能短魏家衣食吧？

「也就幾件衣裳和一些乾糧，先分吧。」魏瑾允冷冷地插了一句。

「藥也分？」魏瑾榮拿著冊子問。

魏瑾泓頷首。「留作後用，平日要用的，還是先去內務領。」

「也好。」魏瑾榮知道這次便宜的是魏家人，他家大嫂，沒想給她那族妹留下什麼。

賴十娘沒多久就得訊她要替病著的主母管事，也知道沒給她留下什麼，聞訊她不由得笑了，譏誚地翹起嘴角，道：「當我做不到她那樣一般。」又聞她帳中除了那兩個老丫鬟和魏瑾泓能進入外，連只蟲子都不讓飛進後，她對白氏道：「我家雲煙姊姊，當真是嫁了個好夫君呢，便是到了這等蠻荒之地，也是捧在手上、護在心上。」

白氏笑笑不接話。

賴十娘又若無其事地道：「說來，嫂嫂病弱，身子也是一年比一年壞，榮嫂子，您看，咱們族長身邊是不是得有個人伺候了？」

白氏還是笑笑，看著僅來兩天，就很敢說話的十娘子，暗中感嘆她們不愧為賴家女，嘴裡則淡然道：「族長之事，不是我等內婦管的。」

「也是。」賴十娘低頭理理身上的華裳，神情坦然。她給自家夫君添人都添得勤快，現下不過是提了個與族母分憂的話，自然不怕什麼。

第八十四章

賴十娘有恃無恐，白氏卻是沒有什麼機會去見賴雲煙，把話傳給她，替她添堵，於是僅就把這話說給了魏瑾榮一聽，魏瑾榮自然不可能把這話傳到長嫂耳朵裡，且賴雲煙誰也不見，也就沒聽到什麼難聽話。

但這日是宣朝的大年，三十這晚，所有人都得出席，跪拜宣國、跪拜遠方的皇帝。賴雲煙剛著裝好被丫鬟攙扶出來，祝家的那位祝夫人就走到了賴雲煙身邊，沒幾句，就帶著十分的好心好意，把賴十娘的意思說了；賴十娘也站在賴雲煙身邊，聞言一點也不惱，還笑嘻嘻地望著賴雲煙，眼神天真，一臉等待誇讚的表情。

賴雲煙當真是好笑，眼睛帶笑地掃過賴十娘一眼，這時太子帶著魏瑾泓他們走過來，她轉頭就對祝夫人玩笑著說：「反正日日躺在床上也沒什麼意思，我家老爺若是要找別人伺候，我還不如死了算了。」

太子本朝她們邊上的大道走去，這時恰好聽到賴雲煙的話，停下了腳步，訝異地看向了身邊的魏瑾泓。

魏瑾泓搖頭無奈一笑，隔著幾人對賴雲煙說：「不會。」說罷，抬頭看了看暗沈的天色，眼睛只看著賴雲煙一人，道：「風大，趕緊過來吧。」

母老虎醋話說得隨意，眉眼都是笑，讓人分不清真假；大老爺神情坦然，等她走過來，還挪了兩步腳，站於她身前擋了風，並低頭回眸看她，眼睛裡只有一人。這時大風吹亂了他的髮，身後女人身上的狐披長毛也只稍動了動。

眾人皆瞧過去，可能這夫妻兩人日子過得久了，身上氣息都是一樣的，兩人眼睛相望，就算是臉上神態不同，這時看來都像是一個人，就是個無足輕重的侍女，也哪還插得進？這時不僅太子，連祝伯昆一時也無言。

魏瑾瀓候在旁邊，冷冷地朝十娘子看了過去，厭煩地輕哼了一聲。

得了自家夫君當著眾人給的冷臉，十娘子那張嬌笑如花的臉頓時便僵了下來。

太子看了魏氏夫婦一眼，在賴雲煙朝他福禮後，對上她的微笑，略一頷首就往前走了。

以太子為首的一列人悉數跟上，後面的女眷要跟著賴雲煙走，卻被太子帶來的大太監攔了下來。

「再候一會兒吧。」大太監板著一張慘白無血色的臉，鼻孔揚在了半空中。

站在最前的祝夫人退後一步，微彎了下腰，輕聲道了一聲。「是。」

大太監眼睛都沒動一下，殭屍一般的臉翹在半空中，白得可怖。魏大人帶了魏夫人走，魏夫人的身分擺在那兒，開國功勛之後、魏家主母、賴家家主的胞妹，是能破例跟於太子之後的，但其餘這些人，該守的禮都得守著，別以為都一樣。

太子從賴煦陽與魏世朝那裡聽過魏賴氏不少事，小時也偷偷見過她。他還不是太子時，跟他侯叔去過魏府，魏賴氏以為他是哪家的小世子，陪了他一下午，他吃點心她喝茶，講了不少故事與他聽，直到侯叔來接他。可惜他母后不喜她，他父皇也覺得她心思過多。太子在來的一路上，有幾次想，魏賴氏要是死了，後事會有點棘手，也有點可惜，但也僅僅只是有一點棘手，有一點可惜。

但，現在魏賴氏把該交出的都交出來了，她笑的樣子跟他印象中的樣子有些不同，但讓他記得住的三分柔美還在，所以對著這個擅長暗裡藏刀的婦人，他也還是有點樂意想起賴煦陽他們說過的她的種種好，也願意回想起她曾對他有過的那次和善。

走到臨時搭建起的祭臺，吉時還未到，他們被迎進了帳中躲風。

「魏夫人也進來。」太子在彎腰進帳前說了一句。

站於帳門邊的賴雲煙聞言，從魏瑾泓身後探出半個身子，笑道：「多謝太子。」說罷，等魏瑾泓一動，她就跟著魏瑾泓，先於後面的祝伯昆與裘將軍進了帳內。

見她進去，祝伯昆腳步一頓。

兵部的統領之一裘將軍一見，轉過頭去看他身後的羅英豪。

羅英豪對著他就是一挑眉。

「著實讓人費解。」祝伯昆走了過去，裘將軍等了後面的人一步，在羅英豪耳邊輕拋了一句。

羅英豪勾起嘴角笑，未答裘將軍的話。

跟在他身邊的魏瑾榮恰好看到他的笑，眼睛微縮了一下。

他們一進門，就聽太子在講──

「這身子，大夫說什麼時候好？」
「老病，得靠藥養著。」賴雲煙答了一聲。
太子已經坐下，跟她說完這句，見魏瑾泓還站著，又連忙道：「魏大人趕緊坐。」
魏瑾泓坐下來後，賴雲煙笑看了太子一眼。
「魏夫人也坐。」太子微笑，可能年輕，氣勢看起來還不像他父皇那樣有威壓感，笑起來還有個梨渦，實在可親。
賴雲煙被他們家占了那麼大的便宜，想來也有點坐坐的資格，道了聲「謝太子」，就坐了下來。
太子見後面進來的人都站著，又笑道：「你們也坐。」
篷內掛了眾多夜明珠，又點了無數燭火，太子主座旁邊更是明珠眾多，燭火明亮。坐於太子左下首的魏大人這時正低頭與坐下來的魏夫人擺弄她的長披風與裙襬，魏大人擺弄得甚是專注，眾人坐下後看著他們，又一時無話，連太子都看直了眼。
眾人眼睛都往他們這邊看，看著魏大人頭頂的魏夫人一抬頭，見到他們，也沒婦人的矜持，還微微一笑。
「咳。」太子輕咳了一聲，把眾人的視線引到了他身上。「妳好生養著，缺什麼跟我說。」
太子又看向賴氏說了話，話中有著兩分真意。
帳內人都當這是賴氏識趣的結果，但太子對她和顏悅色，到底還是給她撐了幾分臉，於是打量賴氏的眼睛都紛紛收斂了些，眼皮往下垂了一點。

賴雲煙只要面子上過得去，樂得與人表面和睦，笑容便越發地柔了。「多謝太子。」說罷便垂下了頭，把主戰場交給了替她收拾好衣裙的魏瑾泓。

「多謝太子。」魏瑾泓朝主位的太子作揖，神情甚是柔和。

見他們夫妻倆都一樣柔得似水，太子點點頭，又輕咳了一聲，往跪坐於最下首的伴讀看去。賴煦陽垂著頭，太子料不準他在想什麼，就別過了臉，與祝伯昆談起了一路來的經歷。

不多時，禮官進來請駕，太子帶著眾三品以上的官員去了祭臺，賴雲煙這次帶著內婦跪在了下面的一角，聽禮官朗聲唸拜詞。

拜詞甚長，過半時，魏瑾泓微側了下頭，往下掃了賴雲煙一眼，見跪於她前面的賴煦陽與魏家子弟替她擋住了前面的風，就收回了眼睛。

拜詞過後就是繁瑣的跪拜，祭禮一直維持了近兩個時辰，直到天色完全大黑，四周篝火大起，太子向東灑了三杯酒才告終結。

這時賴雲煙已昏了過去，祭禮一畢，就被偷偷爬於前的冬雨揹了回去。

太子這邊得了賴煦陽的話，頓了一會兒後，半信半疑地道：「真有這麼嚴重？」

他這話一出，身邊皆是老奸巨猾的眾人，哪個不知他在疑？尤其祝伯昆，在太子話後，虎目直逼賴煦陽。

「是。」賴煦陽簡答了一字，又磕了頭。

「魏大人……」太子看向了魏瑾泓。「你先回去看看。」

「多謝太子。」

太子這一天，從他們夫妻兩人口裡聽得最多的就是這句「多謝太子」，一時之間不禁莞爾，揮手讓他退了下去。

魏瑾泓走後，太子沈吟半會，當著眾官的面對賴煦陽說：「你姑父、姑母著實伉儷情深。」賴煦陽淡淡一笑。

太子自小見慣他這伴讀寵辱不驚的樣子，叫了他起來，就和祝伯昆等人說話去了。

等到酒宴一散，太子回了帳內歇息，聽內侍說賴大人去他姑母處時眉頭緊鎖，而魏大人的帳內大夫自一進去就沒出來，他不由得嘆了口氣，對身邊老長侍說：「她一介婦人，偏生要做男人的事，這又何必？」

長侍，也就是大太監，猶豫了一下，看太子朝他看過來，便回了一句。「許是身不由己，就如皇后娘娘為了您，也什麼事都能做。」

太子頓了一頓，身子往榻後一躺，深思了半會後，道：「如若只是在吊著氣，就……」說到這兒，他為自己難得的心慈手軟笑了起來，對內侍說：「你不知，她年輕時有多美，江先生每次見過她後，好幾天都會魂不守舍，如果可行，他連命都想給她。」

想起那位在臨行之前跪於皇上面前為賴氏求情的江大人，大太監也嘆了口氣。

太子想起他的兩位先生，魏先生與他父皇說過她是「驚弓之鳥」，江先生曾在大醉後說過「她害怕又如何」，再想起她今天白得像紙還笑得溫柔似水的臉，一時頗有些感慨。「也是個弱女子……」

賴雲煙半夜才醒過來，沒料睜開眼，竟看到了賴煦陽。

「你怎在這兒？」

「您這樣太傷身了。」賴煦陽答非所問。

「姑姑心裡有數。」賴雲煙想拍拍他的手，但發現自己手不能動，只好朝他道：「去歇息吧。」

這時坐於案前的魏瑾泓走了過來，見他過來，賴煦陽猶豫了一下，還是跪安退了下去。他走後，魏瑾泓便在她身邊躺了下來。

「在看公文？」賴雲煙剛張嘴，嘴裡就被塞了顆還生丹。

「不能吃太多。」一沒注意，藥丸就嚥在了喉嚨口，這時候吐出來也是浪費，賴雲煙吞下後無奈地說了一句。

裝死也得有裝死的態度，身邊的這些個人裡，沒一個好糊弄的；想來她醒得這麼快，昏迷時也是被灌了藥了，再補，精神就會好起來，到時就難裝了。

「一天兩顆，再好的藥也是毒。」見魏瑾泓閉目不語，賴雲煙補道了一句。

「天師說過幾天有場冬雪，過後應是要啟程了。」魏瑾泓伸手撫弄著她的長髮，淡淡道：「春時山間潮濕，妳這些日子還是多養些精力。」要不，按她現在的底氣，到時若在山間出事，吃再多的還生丹怕也是無濟於事。

不裝死，太子那邊就不會軟手；裝死，到了山裡也怕這真有病的身體出差池，這左右都討不了好，賴雲煙想著就好笑，笑道：「也不知為何，到這窮途末路了，反倒覺得有意思得很。」難處都不是什麼難處了，就想著活到最後，出完最後一著棋，看看大家的臉色，尤其是皇帝的，這世才好閉眼。

第八十五章

魏家的內務交給了賴十娘，魏瑾榮先前緊跟魏瑾泓，年後就原地駐守，專心掌管原本歸他管的外務。

太子又連賜了兩次宮內秘藥給賴雲煙補身，那藥確是好藥，賴雲煙的身子不得不好一些起來；賴十娘逮著時機來請安，來的次數太多了，賴雲煙不好不見，這日讓賴十娘進了帳內。

賴十娘進前看著乾淨的暗金色地毯，再聞到帳內驅蟲散毒的熏香，抬目一看，主座上的族姊臉上毫無血色，但笑容格外刺眼。「十娘給姊姊請安。」賴十娘往前一跪，施了大禮。

「起。」

賴雲煙轉頭。「給澂夫人搬個凳子。」

冬雨冷冷地點頭，去搬來了給白氏、祝氏她們坐的圓凳。

「謝姊姊。」

「無須多禮。」賴雲煙淡淡地道。

「姊姊身體可好些了？」帳內太過安靜，丫鬟走動的腳步都彷彿無聲，賴十娘清脆的聲音一起，劃破了這股帶著威壓的寧靜。

賴雲煙抬眼，看著神色如常的賴十娘。她曾有意親近娘家來的妹子，但到底不是同路人；說來賴十娘是個能幹的，但還是太年輕，還不懂得有些資歷是用年紀和世事熬出來的，不是用銳氣就可以對付的。

「尚好。」賴雲煙不冷不淡地回。

「姊姊可是對十娘不滿？」賴十娘的眼驀地紅了，眼睛裡有了淚花。「可十娘也只是忠君之事。」

「別到我面前哭哭啼啼的，給我惹晦氣。」賴雲煙靠著椅背，淡淡地說：「有什麼話就直說吧，別當著我的面耍心眼，我還沒死，腦袋也還清醒。」

「姊姊是不信我？」賴十娘見她臉色冷淡，緩了一下，緩緩地問出了口。

賴雲煙看她。「何出此言？」

「交由我統管內務，為何米糧之事榮爺卻插了一手？」賴十娘的臉也冷了下來。

賴雲煙看著跟她槓上的小妹妹，輕描淡寫地道：「因我不喜妳。」

賴十娘呆住。

「既然知道了，那就出去吧。」

賴十娘沒料到太子在此處了，賴雲煙還敢如此大膽放話，驚得從位子上站了起來，結果被冷硬的冬雨拉著，從帳內扔了出去。

「大膽！」賴十娘大叫，但掙脫不了氣力如牛的冬雨。

賴十娘出帳後，又發出了幾聲叫聲，帶著些驚慌失措。

冬雨進來後，賴雲煙握拳抵嘴打了個哈欠，懶懶地問冬雨。「太子在哪兒？」

「先前看時，還在主帳。」

「跟太子報一聲，說我等一會兒去與他請安；讓秋虹去做兩樣點心。」

「是。」

「這雪茶樣子甚是新奇。」

「雪茶偏涼，冬日還是少喝為好，妾身今日帶來也只是與您喝個新鮮。」賴雲煙煮好茶，提壺倒了杯，放到了太子面前。

金冠玉臉的太子握杯飲了一口，與賴雲煙微微一笑。

「這茶點也是我平日吃慣的，您嚐一口，看吃不吃得慣？」賴雲煙看著面嫩的太子，眼中有著那麼些許慈愛。

太子點頭，捏了塊桂花糕嚐了，問道：「新做的？」嚐到嘴裡還有著幾許溫軟，太子吃完一塊又重捏了一塊。

「剛讓丫鬟做的。」

「妳還是愛吃這個。」太子笑了起來。

賴雲煙淺淺一笑，沒談舊事，也捏了糕點慢慢吃了起來。

兩人說著些野外天氣的話，喝完半壺茶後，帳外有人叫太子，賴雲煙便扶桌而起，朝太子福了福。「您忙著吧，臣婦先退下。」

「去吧。」太子揮揮手，朝她微笑。

下人進帳，說了要事退下後，近身的武衛又進來報了賴十娘欲見駕之事。

太子笑著搖搖頭。大太監喝退了人之後，太子對跪坐在下首的賴煦陽說：「你們家，難有第二個像你姑姑的女子。」

賴煦陽跪拜，起身後淺笑道：「臣的父親說過，家中有一個像姑姑一樣的就夠了。」

太子啞然失笑。「倒也是。」再來一個這般精於算計的，可真是得大動干戈才能休止了。

太子與賴煦陽聊得幾句，令其退下後，小太監跟了大太監也退出了帳內，讓太子在帳內靜思公務。

一出帳門，小太監便跟大太監輕聲嘮嗑。「乾爹，太子就這麼被魏夫人的一壺茶、兩碟點心給收買了？」

大太監未語，橫目往他身上刺了一下，小太監習慣性彎著的腰便更佝僂了。

「蠢貨！」等走到無人看見的地方後，大太監狠狠地拍了下小太監的腦袋。

「還請乾爹明示……」小太監一手被大太監養大的，尚還不懂太多彎彎曲曲，只能抓緊時機能問就問。

「就是沒茶、沒點心，太子也不會幫賴十娘。」大太監冷冷地說著，手加重了力道，狠狠往蠢貨的腦袋上刮。

「是是是……」小太監扶著腦袋不敢逃，還傻傻地問：「為什麼不幫啊？十娘子不是咱們的人嗎？」

大太監聞言，一口氣險些沒喘過來。他千挑萬選，以為選個性情忠厚一點的好掌握，哪料這腦子是石頭做的，一點彎也不會轉！所以他一邊提點，打人的力道更是凶狠了。「這點小事都要用上太子、用上皇上，這樣的人要來何用？」

「乾爹……」小太監被打得疼得哭了出來，哭哭啼啼地繼續問，為自己增強領悟力。「那魏夫人為啥來啊？她好生厲害，見著太子都不怕，太子也不生氣。」

太太監打得手發疼，乾脆用踢的，一腳狠狠踹他腿彎，把人踹到地上跪著，居高臨下，用那張白得像殭屍的臉冷冰冰地道：「她來幹什麼？誰知道她要幹什麼？你還瞧得出太子不生氣，算你還沒蠢到死！自個兒想去，午飯不許吃，想明白了來跟我講才有飯吃！」說罷，冷哼一聲，揮袖離去。

小太監捧著腦袋想著太子、大人、夫人這些人之間的勾勾纏纏，半晌後哭喪著臉道：「這些人是吃啥長大的？為啥他們的事，我一件都想不明白……」

午後魏瑾泓回來時，身後跟了一個魏瑾瀓。

「小左來了？坐嫂嫂旁邊。」賴雲煙看到他，就笑著朝他招手。「可用過午膳？」她問向魏瑾泓。

「用了一些。」

「可是未飽？」

魏瑾泓點頭。

「快去抬上一些過來。」賴雲煙朝丫鬟吩咐完，又朝身邊安靜坐下的魏瑾瀓笑道：「嫂嫂這裡只剩些甜點心，你不喜，再捱捱，等一會兒就上菜了。」

魏瑾溦搖了下頭。「我不餓。」

賴雲煙伸手慈愛地摸了摸他的頭髮，對他道：「今日你來了也好，正想問問你家中的事。」

「家中一切都好。」

「你那小姪孫呢？」世朝之子如何了？

魏瑾溦遲疑了一下。「也好。」說罷，看看兄長，見他面無凝色，才輕聲與賴雲煙道：「我一直在南邊，要來西邊才趕回京，未有去見過小姪孫。」他日夜練兵、選兵，甚少有時日回府。

「你啊……」賴雲煙摸摸他的頭髮。

魏瑾溦甚有愧意，臉色不大好地道：「十娘子見過，知道長啥樣。」

「是嗎？」賴雲煙淡淡地回了一句。

「嫂嫂。」

「嗯？」

「您不喜她就別理她。」魏瑾溦非常乾脆地說。

賴雲煙心裡嘆息了一聲，面上笑著點了點頭。皇帝家要是讓她死，就會對賴十娘好一點，現在皇帝家對她沒那麼狠了，就不會因一個賴十娘折她的顏面；十娘子還是太年輕了，審時度勢不及時，總是要吃虧才懂教訓。十娘子在魏家本來就站不住腳，魏家不喜她，現在當族母的也明言斥了話，她心下再覺得委屈難堪，明兒個還是得學白氏那般來向她告罪；沒有足夠的底氣，卻想跟主母叫板，不知該贊她勇氣可嘉，還是道她後生可畏。

「不談這些了。」賴雲煙轉過了話。

「小左是來向您告罪的。」魏瑾瀓還揖了禮。

見他一點也不把十娘子放在心上，賴雲煙搖了搖頭，嘴邊掛著寬容的微笑。「不礙事，你是你，她是她，嫂嫂分得清。」

十娘子這麼汲汲營營，賴雲煙多少也能知曉她的意圖，無非是出人頭地、夫君敬愛之類的。要是她這位小族妹不踩著她的頭往上爬，賴雲煙也沒什麼意見；只是，她是那具十娘子必須踏過去才能功成的屍體，那只丁點兒的姊妹情分也就不夠用了。

「嫂嫂知道就好。」魏瑾瀓點了頭，他與賴十娘不親不近的關係本家全知道，但她到底是他嫡妻，得罪了族母，他也得來告罪一番，所以才跟了族兄過來。

魏瑾瀓在他們這兒用過膳後就被人叫走了，這時太子那邊又送了東西過來，是京中帶來的暖胃的茶葉。

「太子，對妳甚是和善。」魏瑾泓在沈思了一會兒後，與賴雲煙開了口。

賴雲煙笑。「他是個聰明的孩子。」

聽到她稱太子為孩子，魏瑾泓緊皺了眉，責備之意非常明顯地看了她一眼。「休得亂語。」

賴雲煙不以為忤。「賴家現全在皇上手中，我意圖靠近討好那是在情理之中，太子給我情面不下我的臉，如你所說對我甚是和善，依你之意，難不成還不許我討好了不成？」

魏瑾泓先是未語，過了一會兒，才輕聲緩道：「妳心中想什麼，我多少能猜中一二，太子哪是那麼容易討好的？」到時翻起臉來，只會比她快。

「多說幾句話而已，你就別多想了。」看魏瑾泓一臉緊張，賴雲煙不禁莞爾。「再說了，太子心軟了，我能輕鬆多活幾日，你就不為我高興？」

魏瑾泓沒理會她臉上的笑，伸手抱住了她，在她耳邊淡語道：「妳要是不喜與人勾心鬥角，那就別去了，我說過這次我定能護住妳，妳就信我一次，可行？」

賴雲煙斂了臉上的笑，良久後，她回抱了他，閉眼道：「難。」她知道自己的毛病，她很難把她的命運交到這個男人手上，她早就什麼人都不信了，只信自己。

正月十五，山月一直都在下雨，太子下令再過半月就要拔營往西，於是各家比之先前更是忙碌。

這時，再次進山的羅將軍回來，帶回了兩頭死去的猛虎，還有一身重傷。

魏瑾泓帶了創傷藥前去探望，回來後與賴雲煙說：「羅將軍天生神力，兩隻虎都是成年的大老虎。」

賴雲煙笑看著淡然陳述的魏大人，道：「岑南王手下第一猛將，那應是有真本事。」她含笑看著魏瑾泓。

魏瑾泓淡定地點了頭，說起了糧草之事。

魏瑾泓第一天就去看過了羅將軍、送了藥，還常派身邊小廝去探問，什麼事都做了，魏家族母便無用武之地，連派個丫鬟去過問一聲也沒有。

這種忙碌當口，別人無所察覺，可賴雲煙身邊的兩個丫鬟哪能不知曉？這日上午，秋虹便當著賴雲煙的面笑著說：「老爺可真是用心良苦。」連讓夫人說個安慰話的機會也不給。

賴雲煙笑而不語，捏著針線在秋虹製的雨披上縫了最後一針。秋虹畫在披風內沿的小龍活靈活現，她照著模樣繡出來也甚是生動；賴雲煙把針給了秋虹，讓她打結，最後把內縫也縫上。

「冬雨。」秋虹一縫好，賴雲煙便往外叫了一聲。

「奴婢這就去請冬雨姑姑。」候在門外聽候吩咐的武使丫鬟應了一聲。

不多時，冬雨進來了，賴雲煙讓她們倆把披風展開讓她看，仔細打量了一番，見沒什麼瑕疵，便對兩丫鬟說：「給太子送去。」

「是。」

「要是問起，就說裡面的小龍才是我縫的。」她不愛動針線，想來宮中的人也是清楚的，她在披風上添幾針確也是為了搏功勞，不過可不敢把功勞全占了。

等拔營進烏山，雨披的好處就顯露了出來，宣京帶來的簑衣儘管也防水，但長時間用的話就防不住太久，一行披著簑衣的士兵與侍衛趕路又熱又潮，身上便冒出了煙氣，與冒著霧氣的山林甚是匹配，個個看起來都似帶著仙氣。

士兵與侍衛都是精挑細選來的，過了天山的這些更是萬中挑一的好身體，但長時間置於潮濕下，多好的身體也會垮。魏家這邊每天夜晚紮營後，易高景都會帶著藥奴煎祛寒之藥與魏家人喝；太子那邊因賴家人太多，也是由魏家這邊煎了藥，讓他們過來每日喝上一碗。現在賴家的三百人都是太子之人了，他們喝了，也不能免了太子底下的其他人，且魏家是大貴之家，也不能只包著賴氏家裡的那些個人，於是太子那邊所有人的祛寒藥便都由魏家這邊煎。

因此，魏瑾榮便把採藥、煎藥之事派給了賴十娘管。

這能施好與太子的人，賴十娘甚是高興，不過就算如此，她也沒落了早晚跟賴雲煙問安。

山間行路只能用馬，歇息時都是居住在打探好的山洞居多，沒什麼屏障，賴雲煙也不能像以前那樣想不見就不見誰，一行之人的女眷都待在一塊兒，做什麼都明露在人眼裡，她是魏家族母，表面上的那點面子功夫還是得做足。賴雲煙的病自進山後，吃藥也是次次不落，在外人眼裡，她睡的時候比清醒的時候多，倒也省了不少事；趕路時，她多數與冬雨一馬，路況險惡時，魏瑾泓便會過來帶她。

這日行到一處蛇谷，前行之人派人來報，說先前放的藥被雨水沖走了，怕是要到天晴把藥布好，他們才能繞過蛇谷往前進。山中行路已有半月，太子左右一看，見他向來神武，便連過天山也面不改色的護衛們都面有菜色，便下令找地方休整，等雨停。

派出去的精兵找了一天多，才找到了一個能容納幾十人的山洞，等收拾好，能搬進去時，這日都已入夜。但山洞確要比搭在潮濕地面上的帳篷舒適得多，這次每家都帶了不少能人，尤其太子身邊的那幾個人更是讓賴雲煙為之側目，他們來回進出山間幾趟，搬來一些土，在其中不知放了什麼燃料，不得多時，山洞裡的潮濕便褪去了大半。

因這次只找到了一個山洞，太子讓女眷也跟著他進了此洞。兩家女眷這次有不少人著了病，祝夫人也著了風寒，一進山洞，領著祝家人便對著太子跪了又跪。

先她一步進山洞的賴雲煙見了，咳嗽了幾聲，虛弱地朝白氏招了招手，白氏忙靠近，賴雲煙便道：「帶著丫頭們去給太子跪恩。」

「是。」白氏忙道，這便才有了魏家一族內眷的謝恩。

太子免了她們的禮，朗聲笑著與靠在一角的賴雲煙道：「魏夫人還是好生養著身子，這等閒事就莫操心了。」

魏夫人讓丫鬟扶著起來，給太子施了禮，苦笑道：「妾有失禮之處，還望太子諒解。」

「魏夫人此言差矣。承太醫，去給魏夫人探探脈。」太子一揮袖，太醫就從太子陣營往魏家這邊走。

賴雲煙就知免不了測探，太醫一來，那手就伸了出去。

等在外面排兵布陣的魏瑾泓回來時，賴雲煙正在喝太醫開好的藥，喝完免不了被魏瑾泓帶著又去謝了次恩。

半夜，賴雲煙躺在魏瑾泓的懷裡，出了一身冷汗。

太醫開的藥與她本身偽裝所服的毒藥是相衝突的，賴雲煙打了一夜的冷擺子，早間借著出恭的理由，找了隱蔽之處，才去換了冬雨偷藏在厚衣間的裡衣。在寒風細雨中換衣受了一會兒的凍，回來後，賴雲煙不用裝都頭昏眼花，半昏了過去。

等到醒來時，她發現自己換了個地方。

「您醒了？」賴雲煙轉眼打量，冬雨卻憂心忡忡地看著她。

「這是哪兒？」

「老爺說您身體不好，要靜養，就跟太子請了令，帶您來了這處。」

賴雲煙一看，這處山洞狹小，只容得下四、五個人，但四面皆是石壁，燒了柴火，倒是難得的乾燥之處。

「有心了。」賴雲煙鬆了口氣。

不多時，魏瑾泓就來了，見到她就說：「這幾日妳就待在此地，不要出外。」

賴雲煙見他臉色不似平時溫和，又看了他一眼。「出事了？」

魏瑾泓沒想瞞她，點頭道：「蛇谷裡的蛇有一類毒蛇不畏黃霜，游到了洞口，這幾日會有人守著這裡。」

賴雲煙還真心怕蛇這種東西，聞言拉了拉身上的狐裘，臉色也不大好看。

「我夜間過來。」外面有人來叫魏大人，魏瑾泓拋下這句話就走了。

這夜，魏瑾泓來與賴雲煙過了夜，但半夜，山洞口突然來了太子的人，不由分說就要捉拿他們，魏瑾泓身邊的侍衛大驚，與太子的人對上，兩派人馬在洞口相鬥。

魏瑾泓看了醒過來點亮了火摺子的賴雲煙一眼。

「先問清是什麼事。」賴雲煙把火摺子給了他。

魏瑾泓點了頭，站到洞口喝止了手下。

「趙統領，出什麼事了？」他問帶隊之人。

「請魏大人跟我走一趟！」趙姓統領殺氣騰騰。

「魏大人。」不遠的黑夜處走出來一個人，卻是岑南王軍的羅英豪，他拱手與魏瑾泓道：「太子中毒，請魏大人過去一述。」

趙統領聞言，猛瞪了羅英豪一眼，似是不悅至極。

魏瑾泓聽了羅英豪的話，再思趙統領的話，就知疑他是放毒之人。

「夫君，走吧。」賴雲煙這時站在了洞口，裹緊了身上的狐披。

眾火把的光線之下，站在洞口的人若隱若現，魏瑾泓聞言回過頭，微抿了下嘴。「妳歇息，我去。」

「一起吧，妾身也不放心，與您一起過去。」賴雲煙向前走了兩步，踩過潮濕腐爛的樹葉，也走過了洞口的暗淡，出現在了眾人面前。

魏瑾泓還要說話，這時她卻咳嗽了起來，他不由得苦笑了一聲，站在她身前彎了腰。

賴雲煙沒有多話就趴在了他背上，由他揹了她走，她這時也是虛弱，一路咳嗽不已。

身後的趙姓統領欲要說話，但剛一開口，喉間便有五指掐住了他的喉，羅英豪不知何時來到了他身邊，手已經扣住了趙統領的脖子。

這時，前面的魏瑾泓沒有回頭，但後面的太子親侍、岑南王軍、魏家侍衛手中刀刃皆已半出，一時之間，殺氣四起，驚飛了樹上夜歇的鳥。

「省省力氣，見了太子再說。」羅英豪在狠狠一抓之後便甩開了趙姓統領的脖子，皺眉接過手下人遞過來的布擦了擦手後，就帶人走在了前面。

趙統領的臉色一陣青、一陣白，這時對上趕過來的魏瑾允的臉，他那分還沒減下來的氣焰頓時便消了一半。

「趙統領，請。」從魏家隊伍駐紮處趕過來的魏瑾允走近趙統領，他比趙統領高半個頭，帶著強硬之氣站到趙統領面前後，趙統領往後退了半步，隨即轉頭帶人跟上了羅英豪。

第八十六章

一路細雨，身側的冬雨替他們打著傘，賴雲煙側過頭去，看她已濕了半個身，便伸手去拿了傘。

「小姐，冷。」

「去跟秋虹擠一傘。」賴雲煙接過傘，直起腰舉著傘，頭挨著魏瑾泓的頭。

這時魏大人的身子甚是暖和，賴雲煙便挨得近了點。

魏瑾泓的腳步甚快，但也不顯急促，不多時就到了太子住的大洞前。

一靠近大洞，就有一股臭雞蛋燒著的味道傳來，賴雲煙惜命，在進洞前拍了拍魏瑾泓的肩。

「你放我下來。」

「怎麼？」說著就放了賴雲煙到一處帳篷處。

「應是黃霜燒了。」宣京人叫黃霜，其實就是硫磺，要是著火就會散發有毒氣味，但只要味不是太重就不會死人。

「那氣味能讓人中毒？」魏瑾泓看她。

「你去聞聞試試。」賴雲煙攬了攬他身上的大氅，還好天寒夜冷，入眠時什麼都還穿著。知道魏瑾泓不會被太子一刀宰了，賴雲煙也不打算跟他過去了，就著丫鬟手上的油火棒，她笑著與魏瑾泓道：「要是須我們夫妻共患難了，你便讓下人叫我一聲，我就進去。」

魏瑾泓淡應了一聲，沒再多話就大步進了洞。

「老爺這樣不會中毒嗎？」翠柏問了一句。

「進去吧，把燃著的黃霜都滅了，再出來透透風，只要不是聞得太久，死不了人。」可能蛇蟲太多，鋪了太多的黃霜，洞內又四處都是火堆，燃著了，加之半夜時分的，人都睡著了，所以多吸了幾口昏了頭；但看樣子他們迅速反應了過來，連凶手都猜測出了，應該死不了。

「是。」魏瑾泓已進了洞，翠柏不敢多問，跟著進去了。

「魏夫人。」站於一旁的羅英豪在打量了賴雲煙幾眼後，突然向前幾步，近了她身側。

「羅將軍。」賴雲煙側頭看他。

「黃霜有毒？」她先前說的話，他也聽見了。

「起火燒出氣味後有毒，不是什麼秘聞，宮中太醫應是知曉。」賴雲煙微微一笑。所以，她很想知道，是誰提出魏瑾泓有疑的？隨行幾個醫術、毒術都精湛的大夫，隨便找一個問，都能問出些蹊蹺的。

「魏夫人與魏大人甚是同心。」羅英豪看著眼前在火光中紛飛的細雨，淡淡道。

「他是我夫君。」賴雲煙垂眼一笑。

「魏夫人真乃當今賢婦。」羅英豪也笑了笑。

賴雲煙笑而不語，沒再多言。魏瑾泓是因她才另闢了他處讓她住著，不過一夜，他就被人鑽了空子，賴雲煙不想這時對他落井下石；她為人如何，她從沒跟人解釋過，面對羅英豪，她也沒什麼多說的。這人喜歡她，為她做過一些事，她都知道，她也受了好，但她能報償的只能是那些她有能力付出的，至於別的，恕她無能為力，哪怕一時的親密，那也是她不能給的。

「羅將軍還有事？」她撇頭看他，臉色冷淡。

羅英豪微笑地朝她拱手。「無事。在下失禮，望魏夫人恕罪。」

賴雲煙矜貴地點了下頭。

羅英豪踏進雨中，帶著手下往洞口走去，頓時，賴雲煙身邊便少了護衛，只剩太子的人與幾個魏家護衛針鋒相對。

「小姐。」秋虹叫起了好久未叫過的叫法，言語裡有些不安。「您真不進去？」她看著這外面，似是要比裡面還不安全，允老爺都進去了。

「我中氣不足，進去比常人易中毒。」賴雲煙覺得她站著都成問題了，進去了也不過是昏給太子看；要是陪魏瑾泓謝謝罪，她這病弱之身應是能有點作為，但要是進去弄清事情的來龍去脈，她就沒那個精力跟裡面的幾股勢力勾心鬥角了。

「可是……」秋虹看著那近百個對主子虎視眈眈的侍衛，苦笑道：「裡頭至少能躲躲風。」

「要是有事，在哪兒都一樣，躲得了一時，躲不了一世。」

她們說話的間隙，冬雨已當著不少人的眼，去太子侍衛的帳篷內搬了一個凳子過來，扶了賴雲煙坐下。

秋虹見了微愣了一下，隨後半跪下給賴雲煙整理飄在地上的衣角。「我這一世啊，怎麼用心都比不上冬雨對您的半分。」

賴雲煙好笑。「怎會？妳這時倒有心思撚酸了？」

秋虹反應過來，不好意思地一笑。

不多時，洞裡的人全出來了，見到走在前面、冷著一張臉的太子時，賴雲煙迅速站了起來，讓丫鬟扶她到了一邊；太子直衝她這邊而來，一陣風似地走進了帳內，後面以魏瑾泓為首的人緊跟著進去。

「祝伯昆！你今兒個給本宮說清楚了，這是什麼意思？」太子的暴吼中，傳來了桌子落地的撞擊聲。

「嫂嫂……」賴雲煙沒回過神來，不知道太子這是要鬧哪一齣時，身後傳來了白氏的聲音。

「怎麼回事？」白氏的臉在火光中顯得相當蒼白，賴雲煙氣喘吁吁地坐下，問道。

「祝族長說兄長想造反……」白氏在賴雲煙面前跪了下來，她像是受了不小驚嚇，一下子就撲到了賴雲煙膝蓋上痛哭出聲。「大嫂、大嫂……」

「嚇壞了？」賴雲煙訝異，伸手探過去摸了白氏的手，比她還冷。

「大嫂……」白氏哭得有些歇斯底里。

賴雲煙抬起眼，見不遠處的賴十娘也是滿臉驚慌，便暗自猜測，洞中怕也是血雨腥風了一番了，洞中的魏家內眷那一會子怕是不好過。

「好了，哭什麼？沒有事。」她們私下再有芥蒂，一家人畢竟是一家人，賴雲煙拍了拍白氏的肩。「拿帕子擦擦臉，不要哭了。」跪在雨中的祝家內眷都沒哭，她們哭什麼？

天色將明時，太子傳了賴雲煙進去。

「讓妳受累了。」賴雲煙一進去，神情有些憔悴的太子聲音沙啞地說了一句。
「瞧您說的，沒有的事。」
太子笑了笑。「妳是不是覺得我想置妳與魏大人於死地不可？」
「沒有。」這時帳內除了太子，只有魏瑾泓與她，賴雲煙便放開了點心說：「我夫君忠君忠國之心舉國盡知，前去西海之路他還想與皇上分憂，皇上與您哪會對他不公？」
太子聞言哼笑了一聲，臉上有了肅殺之氣。「可剛才那一會兒，我卻是當真想殺了魏大人不可！」
賴雲煙垂眼。
「魏夫人！」
「他若是有貳心，當是該殺。」賴雲煙回了話。
「呵！」太子急促地笑了一聲。「魏夫人不怪我不分青紅皂白？」
賴雲煙頭垂得更低。
「殿下。」魏瑾泓這時開了口，聲音沙啞，但語氣依然溫和。「西去之路甚遠，我等人數不多，還當同心協力才是長遠之計。」
「你不怪祝伯昆？」太子慢慢轉身看向了他。
太子逼問他妻子不休，讓她一介婦人回男子都不敢回之話，不就是想令他讓步？魏瑾泓坦然看向太子，兩手相握揖禮。「臣下不怪。如臣剛剛所言，前去路險，當是同心協力才是長遠之計，此下不是計較私怨之時。」

見他鬆口，太子微瞇了下眼。「魏大人此等胸襟，果然不愧我宣國第一君子。」魏瑾泓退了一步，但太子當下口氣也還是相當不好。「祝伯昆猜忌同僚，死罪可逃，活罪難饒，暫杖打五十板，餘下之懲待到了西海再定！」

「太子聖明。」魏瑾泓拱了手。

太子掉頭看向那頭磕到了地上的婦人，見她一動不動，就像僵住般，他看了幾眼，覺得有些不對勁，便朝魏瑾泓猶豫地看去。

魏瑾泓朝太子施了一禮，前去了她身側，把昏過去的婦人抱在了懷裡，一會兒後，他強掩了心中的心酸，轉過頭去朝太子溫和道：「拙內怕是又病過去了，我帶她回洞中歇息一會兒。」

太子啞然，揮袖道：「去吧。」

魏瑾泓抱了賴雲煙出門，站在門口的賴煦陽往前一站，目光幽暗地看著他的姑父。

「沒什麼大礙，不用掛心。」魏瑾泓朝他一笑，抱著人走了。

賴煦陽一直看到他們的身影消失不見了才進帳內，一見到太子，他跪下就道：「太子殿下，您要是覺著臣的姑姑大逆不道，現下殺了她就是，何必一有點風吹草動就要疑她，連魏大人都要連罪？」

看著從小跟著他的伴讀，太子良久後眨了一下眼，疲憊地撐著頭，說：「在未到西海之前，我不會再疑她，這是最後一次。」

「殿下。」賴煦陽低了頭。「臣的姑姑只是一介婦人。」

「一介婦人？」太子玩味地唸了這四字。他想起祝伯昆與他通報的賴氏之事，如若是真，那魏夫人可真不是一介婦人這麼簡單；可就算是真，現下殺她怕是連魏瑾泓也得一起殺，但魏瑾泓、魏家，目前是萬萬殺不得的。

他借事探了一下魏瑾泓的底，如他父皇所說，魏大人不僅僅是忠君、忠國，犯上賴氏的事，他還是個情癡；不只是他，他王叔手下那位殺將，近來所做的事也太出格了，其中私情，必須斬斷。

「醒了？」

「嗯。」

賴雲煙欲要起身，魏瑾泓放下她的手，抱住她的身體，讓她靠在他身上，山洞簡陋，面壁寒涼，實在不是病人所能依靠之處。

「幾時了？」

「未時。」

「我睡了多久？」

「不到半日。」

在洞口縫衣的秋虹聽到聲音，走了進來，跪坐在她身邊，柔聲問：「您可餓了？」

「白粥。」賴雲煙伸手揉了揉胸口。秋虹出去後，賴雲煙尖著耳朵聽外面的響聲。「雨還未停？」

「嗯。」魏瑾泓淡淡道：「太子在想法子繞過蛇谷，在此地也待不了太久。」

「你未去？」

「有太子在。」

賴雲煙有些詫異地轉頭。「你不逞英雄了？」

魏瑾泓頓了頓，才道：「妳喜歡？」

賴雲煙不由得笑出聲來，笑了一會兒才道：「算是。」他不逞，對她來說是好事，對他們魏家來說更是好事，現在少死的魏家人，往後就是要靠他們了，主子主子，沒下人可用的主子算什麼主子？到時皇帝一揮手，連個替他們斂屍的下人都沒有，總得讓他們多活著幾個，才會多幾個可能。

「太子令我這幾日看顧好妳，但也不知他何時召我前去。」丫鬟端來了熱水，魏瑾泓餵她喝了兩口。

「我還病著，他再能出爾反爾，也不會急在這幾日，他不召，你不前去就是。」耍無賴，賴雲煙技藝高超，更是會找理由。「就是他要召，到時我再病病就是，先推託個兩回。」

魏瑾泓知她說得出也做得到，而他話已出口，已經準備按她的方法來辦，所以毫無疑義地點了頭。

「這都很多年了。」躺在他懷裡，賴雲煙突然說了這麼一句。

魏瑾泓明白她的意思。這麼多年了，他終於順著她的想法走了，不知其中的時間是浪費，還是他們不得不經歷的路。

「嗯。」魏瑾泓摸了摸她在長氅中溫熱的手。說來這麼漫長的時間過後，時至如今她還能在他懷裡，也算不上浪費，情愛於他們其實早就計較不能了，但還能相擁，於他們彼此至少都不孤單。

他們曾深深厭惡過對方所喜的一切，從憎恨到不得不去接受，再到現在的坦然，甚至於贊成，走到如今還沒分離，都已是成就。還在一起，有什麼是不能為她多想一點的？他們已快耗盡兩世的緣分，都不知還有沒有下世。

「多活久點吧，妳還未見到我們的孫兒。」魏瑾泓低頭在她耳邊溫言道：「待妳黑髮全白，我每日與妳梳髮。」

這聽來真算是情語，一把年紀了，再聽到這種話，賴雲煙只知笑，都不知該回何話。「活著啊……」

「嗯，活著，我們還沒活到好時候。」

「凡是知曉我們的，都知你對我情深似海。」怎麼不是好時候？不知多少人羨她，可比上世風光了不知多少。

「那只是別人眼裡看著的。」丫鬟端來了熱粥靜站在一旁，魏瑾泓低頭看著她眼角的細紋，慢慢地說著話。「日後，我順著妳一些，妳要是歡喜，多與我說幾句話，要是不喜，便不見我就是。」

「要是天天不喜呢？」賴雲煙笑得咳嗽了起來。魏大人又來了，就像以前那樣，不常言語，但偶有幾句就能讓人驚心動魄，以至於讓她這種自私自利的人都曾愛得太過渾然忘我過。

魏瑾泓輕拍她的背，依舊淡然。「興許妳也會有喜於見我的時候。」

賴雲煙咳嗽了好一會兒，還是悶笑不已。是啊，要是真到了那時候，怎會真能不見他？要是那時都還活著，她身邊怕是只剩他了，只能看得見他，只能與他說得上話，怎能不見？他們磨了那麼多年，磨平了身上的刺，好不容易說得上話、能挨近了，又怎麼可能再回到當初的境地？

「魏大人，你心思再深點，我們興許真能活到那時候。」賴雲煙從他手中抽出手，去接秋虹手中的熱粥。

魏瑾泓替她接過，輕頷了下首。

「該狠心的時候吶，你也得狠心。」賴雲煙張口，嚥了一口熱粥。

他顧及得太多，皇恩要顧、同僚情義要顧、族中人更是要思密周全，可世上哪有這麼好的事？他若還是要依著他這本性行事，也不過仍然是面面俱到，卻面面皆無，他改變得再多，結局也不過像前世的他們一樣，兩敗俱傷，還是好不到哪裡去的；那麼多美好的年老展望，可要只是嘴上說說，也頂不了什麼事。

魏瑾泓聽了默然不語，賴雲煙也當就像以前那樣，只是說說而已的談話，忽略了過去，沒料一會兒後魏瑾泓開了口，道──

「我知曉。」

他只說了三字，賴雲煙從三字中也揣測不出更多，回頭看他臉色平靜，她笑了笑。說來，他會不會做到都已無妨，做不到不會失望，做到了，就當是白得來的──到時可能會更欣喜。

說一千道一萬的，以後再好，也得有那個時候啊……

第八十七章

幾日細雨過後，林中停了雨，宣朝人到處點火，本因溫度升高而水氣繚繞的林中，煙霧更濃，如若不是到處潮濕生不起大火，看宣朝人的架式，就像要把整片森林都給燃了。太子營中有位能人出了個主意，往蛇谷中潑油。把打來的野獸油脂用大火煎了油，往蛇谷中一桶一桶地倒，足倒了好幾百桶，谷口用成堆的黃霜堵住；再來一隊兵衛，在四處的高樹上往谷中扔著油火把，不到一個時辰，方圓五里之內，都能聞到蛇肉香噴噴的味道，再加上之前煎油的香味，引得不少人吞口水，捧著油渣子咬得咯咯作響，身手好的則竄到樹尖，往下俯瞰蛇谷風景。太子站在小山頭往下看，看到成堆的蛇嘶嘶亂叫，就算景象恐怖也是滿臉笑容。

一時之間，鬥敗了蛇谷的宣朝人頓時意氣風發了起來，不用繞路走的他們一鼓作氣，趁蛇群嘶嘶亂叫之時，放開了手腳往前跑。

岑南王軍的人走在了最前頭，太子帶著魏、祝兩家，兵部尾隨其後，賴家三百護衛掃底，先前放火燒蛇谷的，也是賴家護衛。

賴雲煙走在前面，與魏瑾泓共騎一馬，聽到掃底的是她賴家護衛後，眼睛笑著看了前方的太子一行人一眼。

再行數十日，一路險惡不斷，他們出了烏山。一路上，太子神勇決斷，身邊能人每次出謀劃策都讓一行人避過了各種危險，到出山之後，幾家人除了病死的那十餘人，其餘皆損耗不大。

這日他們選了一處平坦、靠近水源的地方紮營，多日以來的潮濕褪盡，護衛們齊齊動手，把帶來的大桶全燒滿了熱水，上自太子，下至牽馬的馬伕，都碰到了熱水，皆歡喜無比。

白氏帶著賴十娘前來與賴雲煙請安，賴雲煙都高興地與她們多聊了幾句，連說了幾次「苦日子熬到頭了」。

各營中都大讚太子神武，更是對英明神武的太子敬畏不已。當日夜歇有小宴，太子主帳內幾方官員對太子的各種讚頌之詞不絕於耳，魏、祝兩家內眷都送了不少親手做的菜餚點心進去，其中祝家以祝夫人為首，包攬了帳中各式精美菜餚，魏家這邊聽說連野菜都讓她們弄出了肉香味。反觀魏家這邊，只有白氏帶著賴十娘供獻，族母那邊雖派了大丫頭冬雨過來，卻也只是她們弄什麼她就幹什麼，一點主意也無，與祝家那邊的同心合力相比，自然敗北。

夜宴中，祝家的殷勤遠勝於魏家，但在宴會末尾賞賜之時，太子卻兩家持平，沒有厚此薄彼，帳內之人都心知肚明太子的心下之意——

過烏山一事，賴家三百護衛只剩一百。這些人聽說都是跟了魏家族母近十年的人，雖說他們現已是太子之人，但他們要是死了，故主為其悲憤、遷怒一會兒，也不是不可諒解的。

過了烏山、休整了幾日後，大隊又再啟程。

賴雲煙每日也皆是笑意盈盈，但看在知情人眼裡，都當她是強顏歡笑。

這日午膳休整，賴十娘在不遠處見她族姊靠在樹蔭處，那張臉冷若冰霜，不由得好笑，與身邊站著的祝夫人道：「您看，我家族母氣色多好啊！」說罷，掩嘴而笑。
祝夫人看了毫不掩飾幸災樂禍的賴十娘一眼，心中甚是驚奇這對族中姊妹是有何深仇大恨，以至於賴十娘當著她的面就這麼毫無遮攔，嘴上卻是淡笑著道：「路上甚是艱辛，沒想魏夫人也過來了。」
「族姊向來命好，凡事皆能逢凶化吉。」賴十娘眼波一轉，半垂下頭，露出秀美的頸項。
賴雲煙那處她靠近不得，遠遠看著她族姊抬起臉笑著跟丫鬟說話，賴十娘扶了扶耳邊的鬢髮，微微笑了起來。她族姊這族母當得再風光又如何？她的人一個個都沒了的時候，賴家也捨棄她之後，到時，看她再仗誰的勢？看族長還會不會再繼續寵愛於她？而到時，她的好日子也就來了。不要怪她心狠手辣，她也不過是想要人尊著、愛著罷了，而她絕不會像族姊這麼不識好歹，她會萬事以夫君為先，膝下更會兒女成群，外人也會皆知，賴家不僅僅只賴雲煙這一女，不是所有榮華皆屬她！
太子召見，賴雲煙行過禮後便垂頭，眉眼之間偶有一點灰敗之氣，但隨之被笑容取代。
「魏夫人乃一族主母，當顧好自己。」與賴雲煙說得幾句，近尾聲時，太子嘆息道。
「是。」
「魏大人。」太子轉過臉看向魏瑾泓。「夫人所須之藥，但凡我這裡有的，你只管令人來拿就是。」
「多謝太子。」魏瑾泓淡應。

「退下吧。」

「是。」夫妻倆齊齊應了一聲。

回去的路上，賴雲煙一路都垂著頭，她為見太子穿的盛裝裙襬一路掠過草地，被草上沾著的水打濕，來之時本沾了泥水、髒了裙襬，回去時盛裝更是不復光鮮。

太子有點憐憫地看著垂著頭的賴氏背影，轉頭對賴煦陽道：「煦陽，你姑姑怨不怨？」

賴煦陽也看著他姑姑的背影，一臉肅容，聽到此話，他抿緊了嘴，回道：「啟稟太子，下官不知。」

「魏大人是我老師，魏夫人也當是我師母……」太子掉頭，看著眼前全然陌生的山河。「魏家世代忠烈，護我大宣王朝，此次事成之後，誰也比不上魏家的功勞。」

言下之意是，只要她安順，魏家能護得住她生死，自然，也少不了賴家的好處。

賴煦陽跪下謝恩。「多謝太子金口玉言。」

太子微笑，笑容有說不出的痛快。一行人在他的帶領下過了烏山，這整個隊伍就全是他的了。他父皇真是神機妙算，知道什麼時候派人來是最妥當的，魏、祝兩家現在全拿捏在他手中，前後軍隊也全是他們的人，西海之路，全然在他們手中，下面的人，如從前一樣，只能依附他們皇家。

魏瑾泓與賴雲煙同住，賴家人隨了太子，身邊的武侍丫鬟只留下四個伺候，其餘的全交給白氏之後，他在帳內的時辰便多了起來。

見過太子之後，他帶賴雲煙回了帳中，魏瑾榮也隨之進了帳中與他商量事務。

賴雲煙在離兄弟倆較遠處的門邊坐著，靠著椅子看著秋虹繡衣。

她這幾日笑容較少，秋虹有些擔心她，見她一臉意興闌珊，便與她閒話道：「這往西去的天也不知有多熱，今早奴婢把您的夏衫翻了一遍，也沒找著幾件涼快的，就想著給您縫幾件薄的。」

「妳手頭的就是？」賴雲煙看著秋虹手上的白色綢羅。

「是。」

賴雲煙久久未語，秋虹看過去，看主子一臉沈思，便沒敢再說話。

往西過去沒有什麼高山，但要過不少河流，到時便是連士兵的戰馬都不一定上得了船，何況是她隨身帶的這些物什？

「這兩日，妳把我要用的，收拾出五個箱籠來，旁的，先收拾在一邊。」賴雲煙看著秋虹的手靈巧地縫製著衣衫。「把淺色的布挑出來，冬衣往厚裡的挑。」

「知道了。」秋虹應了一聲。

「老爺的、妳們的，也照著我的法子，挑最薄與最厚的，別帶太多了。」賴雲煙說到這兒頓了頓，朝站在不遠處的蒼松招手。

「夫人。」蒼松忙走了過來。

「老爺的衣物我讓秋虹來幫著你整理，你看可行？」

「按夫人吩咐。」賴雲煙話一落，蒼松就出了口。

「妳今晚就去把老爺的衣物整理好。」賴雲煙笑笑，朝秋虹說。

魏瑾榮走後，蒼松一進帳中，別的事都沒先說，就說了夫人先前吩咐的話，說後，蒼松抹了把眼睛，道：「夫人那心，如今算來也不算是最硬的石頭做的。」

魏瑾泓本沒蒼松的感慨，聽他這麼一說，倒是笑了起來。

「既是如此，以後就要聽她的吩咐。」魏瑾泓笑言了一句。

「小的一直都有聽。」只是她不吩咐罷了，也不喜他。

算來主子身邊的幾個人，除了春暉，女主子平日誰都不多看一眼，更別說吩咐了。春暉不在，她便是有事要與他們說，也多數是讓丫鬟過來說，像今日這般叫他過去直接吩咐事的情況，實在是少之又少。他見過不少心狠手辣的內宅夫人，但像他們夫人這般二十年如一日鐵石心腸的，真真是只見過他們夫人一人。

「那就好。」魏瑾泓想了想，她身邊的人現在也不夠用，便又道：「沒吩咐也上前多問兩句，不能問夫人的，就問冬雨她們，你們多聽聽她們的也無妨。」

「小的知道了。」蒼松別無所求，只求兩個主子別再像過去那般即好。那般的境地也都過來了，也沒別的人，看來也是不會有別的人了，哪怕不恩愛，睡在一塊兒也是個伴，總比一個人來得強。過去他對這個夫人還有怨恨，但現在早就什麼都沒了，只求他們好好過。

再次啟程不到七日就臨近江邊，他們到時，前面所派的造船工所造的船還沒完工，尚須十日才能下水。

一路皆糧草先行，除開糧草所占的船隻，容幾家之首所占的船隻也有一家一船，魏家內眷帶的人不及祝家的一半，所占之地甚少，不過這次賴雲煙還是把她與魏瑾泓的什物縮減到了一半，讓白氏與賴十娘斟酌著帶。

只是她身為魏家族母，事情做得不如人意，有人自然便心懷不滿。做得好了當她是應當，心思重點的如白氏，表面還能笑著說兩句「長嫂仁厚」；心思輕點的如賴十娘，譏誚哼笑兩聲，對著貼身丫鬟耳語道「還當這樣就能收買人心不成？」賴雲煙底下就這兩個妯娌，哪能不明白她們的心思？依她本意是想告訴她們，到了前方，不能扔的也得扔，最後留下的也就兩、三樣，但這時也不好盡數告知她們了，免得還要多得她們心下幾許怨恨，她做什麼都是錯，就由著她們各自耍花腔去了。

說來，不只白氏與賴十娘捨不得扔手頭上的那點東西，便是祝家的，也一樣都捨不得扔。隨行之物便是精挑細選而來的，本也沒多帶什麼了，現在再扔去一半，以後到了那蠻荒之地什麼都沒有，這可如何是好？於是，祝家那邊便打算，寧可少帶幾個下人，也要多帶幾箱東西。

魏、祝兩家雖同是大家，但一路走來，兩家行事手法涇渭分明，祝家捨得之間非常乾脆俐落；魏家對禮法也好、對處置下人也好，都有些拖泥帶水，顧忌甚多。說得好，這是說魏家有仁義之風，但在這生死常止於一刻的荒蠻之地，還顧忌著這種仁義名聲就成了拖累。

先前有賴家人抵了災，髒活、累活都賴家下人幹了，現在賴家人去了太子處，魏家派出去打頭陣、尋糧草的人就更多了，所留之人不比以前，所做之事卻一點也沒有少，雖說沒有下人憊懶，但情況顯然要比祝家吃力得多。

現在魏瑾榮管事，白氏與賴十娘幫忙，這種事多的當口，兩位夫人自然也就忙碌了起來。女人忙起精細事，越忙越有精神，尤其有著祝家那些女人對比，這兩位也不甘示弱，帶著丫鬟到處吆喝著歸整，也算是紮營處獨一類的風景。

主帳內，魏家那什麼事都不管的族母正坐於案桌前百無聊賴地打瞌睡，魏瑾榮進來時，她支著頭正一下一下地點著頭，魏瑾榮頗有點尷尬，用眼神示意在門口的秋虹過去叫醒人。

賴雲煙被丫鬟推醒，看到魏瑾榮，不由得笑了。「來了？」

「有點事跟長嫂商量。」

「坐。」賴雲煙頷首，對跪坐在身邊的丫鬟道：「去煮壺茶來。」

魏瑾榮見談的事耗時長，也沒推拒，對賴雲煙道了聲謝。

「何事？」魏瑾榮一坐下，賴雲煙便微笑地問道。

「嫂嫂今日氣色甚好。」魏瑾榮一見她面帶微笑，笑著說了一句。

「這幾日歇息得好。」過江一連就是十幾日，中途要是有事，也不可能為她一人停靠陸地歇息，為保命，賴雲煙這幾日也沒糟蹋自己了，儘量的休養生息，便是那藏掩脈搏的藥也沒再吃了，臉色自然也就好了一些。

「今日來是跟您確定一下糧草上船之事。」魏瑾榮把帳薄放到了賴雲煙前面。「這是明冊。」

賴雲煙看了看帳冊，翻到肉食那道，見有幾千斤，想了一下，道：「把乾肉再燻一道火，新鮮的也再多燻一次……」

說著拿出白紙畫圖，畫到岩鹽處便打了點，標誌了一下，然後遞給了魏瑾榮。「先派人去伐柴火，這是藏鹽處，你想個法子，讓太子認為是魏家人所尋。」

魏瑾榮接過紙細看，總算明白兄長為何讓他來找長嫂了。

「打鹽回來後，把鹽往肉食上再抹一道，燻上兩日，可防潮。」賴雲煙也知賴家尋到的這處只有兩人知曉的岩鹽算是暴露了，便送佛送到西。「太子帶的鹽多，但用完應也不會還有剩餘了，你們先給他送上。」

「這個瑾榮知道。」魏瑾榮點頭。

「別讓他開口問，先告知他地方，怎麼尋到的說法，不用我說吧？」賴雲煙抽回他看過的地圖，把紙放到暗黑的松油脂燈上點亮，然後放在揭開蓋的茶杯上燒盡。

「知道了。」魏瑾榮聽後端肅道：「定會萬無一失，嫂嫂放心。」

「示點弱，不是什麼壞事。」賴雲煙淡淡道。「多忙一會兒，表面亂點也沒關係，但不能再死人了。」死一個就真是少一個了，要死也不能死魏家人。

賴雲煙繼續看著帳冊，嘴間漫不經心地對魏瑾榮說：「你不懂水性，你兄長與我說，在江上這段時日，讓翠柏跟你。」

「翠柏？怕是不妥。」那是兄長極近的近侍與護衛，長年沒分開過，魏瑾榮不敢要。

「先過完江中這段時日吧，你不能出事。」

賴雲煙說得甚是淡然，魏瑾榮在頓了一下後，便點了頭。兄長的話換長嫂來說，他確是推拒不能。這些年，隨著時間越長，他對這長嫂的敬畏也是越來越深、越來越料不準、越來越諱莫如深了。

「夫人……」手上端著茶的秋虹在門邊開了口。

「進來。」

等秋虹出去後，賴雲煙掩了帳冊，抬頭直視魏瑾榮。「有些事，交給瑾允來辦。」

魏瑾泓下不了手的、他下不了手的，就由下得了手的瑾允來辦。

「夫人，瀓夫人來了。」門邊，秋虹笑著說道了一句。

「十娘子來了？快讓她進來。」賴雲煙把帳冊還給了魏瑾榮，臉上也揚起了笑，與他道：「你還是快快忙去吧，沒事就別來與我請安了，瞎耽誤工夫。」

魏瑾榮笑著點頭，回頭見到十娘子進來，不待她請安，便詫異地道：「弟媳不是在忙著，怎地這就忙完了？」

十娘子一聽，那腳步頓時便頓住了。

「胡鬧！跟我來。」魏瑾榮皺眉，起身就要帶十娘子出去。

十娘子往後一看，見賴雲煙笑意盈盈地看著她，也沒開口挽留，便勉強一笑，朝她福了福，跟了魏瑾榮離去。

夜間，外面傳來了一陣人馬大動的聲響，賴雲煙被驚醒，起身披了件披風，讓秋虹與她熱點粥進來，剛坐定，就見從清晨便不見了的魏大人進了門，臉上還有點笑。

「咦？遇著好事了？」難得見他這麼喜形於色，賴雲煙詫異了一下。

「小左尋著了鹽。」揮退了下人，魏瑾泓微笑地道。

「喔？」賴雲煙略一挑眉。

「船工說，明日送船試水，沒什麼大礙，就會按原定時日啟程。」魏瑾泓接過賴雲煙手中的杯子，入口溫熱，口齒清涼，便朝她看去。

「叫高景配的藥茶，清熱補神，溫著喝時最好。」賴雲煙淡回了一句。

魏瑾泓的眉心不自覺地鬆開了一些，拉過她的手，在她手中寫了個字。

他寫完，賴雲煙合攏了被魏瑾泓寫了個「九」字的掌心，暫且無言。為太子死去的兩百餘人裡，到底也還是只救回了九個。雖說她心腸早被打磨成了鐵石，但死去的這些人裡，每個人她都叫得出名字，他們多數是民間尋來的孤兒，打小為了飽腹而為她於大江南北奔波，為她賣命半生，最終卻還是成了棄卒。她是最能審時度勢的人，可再怎麼想得開，也還是為她看著長大的、跟隨她半生的這些人耿耿於懷……

「夫君啊。」這夜入寢，賴雲煙的手被人拉入長掌之中，她側過頭，看著魏瑾泓道：「我終究不是心寬之人。」原來人想得開，只是因為沒有一直不斷地遇到心忿之事，要是逃過一遭又來一遭，再平常的心也會失常。

「妳會沒事。」魏瑾泓摸了摸她的頭髮。

賴雲煙翹了翹嘴角。確也是，她只會越戰越勇，總想當最後躺下的那個。

——未完，待續，請看文創風269《兩世冤家》4（完結篇）

為流浪貓狗加油 和貓寶貝 狗寶貝 廝守終生(一定要終生喔！)的幸福機會

對人來說，貓寶貝狗寶貝只是生活的一部分，但妳（你）對牠們來說，卻是生活的全部，領養前請一定要考慮清楚——

▲ 漂亮溫柔的斷掌媽媽Nicole

性　　別：女性
品　　種：混狼犬
年　　紀：約3歲
個　　性：沉穩溫馴，親人且服從
健康狀況：已結紮，有晶片，已施打十合一、狂犬病預防針，四合一、焦蟲套組都過關
目前住所：新北市

本期資料來源：http://www.meetpets.org.tw/content/57798

第247期推薦寵物情人

『Nicole』的故事：

Nicole是被前主人棄養而進五股收容所的孩子，並且那時就少了左後腳掌。Nicole個性相當沉穩溫馴，又很親人，卻因為身體缺陷遲遲等不到愛牠的人。若繼續下去，被安樂的機會很大，於是我們將Nicole接出來，暫時照顧牠。

接牠回家後，我們才發現牠懷有身孕，甚至意外發現可憐的Nicole似乎曾被人類利用來生產小狗。這讓我們很心疼，尤其Nicole是這麼好的狗狗。雖然經歷了那些難過的事，但我們從未看過Nicole消沉的模樣，牠總是敦厚且溫和，吃飯時秀秀氣氣的；散步時偶爾流露好奇心，可愛地東嗅西聞；和人玩時，也不因動作不方便為苦，仍然像健康的狗狗一樣十分有朝氣！

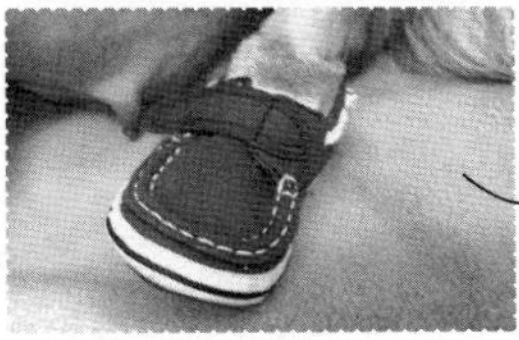

中途馬麻幫套小鞋子，避免斷掌踩地不舒服

即使Nicole生產的時候，由於一開始不清楚懷的狗仔數量不少，再加上剛來前營養不良，牠沒有足夠體力好好生產，過程之驚險艱辛更讓我們心疼得心酸掉淚。結果很遺憾的是有一隻小幼幼當小天使去了，不過幸好Nicole仍然平安成為10個毛小孩的媽媽。

如今10個可愛毛孩子都順利找到好人家，帶著媽媽和我們的祝福展開新生活。我們非常希望溫柔漂亮的Nicole媽媽也能早日跟孩子們一樣。如果你願意許諾Nicole幸福的生活，歡迎來信carolliao3@hotmail.com，主旨註明「我想認養Nicole」，讓Nicole擁有一個美滿的歸宿。

（編按：有意詳知Nicole生產過程請看https://www.facebook.com/liao.carol.3/media_set?set=a.10204769236287502.1615840763&type=3；想關心可愛10毛孩的歸宿請看https://www.facebook.com/liao.carol.3/media_set?set=a.10204774594421452.1615840763&type=3。）

認養資格：

1. 認養者須年滿20歲，有獨立經濟能力，並獲得家人與同住室友的同意。
2. 因Nicole左後掌斷了，希望是居住一樓或是家有電梯的認養者。
3. 非學生情侶或單獨在外租屋的學生，須能提出絕不棄養的保證。
4. 須同意送養人日後之追蹤探訪。
5. 認養者需有自信對Nicole不離不棄，把牠當家人，愛護牠一輩子。

來信請說明：

a. 個人基本資料：姓名、性別、年齡、家庭狀況、職業與經濟來源等。
b. 想認養「Nicole」的理由。
c. 過去養寵物的經驗，及簡介一下您的飼養環境。
d. 若未來有當兵、結婚、懷孕、畢業、出國或搬家等計劃，將如何安置「Nicole」？

國家圖書館出版品預行編目資料

兩世冤家 / 溫柔刀著. --
初版. -- 臺北市 : 狗屋, 2015.02
冊 ; 公分. --（文創風）
ISBN 978-986-328-414-7（第3冊 : 平裝）. --

857.7 103027055

著作者 溫柔刀
編輯 黃淑珍
校對 沈毓萍 馮佳美
發行所 狗屋出版社有限公司
地址 台北市104中山區龍江路71巷15號1樓
電話 02-2776-5889～0
發行字號 局版台業字845號
法律顧問 蕭雄淋律師
總經銷 知遠文化事業有限公司
電話 02-2664-8800
初版 2015年2月
國際書碼 ISBN-13 978-986-328-414-7
原著書名 **《两世冤家》**，由北京晉江原創網絡科技有限公司授權出版

定價250元
狗屋劃撥帳號：19001626
網址：love.doghouse.com.tw E-mail：love@doghouse.com.tw